公元787年，唐封疆大吏马总集诸子精华，编著成《意林》一书6卷，流传至今
意林： 始于公元787年，距今1200余年

意林 轻文库

青春最美，梦想出发
中国式好看轻小说优鲜品牌

凤诀歌

(三) 凰生

著 银羽 YIN YU WORKS

吉林摄影出版社
·长春·

图书在版编目（CIP）数据

凤诀歌. 三, 凰生 / 银羽著. -- 长春 : 吉林摄影出版社, 2018.10
（意林·轻文库. 绘梦古风系列 ; 030号）
ISBN 978-7-5498-3828-8

Ⅰ.①凤… Ⅱ.①银… Ⅲ.①长篇小说－中国－当代 Ⅳ.①I247.5

中国版本图书馆CIP数据核字(2018)第235449号

凤诀歌（三）凰生
FENG JUE GE (SAN) HUANG SHENG

著　　者	银　羽
出 版 人	孙洪军
总 策 划	安　雅　张　星
责任编辑	李　彬
图书统筹	空心菜
特约编辑	魏　娜
绘　　图	饼子会飞
书籍装帧	胡静梅
图书设计	赵艳红
开　　本	700mm×1000mm　1/16
字　　数	400千字
印　　张	14
版　　次	2018年10月第1版
印　　次	2018年10月第1次印刷
出　　版	吉林摄影出版社
发　　行	吉林摄影出版社
地　　址	长春市泰来街1825号
	邮编：130062
电　　话	总编办：0431-86012616
	发行科：0431-86012602
网　　址	www.jlsycbs.net
经　　销	全国各地新华书店
印　　刷	北京嘉业印刷厂
书　　号	ISBN 978-7-5498-3828-8　　　定价：28.00元

版权所有　侵权必究

如发现印装质量问题，请与印务部联系退换，电话：010-51908584

目录

第三十三章　绝处逢生　001

第三十四章　旧日已死　017

第三十五章　谁的野心　029

第三十六章　弃我去者　045

第三十七章　邺都之困　057

第三十八章　月下无常　073

第三十九章　鬼面卫獠　085

第四十章　主簿戴胜　097

第四十一章　擒贼擒王　109

目录

第四十二章 花开两枝 121

第四十三章 姮娥踏月 133

第四十四章 白首青云 145

第四十五章 风雨欲来 155

第四十六章 倾天一舞 167

第四十七章 君心不染 179

第四十八章 原形毕露 191

第四十九章 生死相伴 205

人物表

主角

殷琰

身份：愍帝嫡女，人称元亨公主

称呼：乳名玉娃儿，字炎之。亲近的人称呼阿玉、炎之

亲人：愍帝殷硕（父），孝康皇后孟瑶（母，追谥），太子殷琮（胞兄），二皇子殷玒（兄），永贞公主殷琤（妹），三皇子殷瑄（弟）

萧湛

身份：博陵王

称呼：字阳晖，又字无牵

亲人：萧宏道（父，出家），沈涟漪（母，死，实则下落不明），萧越（兄，其父收养），萧凛（从弟），魏嬷嬷（沈涟漪婢女）

宇文渊

身份：汉中王世子

称呼：字伯微

亲人：宇文拓（父），陈阿秀（母），宇文潜（弟），宇文沧（弟），宇文沁（妹）

封锦

身份：庐陵王二公子

称呼：小名如意，人称如意儿，字素君

亲人：封绥（父），楚秀兰（大娘），封瑞（兄），楚煌（表兄），楚屏（表妹）

谢玑

身份：字瑾初，外号穷算子（军师）

皇族

殷琤

身份：愍帝次女永贞公主

殷瑄

身份：三皇子，皇帝殷硕和德贵妃韩甄的儿子

殷玒

身份：二皇子

殷岐

身份：齐王世子

殷峤

身份：齐王二公子

曲灵烟

身份：太子妃，太史令曲桓长女

萧越

身份：前博陵王萧宏道养子，萧家军统领

萧凛

身份：前博陵王萧宏道堂兄萧宏俊之子

封绥

身份：庐陵王

封瑞

身份：庐陵王长子

朝廷

梁温
身份：上邺太守，梁宪长子

梁胜
身份：梁宪幼子

罗中青
身份：太子舍人

冯路之
身份：东宫右詹士

秦廷昭
身份：光禄勋，原为昭阳殿卫尉

秦玄
身份：东宫左詹士，秦廷昭独子

苏远辞
身份：鸿胪寺大行令

曲灵犀
身份：太史令曲桓次女，还在娘胎时就被术士认为是能出将入相的人杰

戴胜
身份：武威郡主簿

于登高
身份：靖远城守将，年轻时曾跟随孟瑶征战沙场

侍从

刘仪
身份：原太极殿中涓（清扫殿宇），后调任祥福宫内侍

信怜
身份：德贵妃贴身侍女

伴雪
身份：三皇子殷瑄的贴身侍女

怀袖
身份：封锦贴身侍女，同时担当护卫之职

异族

巴达玛
身份：西北部落青氏族的公主。其姐阿日善乃是青氏族的族长。

铁娘
身份：西凉女子，身份不明。儿子小童

绝处逢生

第三十三章

上邺城外,远郊。

黑漆漆的树林中,一阵凌乱的脚步声惊动了假寐的夜枭。它们在枝叶间振翅飞窜,凄厉的尖叫声四下回荡。

"快跑!快跑!被抓到就惨了!"

恐惧的低语细细碎碎地在人群中传播,老人枯槁的面容在枝叶间漏下的月光中一闪而过。他右手抱着一个孩子,左手拖着另一个年纪稍大点儿的男孩,趔趄地跟着众人奔逃。

"咻——咻——"

尖锐的破空声中,无数箭矢凌空飞射而下,伴着箭雨和火光一同冲入树林的,还有满含杀意、不断逼近的呼喝声。

"世子有令,将这些流民都押到城下!敢逃的都杀了!"

催命之声传来,老人只发出一声短促的惨叫,就被飞箭射倒。他把怀中的孩子往地上一推,说了个"跑"字,就咽了气。两个孩子坐在他的尸体旁,大哭着喊道:"爷爷!爷爷!"

哭声在夜色中分外尖厉,沉暗的树影晃了晃,终于伸出了一双手,将那小点儿的孩子抱了进去。还没等那双手再来抱另一个孩子,迅疾的马蹄就踩断地上的树枝,用同样的劲道,毫不停留地踢翻了那孩子。

等到追逐声都远去,树旁的草丛猛地抖动起来。一个男人踩出草丛,回身揪出方才被救的孩子,一把扔在地上。那孩子在地上滚了两圈,抬起头来就看到自己的兄长倒在道中间,脸都被马蹄踩变形了。他哭着去拉兄长的手,口齿不清地叫着:"哥哥……哥哥……"

"小鬼,再哭就宰了你!"

男人刚要过去把孩子踹飞,草丛中忽然冲出一个娇小的身影。那少女钗发凌乱,跛着脚挡在那孩子身前,一向温柔秀丽的容颜上带着怒意:"宋营,你敢放肆?"

第三十三章 绝处逢生

这少女正是永贞公主殷琤。宫变那夜，在两个侍卫宋菅和吕荣的护送下，她带着弟弟殷瑄顺利逃出了天虚宫。

"嘿嘿，放肆？"侍卫宋菅怪声笑起来，"公主心地善良，方才救这小崽子，就没想过若是暴露了行踪，我们四人都要给他陪葬吗？我和吕荣也就罢了，可三皇子的死活，公主也不在意吗？"

熹微的天光落在林中，仿佛蒙了层纱，把人脸都映得模糊不清。但宋菅眼角的血色却很是鲜明，那是不久前被羽箭划出的伤口。

殷琤一时怔住，她抬眼看向草丛，那里站了一高一矮两个人。矮的那个是殷瑄。这小少年默默走上前，从林木的阴影中一直来到她跟前，面无表情地盯着她。

殷琤有点儿发慌："瑄弟弟，我刚刚没有多想，这孩子那么小，我……"

殷瑄一声不吭地绕过她，抬脚把那孩子踹开，强硬地拉住她的胳膊："姐姐，走！"

"瑄弟弟！"

殷琤不敢置信地瞪大眼睛，她还想去扶那孩子，就听殷瑄冷声道："姐姐到底要护着谁？亲弟弟都不顾，也要去管个野孩子吗？"

宋菅跟着冷笑："属下自认无能，要护住公主和三皇子已是竭尽全力，再带个孩子……嘿，除非回天虚宫搬救兵！"

吕荣则向远处张望："此地不宜久留，青州兵随时都会过来。公主若是不想走，属下只有带三皇子先走了。"他话中的威胁之意太露骨，高大的身形更为这威胁加重了分量。

殷琤僵在原地。她刚才贸然救人的举动显然惹怒了这两位侍卫，他们连表面的尊崇都不愿装了。

那一夜她听从元亨的建议，从厩门出城，在山上找了处农户的小屋藏身。

他们在山头，望着邺城中火光冲天，杀伐之声彻夜不绝。好不容易等到天亮，城中似乎安静了下来，殷瑄就吵着要回宫。她心中不安，坚持在山上等着。就这么过了两日，吃食都耗尽了，还不见元亨来接他们。

殷瑄疑心元亨已经让太子登基，愈发待不住。她就派宋菅下山打探消息，没想到宋菅带回来的消息将他们都惊呆了！

当时邺都已经被青州兵围住，四方城门紧闭，无人能够进出。流言纷纷，虽然不足尽信，但天虚宫中的惨事已经传遍邺都内外。

殷氏皇族，一夜间竟覆灭了大半！

　　惊天噩耗传来,他们姐弟俩惶惶对坐半晌,哭到眼泪都干了。父皇母妃都死了,连元亨也失踪了,殷琤只觉得一颗心都在火中,被恐惧滋扰得绝望不堪。她想找机会回城,却遭到了殷瑄三人的强烈反对。

　　殷瑄认为,他们现在失去了母妃的庇护,回城就犹如自投罗网的羔羊,定会被殷玒所害——同样在金虎台上,父皇他们都死了,殷玒却能独自逃生。

　　原本上次圜丘刺杀的事,殷玒就想借机夺权,可惜被母妃和元亨挫败了。如今再没有人能跟他争了,他简直成了最大的赢家。将这些事串联起来,叫人不得不怀疑,这场宫变很可能就是他在幕后主导。

　　殷瑄的意思,是要去义阳找他们的舅舅韩鹏,靠他的兵力回攻邺都。

　　说这话时,他神色冷厉,好似眨眼间就长大了许多,身上透着股阴鸷的冷意,叫人不能轻忽。殷琤无法反驳,那一瞬间,她惶恐的心忽然有了依托。

　　年纪最小的殷瑄成了他们的主心骨,在他的命令下,他们搜寻干粮马匹,想要前往义阳。但齐王世子殷岐为了攻城,四处派人驱赶捉拿城外聚积的流民,一面要他们制造攻城器械,一面打算让他们做攻城的打头兵。流民们不想做枉死鬼,纷纷逃避。

　　殷瑄四人被裹挟在乱流中,几乎被冲散。幸好吕荣警醒,将他们一同藏入草丛中,才算避过了这次祸难。

　　但方才殷琤的一时恻隐,差点儿害了大家。莫怪乎宋菅和吕荣都没有好脸色,就连殷瑄也是心头生怒,听吕荣那样说,他用力拽了一下殷琤:"姐姐自然同我们一起走。"

　　殷琤被他拽着趔趄向前,回头看去,只见着那孩子从地上爬起来,也不哭闹,只是呆呆地望着她。

　　那双眼睛黑白分明,似乎懵懂,却带着一缕悲凉——这凉意透过目光落在她身上,一直凉到她心里去。

　　殷琤咬着嘴唇,到底没有再出声。

　　走了许久,在过一段乱石路时,她终于忍不住痛叫了一声。

　　殷瑄看了她一眼,她穿着捡来的草鞋,左脚已经被磨得鲜血淋漓。

　　那夜逃离天虚宫时,她脚上的鞋掉了,一路跑出城,左脚痛得几乎碰不了地。

　　好不容易过了这几日,伤口结了痂渐渐好转,但经过这一夜的奔逃,旧伤未愈,却又添了新伤。

　　她蹲了一会儿,咬着牙慢慢站起来。此时晨光渐炙,日头照在她沁着冷汗的额头上,显得异常苍白、憔悴，似乎随时都会倒下去。

"姐姐，"殷瑄冷硬的表情软了下来，"是不是很痛？宋萱，你来背公主！"

他的话，两位侍卫还是听的。宋萱走过来，将她抓到背上。一旁的吕荣皱着眉头，眺望远处的山丘，说："邺都外都是青州兵，方圆数十里都不安全。再这么慢腾腾地走，迟早会被青州兵捉住……咱们得去弄两匹马来，好尽快离开。"

若是有马自然再好不过。这么长途跋涉，不光是殷琤这个腿脚受伤的弱女子受不了，就是殷瑄，也因为年纪小、体力不足，早就累得浑身发软了。

"你要到哪里去弄马？"

那夜他们仓皇出逃，虽然从厩门出城，但为了不引人注意，并没有到厩房中牵马。如今在这兵荒马乱的城外，要找马却没那么容易。

面对殷瑄的疑问，吕荣只是笑了笑，朝远处隐隐腾起的烟尘努嘴："殿下看那边，可多的是马！"

是一个青州兵的营地。

殷岐虽然带了三万人马增援，但要围困偌大的邺都还是稍嫌不足。为了增加人手，他命人四处搜捕附近的流民和城外的男丁，以此充数，建成一个个临时驻地。

"属下先过去，找机会偷出马来。宋萱，你护着两位殿下跟上来，两个时辰后咱们在东头的山谷会合。"

他的安排很是妥当，这一路上，殷瑄对他们二人已经十分信任。这时候见他要走，不由得露出些忧色来："吕荣，你务必小心。"

"殿下放心。"吕荣点点头，朝宋萱道，"保护好殿下！"说完，他就转身冲下山坡，迅速蹿入林荫中。

宋萱将背上的殷琤往上托了托，沉声道："我们也走吧！"

他顺着山道快步向前走去。殷瑄走在他身侧，无意中抬起头来，就见着殷琤静静地看着他。

无须多言，他们姐弟之间，只这一个眼神，就能明了彼此心中所想。

被她沉静的目光注视着，殷瑄有点儿不自在地转开眼睛，指甲掐着小指，一下一下，留下月牙般的印记。

殷琤就垂下眼，盯着自己的左脚。那沾满了血污的脚掌在半空中晃呀晃呀，软弱得好似轻轻一折，就会断了。

——吕荣交代宋萱"保护好殿下"，并没有把她包括进去呢。

明明眼前一片光亮，殷琤却恍惚觉得，到处都蒙着一层厚重的黑雾。似乎那噩梦般的漫长一夜，到如今，她也没能走出去。而那一缕悲凉的目光横亘在心头，叫她堵得慌，却又说不出一个字。

她紧闭着嘴巴。她想，自己已经是个累赘了，至少要管住嘴，别叫瑄弟弟烦心，也别招来不该有的麻烦。

可是麻烦会自己找上门。

他们走了一阵子，宋萱背着个人，累得直喘气。他们三人便在路边阴凉处歇息，脚下的地沟干得开裂，连一滴水都看不到。

宋萱拎出水囊晃了晃，摸着干瘪的囊皮叹了口气，又把它放了回去。

殷琤撕下里衣的布料，将受伤的左脚仔细裹好，重新塞进草鞋中："待会儿我自己走吧。"

宋萱不以为然："还是属下背着公主的好，不然的话，怕是到天黑都赶不到那山谷。"

殷琤静了静，就没再出声，只是抿住唇。

正无言时，忽然一阵喧哗声从身后的小山包传来。殷琤还没反应过来，宋萱就猛地跳起来，将他们姐弟往身边一拢，想带他们离开。

但还是来不及。

几个人拨开树枝，摇摇晃晃地从后头走出来。他们满身酒气，脚步都在打着晃儿，身上的兵服皱皱巴巴的。

日光明亮，殷琤被这些突然出现的人吓了一跳，一抬眼就看到他们衣服正中绣着的"青"字，顿时骇得连连后退。

——青州兵！

那些青州兵醉醺醺地扫了她一眼，再看到她身后身佩短刀满身杀气的宋萱，醉意瞬间散了大半。

"你们是什么人？"

殷琤和殷瑄姐弟俩一看就是富贵人家出来的，尽管周身狼狈，但殷琤的容色本就娇妍端丽，那雪白的面容此时因为惊吓愈发娇弱动人，叫人移不开眼。

而殷瑄小小年纪遭逢惊变，面上却并无多少害怕的模样，反倒将殷琤一拉，往自己身后扯去。

见青州兵面色不善，他当机立断大喝一声："宋萱！"

宋萱的刀瞬间挥出。

第三十三章 绝处逢生

——这么几个杂兵,他还不会放在眼里!尽快解决他们,然后离开这危险之地!

但他很快就后悔了……

一刻钟后,他已经没有了之前的自信无畏。

之前为了避开青州兵,他特地选了这条远离兵营的小路,却还是意外遇到了这些兵痞。好在这些青州兵都是偷溜出来的,在这偏僻的地方,即便出事也不会有人知晓。

可是,谁又能想到,就在半里外,竟有一支回营的巡逻兵经过。

人算总不如天算。

宋菅出手干脆利落,但他再快,也快不过呼救声。那些巡逻兵来得很快,等宋菅听到马蹄声时,再想逃跑或是躲藏,已经没可能了。

宋菅将殷瑄负在身后,把殷琤往后一推:"你快跑!"

他自己却反身朝狂奔而来的巡逻兵冲去。只靠两条腿是逃不了的,他要趁此机会夺马!

这批人却没那么好对付,见他逼近,领头的小将抡起长刀,劈头就是一刀。伏在宋菅背上的殷瑄看得真切,只见着那寒光凛冽的刀锋落下。

宋菅险险往边上滑倒,避开这一击,手中短刀凶狠地扫向马腿。前腿被砍断,那马嘶声惨叫着向前扑倒,把背上的小将也摔了出去。宋菅这招突袭虽然奏效,但其他巡逻兵的利刃也已经袭至身前。

宋菅不想被他们拖住,即使肋下会挨刀,也要拼命,纵身扑到最近一个人的马背上,将对方击晕扔下马。

他用力夹紧马肚子,飞冲向前。

这一切不过几息之间,前头的殷琤还没跑两步,就听见身后宋菅大吼:"上马!"

一转头,就见他策马冲了过来,右手伸向她。殷琤连忙去抓他的手,她清楚地感觉到他的手掌用力、她的身体被拽得腾空而起,却在这时,一道寒光骤然从她面前掠过——

"啊!"

长刀从宋菅的手臂上划过,他吃痛下不由得手一松,身在半空的殷琤失去平衡,狠狠地摔在地上。"刺啦"一声,宋菅的衣袖被她扯下了一大截。身体上的钝痛传来,她却好似无所觉,手中兀自抓着宋菅的断袖,一双眼惊恐地望过去,只见宋菅整张脸都痛得扭曲起来,但他并没有做任何停留,而是毫不迟疑地夹紧马肚子:"驾!"

马儿飞纵向前。

坐在宋萱身后的殷瑄惊惶地抬起头,他模糊地叫了一声"姐姐",清楚地看到殷琤脸上的茫然和惊恐,眼看着她被追上来的巡逻兵围住,他不敢再看下去,呜咽着把脸埋在宋萱的背上。

铁蹄踏着尘土远去,只留给被抛下的人一个决绝的背影。

殷琤木然地跪坐在地,看着巡逻兵们冲上来追赶着策马逃离的宋萱二人。她一动不动,只是捏着宋萱的断袖,仿佛还能感觉到它曾沾染的温度。

"呸!还想跑?"

那小将一边抹去脸上的灰尘,一边迅速下达指令:"留五个人在这里善后,其他人随我追!"

被安排留下的几个人看了看呆呆跪着的殷琤,她的身体不由得颤了颤,却没有更多动作。

留下的那几人见她这副模样,不禁好奇道:"她是被吓傻了吗?居然抱着块烂布条不放。"

她发着抖,却既没有叫、也没有跑,只是愈来愈用力地抱住那碎裂的衣袖。

仿佛只要抱着它,她就还能被拯救。

这样的天啊,金阳炽烈,她却觉得冷,透心透骨的冷。烈日在头顶,却照不到这山阴的小径。

如果那一夜,她没有离开金虎台,而是同父皇母妃一起死了,那该有多好……

"噗!"

正狞笑着逼近她的青州兵忽然身子一僵,就直挺挺地扑在她身上。殷琤瞪大了眼睛,赫然发现他的后背上竟插着把匕首。

"……有敌人!"

其他士兵顿时惊跳起身,没等他们去摸刀,几道人影猛地从道旁的灌木丛中蹿出来,几下就将他们都结果了。

原本闹哄哄的小径顿时安静了下来。

殷琤望着他们,一颗心早已惶恐到麻木。

却听其中一个瘦高的青年摇头长叹一声,朝身畔俊秀的青衣少年戏谑道:"小不忍则乱大谋啊,公子,您这英雄救美的代价可太大了。这下好了,得换咱们逃命了。来来来,大英雄,该您上场了!"

第三十三章

"……陈耿,你闭嘴行吗?"

一身青衣劲装的少年加快脚步走过来,伸手拔出匕首回鞘收好。他看了一眼殷琤,伸手扶起她,低声问她:"姑娘,你没事吧?"

这声音似乎有点儿熟悉,好像曾在哪里听过。或许是他话中的关切击散了绝望,殷琤像是忽然间又活了过来。她长长地吸了一口气,空茫涣散的目光才渐渐聚焦在面前的少年脸上。

他看着跟她年岁相近,一双眼清透明亮,俊俏的眉目间带着些许稚气,更显得亲切无害。

殷琤的眼泪不由自主地掉了下来。

少年顿时慌了起来,忙着解释:"对不住,我们该早点儿出来救你,只是……"

殷琤轻轻摇头。

旁边的陈耿哼了一声:"只是我们人少没胆,只能等着那些人走了才敢动手。哎,姑娘,你再哭下去,我们这小公子就要向你叩头谢罪了。"

"陈耿!"

少年恼火地吼了一声,殷琤连忙站起来,朝众人一拜:"壮士言重了。诸位的大恩大德,我感激不尽……"眼泪滴落在地,她用衣袖在脸上抹了抹,"还请公子告知名姓,我日后必定报答。"

尽管她的声音还有些颤抖,但这样镇定的姿态已经很叫人意外了。陈耿若有所思地看了她一眼,那少年就歉意道:"陈耿一向胡说八道惯了,姑娘莫要在意。这里不安全,先离开再说。"

"不错,是该走了。我们已经暴露行踪,这地方更待不得了。"陈耿正色道。

他们之前本想进入邺城探听消息,没想到周围形势如此严峻。眼看青州兵马到处搜捕流民,进城无望,只能寻机离开。路上见着了那支巡逻队,他们原本已经避开,但听到打斗声,小公子以为是逃命的百姓被杀,顿时一腔热血上涌,非要摸过来看看。

"好在得了这几匹马,日落前就能赶到章山。就算那些人回来发现不对,也追不到我们了。"

他们一个个都上了马,剩下那少年牵着缰绳站在殷琤跟前:"姑娘的家人走了,你若是愿意,我们便带你到章山去,之后再作安排。"

家人……殷铮愣了下，眼前闪过了那绝尘而去的马儿和殷瑄深深埋下去的颈项。她垂下眼帘，看着衣服上的血渍："我……我跟他们约好了，在东边的山谷会合。"

"哦？"少年抬眸远望，笑道，"那正好，我们顺路带姑娘一程就是。"他习惯性地挠了挠头，略窘地看她，"姑娘可会骑马？若是不会，就得辛苦一些，跟我同乘一匹马了。"她看起来柔柔弱弱的，不像会骑马的样子。

"我骑术不佳，劳烦公子了。"

少年点点头，伸手来扶她上马。他隔着衣袖托住她的手臂，殷铮忽然间怔了下，觉得这个动作似曾相识。但他随即翻身上马，坐在她身后，一抖缰绳，催马疾奔。

烈日下连风声也叫人焦灼，殷铮在上下的颠簸中茫然地想着，不知道宋莹和瑄弟弟是否逃脱了追杀！吕荣呢，他偷到马匹了吗？她觉得自己真是没用。若是阿玉在的话，她一定能保护大家，根本不会让宋莹受伤。

可是，阿玉到底在哪儿呀？为什么邺都会变成这个样子……

殷铮想不明白。

虽然德贵妃跟殷琰的争斗一直没有停歇，但不管哪一方赢，都不该是这种局面。是谁杀了父皇他们？是谁火烧宫殿？是谁躲在幕后？这一切，难道真会是殷玒所做？

她不能相信。她对殷玒的了解虽然并不深，但也知道，这个皇兄空有野心，却没有实力争夺皇位。圜丘那一回已经算是他的倾力一搏了。

可是，不是殷玒的话，又会是谁……

她的思绪被勒马的呼喝声打断，定神一看，已经到了山谷入口前。她正要下马，就听那少年抬手招了个手下，命他入谷察看。

那人鞭马进去，不一会儿就奔了出来："公子，里头没人。"

少年的眉头皱起，低头向殷铮说："姑娘，这周围一带随时都会有青州兵经过，留在此处太危险了。你还是先同我们到章山去吧。"

他言辞恳切，听得她心头一热，几乎要出声答应。但想到殷瑄，她还是摇摇头："说好了在这儿会合的，不见到他们，我不放心。"

少年无法阻拦，只得帮她下马。殷铮再三感谢，又问起他的姓名。少年刚迟疑了下，旁边的陈耿就用力咳了两声，他只好支吾道："举手之劳，姑娘莫放在心上。要不是我们急着赶路，倒是可以陪你等人。如今你独自留在这……"顿了顿，他转头叫道，"陈耿，留些吃食给这位姑娘！"

殷铮慌忙推辞，但拗不过他们，只好接过陈耿提来的布兜。她朝众人深深一礼，

第三十三章 绝处逢生

鼓起勇气说："公子心地善良，我……我想厚颜再向公子乞求一物。"

"姑娘还需要什么？直说无妨。"少年宽容道。

"请公子……将那把匕首送我。"

少年一愣，不由得抬眼看她。只见她的目光微微闪动，嘴唇上咬破的伤口还渗着血丝。

——那差点儿被处决的一幕，还历历在目。

他面上现出不忍之色，却什么都没说，只是沉默地摸出腰间的匕首。殷琤刚要伸手去接，他一晃手避开，说："这把匕首是我最敬重的人送的，对我来说十分珍贵。因此我不能送给你，只能暂时借你一用。等你用完了，一定得还给我。你答应吗？"

这样乱的世道，她一个弱女子又能承受多少呢？可她执意不肯走，他们又不能留下保护她，他只能这么劝她莫要轻易放弃自己的性命。

殷琤半晌没能说出话来。她长在深宫，多少人甜言蜜语地奉承，却都不如这几句话暖心动人。被一个陌生人这样温柔对待，她一颗心酸涩得都要溢出泪来。

"我答应你。"想了想，她从颈间扯出一块小金锁，"这么贵重的东西，我不能白拿了。这块金锁抵在你这儿，若有机会相见，我们再换回来。"

她把金锁塞进他手中，拿过匕首，又是一礼："公子不肯吐露姓名，必是有难言之隐。活命大恩深重如山，现下无以为报，只能日后再报答。诸位恩公路途多加小心。"

说完，她就转过身，快步往山谷中走去。

看着她的身影渐渐被树影遮蔽，陈耿叹道："这姑娘来历不一般哪！看着像世家大族的小姐，可惜碰到了这等祸事……"

少年低低应了一声。见他情绪有些低落，陈耿就转了话题："公子，你真要赶着回冀州？其实邺都这边的情况，直接传信给大王就行，公子大可不必星夜兼程赶回去。"

少年摇摇头："不能传信。这里的事，我要亲自跟二哥说。"

他翻身上马。

阳光斜照在山间，光芒仍是刺目。但这明亮却让人觉得萧索无望、挣扎难熬。他眉间浸满忧虑，年轻的心中满是对兄长的担忧：

二哥还等着公主的亲笔信呢……他又怎么能让二哥在满怀期待的时候，从普通的线报中看到公主失踪、生死不明的消息？

殷琤在山谷中等了很久。

当白日的燥热之气终于开始退去时,殷琤被一片微风拂动的草叶惊醒了。蒙蒙眬眬睁开眼,暗下来的天色让她一时间都分不清是日暮还是晨曦。

竟然靠着树干就睡着了……

她坐起身,环顾静悄悄的山谷。等了近两个时辰,不仅没等到殷瑄和宋莒,连吕荣也没见到。

会不会,在她来之前,他们就已经会合一起走了?

她突然害怕起来,禁不住开始后悔,先前该跟着那个好心少年直接去章山的,总好过现在,她独自一人待在这空寂的山谷。此时,她手边只有一兜吃食,一把匕首。

殷琤紧紧握住短匕,精铁冰凉的触感让她惶恐的心稍稍安定了些。

没关系的,再糟糕,也不过是一死。她不怕。

天空一点点变黑,只能隐约看到不远处的草木轮廓了。总归是无处可去的,她打定主意要在这儿等着,不管会等来什么人、又会等来什么后果。

就在她痴痴地瞪着前方时,外头忽然传来了一声马嘶。她一下子跳起来,握紧了匕首,紧盯着入口的方向。

马蹄声渐渐清晰,"嗒嗒"的声音像是敲打在她心头。昏暗的天光下,一团黑影摇摇晃晃地从草丛中穿过。刚进入山谷,歪在马背上的人影就再也撑不住,从上头滚到地上。剩下一人趴在马背上,压低了声音尖叫:"宋莒!"

是瑄弟弟!

殷琤长出了一口气,整个人都放松下来。她从小坡上奔下去,忍不住雀跃:"瑄弟弟!你们终于来了!真把我吓坏了!"

天色暗得让她看不清殷瑄的表情,只听到他迟疑地唤道:"姐姐?是你吗……啊,是姐姐,真的是姐姐!"

许是受了惊吓,他这时候声音都有些哑了,像是哭过了。等到殷琤跑近了,他就从马背上滑下来,跌跌撞撞地冲进她怀里。

"我以为再也见不到姐姐了……"

殷琤的眼泪顿时就下来了。多少担心恐惧,熬到现在才涌出来。她抱住殷瑄小而瘦的背,泣不成声:"瑄弟弟,我们……我们再也别分开了好不好?我怕得很,怕你们出事,又怕你们走了……"

殷瑄在她怀里重重点头:"不分开,死也不分开!"

两姐弟哭了一会儿,才想起宋莒还倒在地上,慌慌张张地跑过去。宋莒的右臂断了,伤口上胡乱裹着一些破布，勉强止住了血。只是他到底失血过多，除了微弱地喘着气外，压根就出不了声。

殷琤总算年长些，又经了些事，很快就冷静下来。她叫上殷瑄，两人费了九牛二虎之力，才把高大的宋萱拖到一旁的空地上。

宋萱倒是咬着牙没晕过去，硬挺着挨过这番折腾。殷琤见状，赶忙从布兜中拿出吃的喝的，小心地喂他吃下去。算起来，他们这一日都不曾进食，眼下没有伤药疗伤，就只能让宋萱吃点儿东西补充体力。

果然，被喂了些东西后，宋萱的气息就稳定了许多。殷琤这才轻松了点儿，把吃的分给殷瑄。

"这是哪儿来的？"殷瑄啃着手中的面饼，犹豫着问，"姐姐……没事吗？"

殷琤抿了下嘴，用轻快的声音说："没事呀，我碰到大好人了！"她将先前的事说了一通，说到她拒绝跟那些人去章山时，宋萱忽然抬起眼皮，目光闪动了下。

殷瑄到这时才真正露出笑容："真是万幸，多亏了那位公子，姐姐你才平安无事。以后再见到了，我定要好好谢谢他。"说着，他转头看着已经变得黑黢黢的山谷，"真奇怪，吕荣怎么还没来？"若是到了这山谷，吕荣不可能不等他们就离开。他到现在都没出现，恐怕是出事了。

这话他没敢说出口，但殷琤又怎么会想不到？沉默了一会儿，她说："我们再等等，要是天亮了他还不来，那咱们就先走。"

两个人又絮叨了些话，都困乏得很。宋萱早已睡过去，鼾声伴着虫鸣回荡。

夜风吹起来透心凉，他们姐弟俩就依偎在一起，像互相取暖的小兽，迷迷糊糊地睡着了。

好像只是刚闭上眼，殷琤忽然觉得有一只手摸上她的肩膀。她猛地一激灵，睁开眼睛就见一个黑乎乎的脑袋凑过来。在她尖叫之前，那人悄声说："公主，青州兵来了！"

原来是宋萱。他昏睡到一半就被伤口痛醒，隐约听到山谷外有动静，就起身出去察看了一下。

远远地看到许多火把在夜色中扎眼地烧着，想来是青州兵又在搜寻流民了。眼看那些火光朝这边移动过来，他立刻知道，再待下去就是死路一条。

白天几经艰难，才险险躲开那队巡逻兵的追捕，若是再遇上，他们绝不会再有那样的好运。

他摇醒殷琤，示意她跟着自己往边上走几步。那匹抢来的马安静地拴在树下，轻

轻踢踏着地上的土石。

见他站在马前，用仅剩的左手抚弄着马的鬃毛，殷琤疑惑道："我们现在就走吗？我去把瑄弟弟叫醒。"

"公主，"宋萱叫住她，黑暗中只能模糊看到他粗野的轮廓，和一双幽暗的眼珠，"你蹲下去，摸摸它的左后腿。"

殷琤不明所以，但还是依言照做。她怕这马会突然踢她，就站在它的身侧，一手扶着树干，一手顺着左腹，小心地往下摸。

好在这马颇为温驯，她正狐疑地摸着，手指突然触到了一处濡湿、糜烂的皮毛。她飞快地收回手，不用分辨，她就已经感觉出指间黏腻的液体是什么了。

——血。

宋萱的声音压得很低："我们逃跑时，它的腿挨了一下，差点儿就驮不动我们两人。"

"两人"的尾音飘入耳中，殷琤忽然明白过来，她慢慢抬起头，绝望地看着他。

"吕荣不会来了，大概是死了。"宋萱嘿笑一声，"这马又载不动我们三个人。小人已经断了一只手，算半个废人了，就请公主带着三皇子逃命去吧。"

他嘴上这么说着，眼睛却看过来，等她的反应。

殷琤后退一步，倚在树干上。世界似乎都寂静下来，好一会儿，她才听到自己的声音软绵绵地响起："我一个弱女子，骑术又不好，哪里能带瑄弟弟离开？瑄弟弟身系大弘的未来，他不能有事。你一片忠心，有你护卫他，我放心得很。"对宋萱来说，她现在就只是一个累赘。没有他的保护，他们姐弟俩绝对走不出多远。三个人中要扔下一个人，除了她，还能有谁？

"那公主你……"

她忽然间厌烦了他刻意装出的惊讶："我不用你操心。"她能选择什么？那把匕首还插在腰间。

"公主真是深明大义，勇气过人。"宋萱弯下腰去，"小人佩服。"

殷琤没有理他，她僵硬地迈动双腿，走回到殷瑄安睡的地方。她弯下腰去拥住他，她最亲爱的弟弟，她轻轻地拥着他，生怕把他弄醒。抱了一下她就要松开，却忽然发现袖子被拽住了。垂眸看去，只见殷瑄紧紧地抓着那片布料不放，因为太过用力，连指节都微微泛红。

他并没有出声，也没有睁开眼睛，就这么执拗又绝望地想要留住她。

第三十三章 绝处逢生

殷诤抬手摸了摸他的脸颊，她很想哭，却不知为何流不出眼泪。只是咬着牙，颤抖着手，一根一根掰开少年紧握的手指。

殷瑄就那么缩在地上，浑身抖个不停。他紧闭着眼睛，害怕一睁眼就要再度面对生离死别的惨痛。

殷诤心中酸楚，不忍再看他。她直起身，退开两步，让身后牵着马的宋菅走上前来。

"我把瑄弟弟交给你。若是你胆敢让他受苦，我死也不会放过你！"

这大概是她说过的最怨毒的话了。殷诤的两只拳头握在身侧，眼睛一眨不眨地盯住他。

宋菅跪下身拜了拜："小人遵命。"他用左臂夹起殷瑄，将他放上马背，然后自己也爬上去。看着她清凌凌的眼睛，他终究有些愧疚，低声叹道："若是之前公主随那些人去了章山……"大概他也觉得这话说出来太刺心，就住了嘴，抛下一句，"公主保重！"随即轻踢马肚，纵过草丛，随着夜风远去了。

殷诤站在原地，一动不动。牙齿咬在嘴唇上，血腥味盈满齿间。她不觉得痛，只觉得冷。凉风透进了皮肉、骨骼，一直扎到心里头。

这一次，是真的被抛下了。

巨大的惶恐铺天盖地地压下来，这夜色都成了恶兽，凶狠地张大了嘴，等着将她拆吃入腹。她以为自己够坚强、够勇敢，但当风中传来不知名的兽吼时，她所有的理智都在瞬间崩塌。

这个养尊处优、从未见过世道险恶的十五岁少女跳起来，像一只惊恐的兔子般，慌乱无措地追出山谷，嘴巴不停开阖，声音却都压在喉中，哽咽着低喊：

"不要走！不要丢下我！带我一起啊……"

横斜的枝丫勾散了发髻，不合脚的草鞋跑飞了出去，她不辨方向，失去平衡，从山坡上一路滚下去。

凸起的石块硌着她的身子骨，她在剧痛中恍惚想着：就这么摔死吗？也好，也好……

她从蓬松的草丛穿过，摔进了隐蔽在下方的地坑。虽然浑身摔散了架，但到底没晕过去。求生的本能让她挣扎着抬起身体，刚低声痛呼了两声，她忽然胆寒起来——

地坑中有呼吸声。不止一个。

她僵硬地循声望去，劲风迎面而来，一个人将她按倒在地，手掌几乎将她整张脸都捂住了："别出声！"

瞬时，殷诤脑子里跳出的第一个念头竟是庆幸：他们是人！不是野兽！

她不敢动，那个人也不动。一片寂静中，上方忽然有火光掠过，紧跟着是青州兵的呼喝声。他们并没有多作停留，就急匆匆走了。

又等了一会儿，那个人才跳起来，蹑手蹑脚地攀出地坑观察了一番，确定附近没有青州兵后，又跳了回来。他站在殷琤面前，抬手摸出火折子，在微弱晃动的火光中皱起眉头："是个女人。"

殷琤抬手挡住眼睛，等到适应了光亮后，才看清这小小的地坑中，竟挤了十多人。这些人紧贴着洞壁，都是衣衫褴褛的模样。因为脸上都很脏，面貌大多看不清，只能分辨出是些少年。最里头还坐着个老妇人，她怀中搂着个十来岁的丫头。

"阿婆，怎么办？"有人问。

那老妇人眼神幽深，似在估量着什么。那个拿着火折子的少年侧目打量着殷琤，她若有所觉，抬头看去，对方却迅速移开了眼睛，说："先带上她，等离开这里再说。"

其他人都有些惊讶地看向他，少年不动声色地站着，老妇人沉吟半晌，就点头答应："就照阿祈说的办。"她的目光落在殷琤身上，慨叹道，"这样乱的世道，活着都不容易，能帮就帮吧。"

殷琤一怔，猛地低下头去，想要藏住骤然涌出的泪水。

她说不清心头的酸涩从何而来，只是每到绝境，总有素不相识的陌生人朝她伸出援手，而她的至亲……

她想起那只抓住她衣袖的清瘦手掌，还有那一根根被她掰开的手指。

　　北地的秋来得又急又猛。才刚觉得风中带了一丝凉意，转眼间草木就颓唐了生气。

　　城西的别院中，一栋小楼跨在浅溪上方，潺潺的溪水流淌而过，叮咚声响愈发衬得四周幽静安谧。

　　朝阳的一侧窗扇被支开了大半，让晨曦轻柔的光亮随风而入，静悄悄地落在临窗小榻上的少女身上。一同落下的还有一片杨树叶，叶的边缘刚染上金黄的秋色。

　　少女毫无所觉，她安静地躺在榻上，苍白的脸色好似玉雕，只有胸口的微微起伏证明她还活着。

　　一双手突然攀上了窗台，然后露出了一张浓眉大眼的少年的脸。

　　这少年探了半个脑袋进来，见榻上的人还在安睡，就放心地站起身，把身子钻进窗户中。他仔细地打量着这个少女，见她虽然在睡梦中却还是眉心紧蹙，顿时转了转眼珠子，很快就拿定了主意。只见他伸手拾起那片叶子，把叶尖往她的鼻子凑去。

　　眼看恶作剧就要成功，他忍不住偷笑起来。但他的笑容刚刚扬起，一只手就闪电般地抓住了他的手腕。那只手紧接着一用力，就要将他拽了进去。他吃了一惊，下意识地伸手一扯，想要退回窗外。这一用力，居然反倒把对方整个人从榻上拉了起来。

　　那少女抬手撑住窗户，琉璃般的眼眸中带着讶异："你是谁？"这少年的力气出乎意料地大，她一时不防，差点儿被他拖了出去。

　　发现她醒了，少年松手就要跑，奈何她抓着不放，只好苦着脸回答："我是沧儿。"

　　"沧儿？"少女蹙眉想了想，却没有头绪。

　　少年跟着就问："你呢？你又是谁？"

　　她一愣，还没想好要怎么回答，门外忽然传来脚步声。少年的脸色顿时变了，趁她分神，赶紧挣脱她的钳制，飞快地跳到窗外的小径上，一溜烟钻进了树林中。

　　她拦之不及，只能眼睁睁看着他逃走了。

　　这时，房门被推开，一位英朗的青年迈步进来。他脸上的倦意犹在，却在第一眼看到坐在榻上的少女时，瞬间变得又惊又喜："琰儿，你醒啦！"

第三十四章 旧日已死

殷琰闻声回过头，看到他欣喜的模样，不由得笑了笑。明亮的晨光漫洒在她的肩头、发梢，让这笑显得空灵、虚幻，好似一朵将要凋零的花。

宇文渊的脚步蓦地顿住，直到她疑惑地扬起眉，他才回过神来。行到榻旁坐下，两人怔怔对望着，一时间谁都没有开口。好一会儿，宇文渊才出声问道："你好些了吗？伤口还痛吗？"

殷琰摇摇头："这点儿痛不算什么。"

"呵呵，"宇文渊垂眸笑叹，"你还是这么倔强。"他伸出手，不容拒绝地把她的脑袋按进怀里，"我知道你不愿哭泣示弱，但至少在我面前，不准你这样强撑着。"

她的额头抵在他的肩上，薄薄的外衣挡不住底下肌肤透出的热度——就跟他的人一样，总是热切得让人无法抗拒。殷琰放弃了挣扎，觉得自己软弱得像株野草，在劲疾的秋风中被吹折了骨架、脊梁，只能依偎着眼前人的温暖。

她的温顺让宇文渊意外，更让他欢喜。好似受了鼓舞，他压不住兴奋："你就在这儿好好养伤，等你身体好了，我再陪你练剑、骑马。这山后有一处温泉，不仅能祛病、健身，还有消除疤痕之效。"边说着，他边摩挲着她手背上结了痂的伤痕，"你是怎么受了那么多伤的？邺都到底发生了什么事？我只知道你失踪了，没想到会在沙漠中遇见你。"

"……阿兄死了。"

殷琰闭了闭眼，轻飘飘地吐出这四个字。紧接着是一段长久的沉默，久到宇文渊都忍不住低下头来，见她神色淡漠，无悲无喜，不由得心头一凛。

良久，才听她说："我昏迷数日，醒来时发现被胡人掳到羌地。玉英和宫女们也都死了，只有我独自逃出来。"

这期间她经历了什么，不必细说，宇文渊心中已有猜想。唯一值得庆幸的，是她身上的伤势虽然不轻，好在并无异样，若不然……

他的目光冷了冷："你放心，我定会为你找到那些畜生，将他们千刀万剐。玉英忠肝义胆，不会白死。"相知多年，他明白她的心思。玉英虽然只是一名宫女，但自小陪伴她，两人感情亲厚如姐妹。别说是殷琰了，就算是宇文渊，乍然听到玉英的死讯，也觉得一股闷气郁积在胸，恨不能手刃仇人。

"嗯。"殷琰低声应了，"回头我画几个胡人的头像给你，若有哪一日碰到了，就替我留着。"

"不用急，这些事我自有安排。倒是你的手臂伤得厉害，要是不养好，以后别说握剑，

连拿东西都不便。"

说着他就捞起她的衣袖,小心卷开袖子细细察看了一番伤口愈合的状况后,才玩笑似的说:"难道你还信不过我?"

殷琰不说话,只是睨了他一眼。这个眼神终于不是那么死气沉沉了,宇文渊挑起剑眉,笑道:"看来我还算值得信赖。那就这么说定了,旁的事都交给我,你呀,专心养伤就够了。"

"这样可就叫世子受累了。"

她抿着嘴,唇边带了笑,看得宇文渊一颗心都软乎乎的:"这算什么?早前我倒是想受累,可人家不理我;如今好不容易有了机会,哪能再放过?宇文渊这双肩啊,只想为一个人担尽喜怒哀乐。"

他们相处多年,彼此虽然心许,但一向以礼相待,亲密的举止也极少。像这般大胆的表白,更是从未有过。不只殷琰惊讶,连宇文渊自己也十分讶异,没料到自己会说出这样的话来。

殷琰的脸颊一下就烫了起来,这才想起自己一直倚在他怀中,慌忙后退拉开了距离,转过头假装去看窗外的景色。

宇文渊愣了一下,就低声笑开。他伸手去碰她的肩,立刻被甩开。如是三番,他终于大笑起来,双臂一展,在她的惊呼声中,将她整个人都打横抱起来:"在屋里闷久了无趣,我带你出去走走。"

她在女子中算身形修长的,但此时在他怀中,却也很是娇小,轻盈得犹如一团轻羽,好似稍稍用力就能塞进胸腔中。

甫出了门,明亮的光芒瞬间涌进眼眶,殷琰不由得眯起眼睛。下一秒,宇文渊宽大的袍袖随即垂落,为她遮挡住光亮。她仰起头,他的笑脸就映入眼中。他正低头看她,坚硬的下颌因为欣悦而显得线条舒展,上头新冒出的胡子楂儿青青点点,带着男人特有的不羁。而那温柔的眼神,更像是在望着呵护在掌心中的花朵。

……他真是好看得紧。

殷琰忍不住在心中自语。

她身边从不乏英俊的美男子,脾性、风骨各有不同,潇洒率性的有之,温和沉稳的有之,却都不如他耀眼。他是天生的骄儿,合该聚敛众人的目光。或是看他不留余地的霸道,或是爽朗大笑时的快意,情绪总是随他而动,由不得自己做主。就像这一

第三十四章 旧日已死

刻他的眼神，似乎都在无声地诱哄着她沉溺其中。

"……你挡着我的光了。"

她轻轻捶了他一下。他立刻笑起来，胸膛震个不停："这是哪来的蛮横姑娘？枉费我一片好心。"

殷琰哼了哼，转头打量着四周。她大约是昏睡了好几天，中间曾醒过几次，但神志不清，很快又睡过去。蒙眬中觉得有人在照顾她，动作轻柔安静，没有一点儿声响。今天是头一回真正清醒过来，一睁眼见到的除了那个少年，就是宇文渊了。

这时抬眼看去，才知道这栋小楼是建在山坳中，周围耸立着的杨树高大、挺拔，将小楼妥善地藏在树影中。楼外用木栅围出了一块宽阔的平台，上头摆了雕饰古朴的石桌、石凳，看着敦实可爱。再远处，沿着山势修了座栈桥，弯弯曲曲的，不知道通到哪里去。

两个着素色衣裙的婢女守在门前，见他们出来，就安静地行了礼。

宇文渊吩咐道："去拿些吃的来，把姑娘的药汤也一同端上来。"他抱着她走到石桌旁，将她放到凳子上，端详了她几息，不满地摇头，"脸色还是这么差，待会儿多吃点儿东西。前几日你昏迷不醒，补药都不敢灌太多。现在好了，我备的那些药材总算能派上用场了。"

"我不过是受了点儿伤，又没伤筋动骨的，哪里需要这么补？"殷琰反驳道，"倒是你，眼睛底下都青了，胡子拉碴的，难道夜里没睡好吗？"

宇文渊伸手摸了摸下巴，果然一手的刺扎感。他是先回了汉中王府，跟汉中王宇文拓汇报了战况，就连夜从梁州赶过来。那几个知晓殷琰身份的将士，都被他安排跟荀蒙的胞弟荀胧一起去始平郡了。宇文拓只知道他从沙漠中带回来一个女人，安置在天水的别院中，还揶揄了他几句。他们父子俩谁都没有提宇文潜的事。

"一宿没睡而已。正赶得巧，我一来你就醒了。"

殷琰嗤笑："是啊，我这是心有灵犀，特地醒来迎接世子呢！"

"哦，怎么个迎接法？连口水都没给我喝。"他凑过来，脑袋往她肩上歪，"不如让我靠一靠，眯个盹儿？"

殷琰笑着去推他："别耍赖，难看死了。喏，你要的水来了。"

婢女们端着托盘过来，将东西一一放在桌上，又无声地退到一旁。殷琰瞥了她们一眼，宇文渊就随意地挥挥手，让她们都退下。

这四周真是安静啊……

她眯起眼睛，微微恍了下神。

"铛！"

宇文渊用汤匙敲着碗壁，把黑乎乎的药汤送到她面前："我喂你？"

"别！"殷琰赶紧伸手挡住，"你堂堂一个世子，怎么能这么腻歪？"她试了试温度，就端起药汤一饮而尽。

宇文渊摇摇头，带着点儿遗憾地把玩着没派上用场的汤匙："我是不介意做那'绕指柔'，可惜你总不给我机会。"

她刚拈了块糕点放进嘴里，听到这话，顿时呛咳起来。他就笑呵呵地把茶端到她嘴边："你还真应景，我话刚出口，你就立刻制造了个让我表现的机会。"

殷琰连忙闭住嘴巴，才没把一口茶喷到他脸上。

见她气恼地瞪着自己，宇文渊看着看着，眼中的笑意渐渐沉了下去。他探手过来，粗硬的指节熟稔地轻触她的脸颊。从额头一路延至腮侧，他的叹息中有不加掩饰的满足："真想不到，你会这样在我身边。琰儿，你不知道我等了多久……"

离开邺都的那一日，他心中想着，等到再次重逢时，自己绝不会再像个狼狈的乞求者一般，只能听凭她的"安排"。他本就不是个会任人摆布的男人，只是因为她，才愿意一次次退让。然而退让并没有任何意义，真正的强者不需要退让。

宇文渊已经明白，他们之间不只是男女之情，更是权与力的较量。殷琰是个非同一般的女子，但当她失去了皇权的支撑，就如同飞鸟失去了羽翼，只能困居一隅，安静地舔舐伤口。

殷琰默然垂下眼睛，像是挣扎，又像不甘，她无力地呢喃："你是趁虚而入……"

"没错，我就是要趁虚而入。"他的笑容俊俏又残忍，一字一句犀利地往她耳中钻，"你还指望什么呢？陛下和太子都已经死了，连玉英也离你而去，你还有什么可操心的？这天底下，你谁都要顾，哪顾得过来？为何不把心思放在我们身上，顾着我，顾着你，我们一起，不好吗？"

他的手落到她的肩头，顺势揽住她往怀中带，"你现在什么都没了，但我还在。就当那个元亨公主死了，从今往后，你就只做我的琰儿，好不好？"

不知道是不是药起作用了，殷琰只觉得浑浑噩噩的，什么都想不明晰，什么都抓不住。

元亨公主是谁？

第三十四章 旧日已死

是那个在母后冰冷的尸身旁静默的小女孩？

是那个跪在父皇面前的碍眼女儿？

是那个眼睁睁看着兄长断头而死的无能妹妹？

还是那个在玉英和宫女们惨遭迫害时沉睡不醒的公主，又抛弃她们独自逃离的懦夫？

公主，公主，公主……

多可笑的称呼。

元亨公主尤其可笑。她这样的笨蛋，谁还会留恋她？从这世上消失又有什么不好？连伯微都这么说啊。

她在极度的困倦中闭上了眼睛，软弱地倚在他胸前，声音模糊："……好。"

宇文渊的手臂稍稍松开了些，他低下头凝视着她，半晌，终于忍不住把嘴唇印在她的眉心上。像少年的情事初定，他的双唇滚烫，心口狂跳："你答应了，就不能反悔。"

宇文渊待的时间并不长。

两天后，他就动身回了梁州。之后约莫十天来一次，住上几日，就又走了。

中原的局势变化极快，稳固了雍州兵力后，汉中王实际掌控梁、秦、雍三地，已成雄踞西北大地的猛虎。宇文渊有心不让其他人插手雍州的事务，不免要花费更多时间在那上头，他渐渐地就抽不开身，来天水看殷琰的时间越隔越长。

小楼中总是太过安静，殷琰时常伫立在树下，闭上眼睛听着风声叶动，一站就是几个时辰。她每日的生活都十分简单，开始只能倚在榻上看看书，等到身上的伤口好得差不多了，她就能在院子里舞舞剑，或是摆弄一下花花草草。

只是她在侍弄花草方面实在没什么天赋，不过浇了几次水，就把两株牡丹弄得蔫头蔫脑、毫无生气。宇文渊偶然看到，又是惊讶又是好笑，隔天就送来了数十盆牡丹，说是给她练手。

殷琰却不敢妄动。

看着原本枝叶繁茂的花草，转眼间就在自己手上枯萎，那种感觉并不好受。她变得小心翼翼，自己不再轻易动手，全都交给婢女们照料。这些婢女跟花草并没有多少不同，她们无声无息，从不曾说出过一个字。

她轻轻叹了口气。伯微一向思虑缜密，他选的婢女都口不能言、手不能写，只靠一双眼睛、一对耳朵做事。

那座依着山势的小桥，殷琰从没试着走上去过。宇文渊每回从桥上过来，她都只

是站在檐下,看他兴致勃勃,步履轻快。好像桥的那头连着的是另一个世界,而她在这小楼中,与世隔绝,早已被世人遗忘。

在这样一日日的寂静中,好像有什么东西悄悄流失了。连宇文渊都察觉到了她的变化,她的话越来越少,笑容总是挂在脸上,让那原本锋芒毕露的面容显得温婉了些——也平淡乏味了些。

无论什么事都不在乎,他说什么,她就应一声"好",却不像真正听进去的样子。与她对望时,那双眼眸常常透着迷茫,好似不知身在何处。

只有在握住长剑时,那种久违的力量才会从她身体深处迸发出来,仿佛那一刻,她自己就成了剑,在蒙尘许久后从灰土中破出了一丝光亮。

"——咻!"

凛冽的剑光凭空掠过,将飘落的杨树叶从中切开。片片碎叶飞落在身周,已经在秋风中退去所有绿意的黄叶翩翩而动,像许多狂舞的飞蝶。骤然间,无端的悲凉凄怆从心头涌起,让她忽地怔住。

有相似的画面从脑海中闪过,那是在天虚宫太极殿中,高坐在龙椅上的父皇将她抄写的《孝经》撕碎,撒向空中,片片暗黄的纸页也曾这样飞舞。

悲痛突如其来。

一个多月来,她要自己什么都不去想、什么都不去问,好像这世间的人和事都跟她不相干,她只需要看着眼前的方寸之地。可就算她不当元亨公主了,这痛却依然无法消散。

白衣少女持剑的手缓缓下落,颓然地垂落在身侧。她用左手捂住脸,遮挡住那因为锥心之痛而扭曲的面容。

此时,宇文渊正站在桥上,紧皱着眉头望着这一幕。

看着她愈显瘦削的背影,他无端地恼怒起来。自己每回来,都只见她的身体越来越消瘦,越来越单薄,这一眼看去,脑中只有四个字——形销骨立,好似一阵风就能将她吹倒。

怒气止不住地上涌,他猛地伸手握住悬在腰间的长剑,在铿然声中扬臂出剑,脚步由慢而快,直冲殷琰刺去。

正捂着脸颇感心酸的殷琰忽觉背后的风声骤然凌厉,在思绪回转前,她的身体已经先一步做出反应。

旋身、抬剑、格挡,剑锋交击着摩擦出刺耳的声音,一回头就见宇文渊逼近到跟前,

第三十四章 旧日已死

那熟悉的面容冷酷、凶狠，一对浓眉紧皱，眼睛中隐隐有怒火跃动。

她一愣，宇文渊趁机挥剑横扫，一股大力从剑身上传来，"咣"的声响中，她的剑脱手而出，飞到了一丈开外。

被这力道所迫，她身形不稳地后退几步，歪倒在地上。宇文渊紧跟着逼上前，锋利的剑尖挺在她面前，微微晃动着。

"……伯微？"

殷琰的眼睛不由得睁大，她自然能分辨出这一剑中的愤怒，却不明白他为何发怒。

"你怎么了？"

宇文渊嘴角挑出一缕带怒的笑："你问我？我倒想问问你，你到底怎么了？你是只想把躯壳活在这里，一天天做个行尸走肉吗？"

"我……"

"还是说，"宇文渊咬住牙，脸颊的肌肉绷紧，"你是在怪我？"

殷琰愈发奇怪："我为何要怪你？"

"为何？哼，在你心里，不是认为我将你软禁在此吗？"宇文渊气恨交加，抬手一指身后的木桥，"你以为那座桥外有什么？重兵把守吗？"他又指着眼前的山林，"还有这座山，你以为上面有人监视吗？连一步都不肯迈出去，琰儿，你真当是我困住你吗？"

他目光灼灼，看得她心中生愧、百般羞惭，一句话都说不出，只能低着头，使劲儿地捏着手指。好一会儿，她才勉强找回自己的声音："不是你困住我，是我自己要待在这儿。"

宇文渊盯着她头顶微微颤动的发丝，看她脆弱消瘦的身姿，怒气渐渐散去。他收起剑，屈膝蹲在她身前，脸色还是很臭："是真心话吗？"

殷琰点点头。或许在她心底，已经对那纷乱残酷的现实存了畏惧。她把自己困在这小楼中，就像乌龟缩进了壳，外头多少风雨，都可以假装不知道。

"我想，我大概是害怕了。这里头，总是痛。"她按住胸口，呼吸有点儿急促，"元亨公主已经死了，为什么我还会痛？"

这是她第一次向他展露脆弱，用这般毫不遮掩的姿态。宇文渊的心软了下来，安抚地按住她的肩："她虽然死了，可我的琰儿也受了伤，伤在心里头。不过没关系，在我身边，你可以慢慢养伤，很快就会好的。只要你全心全意相信我。"他凝视着她，

浅棕色的眼睛中隐隐有丝不确定,"你相信我吗,琰儿?"

"当然。"殷琰下意识地回答,跟着又补了句,"玉英也信你。"这是玉英的期望。在宇文渊不知道的时候,玉英就将她的公主托付给了他。

看她唇边不自觉地露出了浅浅的、带着点儿讨好的笑,宇文渊仅剩的一点儿怒气登时都被击散了。他轻轻弹了下她的额头,就拉她起身:"来,我有东西送你!"

他带她奔上木桥,"咚咚"的脚步声互相应和着,像欢快的鼓点。这木桥像栈道,依着山壁弯弯绕绕。等转过一处凸起的巨石后,眼前豁然开朗——

竟是一整座建在山石上的庄院!

一座座楼阁或依山耸立,或凌空跨着山谷,其惊险、胆大之处简直叫人赞叹。

脚下的路通向一块足有十来丈高的"飞来石",上头造了间亭子,名曰"观风"。亭中有一人一琴,操琴者是个容颜清婉的少女,她低着头专心抚琴,额头的刘海儿随着她的动作轻晃,韵致十分动人。听到动静,她停下手,循声"看"过来:"是世子,还有一位……姑娘?"

殷琰这才发现,她的双眼虽然睁着,却没有一丝光亮。更让她惊讶的不是这少女双目皆盲,而是她的声音,竟然跟玉英一模一样!

她转头去看宇文渊,他笑着回答:"这就是我要送给你的礼物。以后,就让她陪着你。"说着,他拉着殷琰走到少女面前,"龚银,来见过琰姑娘。从今往后,她就是你的主人。"

龚银温顺地伸出手,摸索着抓住殷琰的手掌,来来回回地抚摸,似乎要记住她手上的每一处纹理。殷琰觉得古怪又新奇,还没反应过来,就见龚银从袖中拿出一个小瓶,从中倒出一点儿无色无味的液体抹在她掌心,又低下头凑近了仔细地嗅闻着。过了一会儿,她才抬起头:"我记住琰姑娘的味道了。"

"你是通过气味来认人的?"殷琰奇道。

"是,我自小眼睛看不见,鼻子却很灵敏。不同的人,抹上阴息香后的味道都各不相同。"龚银扬了扬手中的小瓶,解释道。

殷琰又问起方才她弹奏的曲子,问得十分细致、琐碎,龚银很有耐心地一一作答。旁观的宇文渊却清楚,殷琰不过是想听她多说些话罢了。

"咳,"站了半天,他终于忍不住出声打断她们:"你们以后聊的时间多得是,现在就别把我一个人干晾着了。我可是累了一路才回来的!"

听他说得可怜,两个女孩都欢快地笑起来。龚银回身抱起琴,说:"世子累了,就去歇息吧。我陪琰姑娘回去。"

宇文渊瞪眼："咦，你们想过河拆桥？"

"是呀，世子您就去忙您的大事吧。"

殷琰朝他眨眨眼。因为愉悦，她的笑容都分外明媚张扬。

宇文渊呆了呆，见她扶着龚银就要离开，忙把她叫住。殷琰看过来，就见他拿出一支晶莹剔透的玉笛来。这玉笛长不足一尺，做工尤为精细，迎着阳光一照，孔洞中就折射出七彩斑斓的光辉。

"这个给你玩。说起来，也有好多年没听过你的曲子了。"在孟皇后过世后，殷琰忙于弓马之事，那些个消遣的玩意渐渐地都扔了。

"曲子都忘光了，等练好了，再吹给你听。"殷琰摩挲着玉笛，低声说，"伯微，多谢你。"

宇文渊只是笑："我等你的曲子。"

他站在亭前，一直目送着她们走远，嘴角的笑意都不曾淡去。

自此后，殷琰的日子就过得舒心许多。

龚银果真是百般贴心。她虽然看不见，但行动并不十分受限。小楼中的布置又简单，不过一两日的工夫，她就已经能进出自如了。

有她的声音时不时响起，这栋楼都变得温暖了些。殷琰每每在半梦半醒的恍惚间，听到那跟玉英一般无二的声音，总会错以为自己还在祥福宫中，玉英还相伴在她身边。

到白日闲暇的时候，殷琰在练剑之余，也随手拿起笛子吹了吹。大概真是隔了太多年，她生疏得很，一曲《阳关》吹得七零八落，叫人不忍卒听。最后还是龚银弹起琴，来校正她的笛音。

暮色中琴声清雅，笛声断断续续地应和着。好不容易双方有了点儿默契，互相能照应上时，木栅外忽地传来一声轻微的"咔嚓"声。龚银的琴声一顿，殷琰就三步并作两步翻出了木栅，把躲在树后头的少年揪个正着。

"是你？沧儿？"

一见到那浓眉大眼的少年，殷琰就认出了他。那日她刚从昏迷中醒来时，一睁眼就瞧见了他。奇怪的是，那之后就再没见过他，她一度都以为是自己做了个梦。

这少年被她抓住了衣领，想跑又跑不了，只好抬头笑道："是我啊，我现在知道，原来你叫琰儿。你知道我，我也知道你，这下我们就扯平了。"

"扯什么平？我看你是扯淡。"殷琰笑骂一句，就板起脸，"要是不说清楚你的身份来历，我就把你扔给侍卫。这可是汉中王世子的地盘，他凶得很，非把你拖下去

打几百棍不可。"

少年愣了愣，却放声大笑起来："哈哈，这是我的地盘，才不是大哥的呢！"他做个鬼脸，"你说的没错，大哥确实凶，幸好他现在不在这儿。"

大哥？殷琰一怔，就听龚银道："你是三公子宇文沧？"

殷琰从未听宇文渊说起过他的兄弟，不免有些惊讶。

听龚银叫破了自己的身份，少年做了个鬼脸，趁机挣脱殷琰的手掌，就要溜进树林。

殷琰刚要追上去，却被龚银叫住。这姑娘神色惊惶，看起来十分紧张。她急匆匆拉住殷琰的衣袖，低声说："琰姑娘，你莫要追。外头都说这个三公子被邪魔附身，狂性发作起来……"她的声音都在发抖，"……会吃人。"

梁州,汉中王府。

宇文渊跳下马背,将马鞭扔给迎上来的侍从,脚步轻快地走进议事阁中。

汉中王宇文拓大马金刀地坐在主位上,翻看着几份刚送来的密报。他年方四旬,身材魁梧有力,看起来强壮威猛,精力充沛。

宇文氏原本是漠外鲜卑中的一支,因为跟中原交往密切,渐渐地融入汉人当中。当年弘武帝出击漠北,宇文氏慑于大弘兵力强盛,主动归顺。

宇文拓凭着出色的武力和谋略,从鲜卑人中脱颖而出,在与匈奴人的战斗当中,他单枪匹马冲进乱军中,一刀结果了匈奴左贤王渠耶邪。匈奴军因此士气大降,被振奋不已的大弘军杀得不成阵势。

凭借着这等显赫的战功,再加上他在归顺的鲜卑人当中威望极高,弘武帝为稳定边疆考量,遂将他分封在西北。

"父王。"

宇文渊上前行礼,宇文拓淡淡点头,将手中的信件递给他。

"你先看看这些。"

他们父子俩十分相像,简直是一个模子印出来的。只是宇文拓容貌更分明些,眼窝深陷,颧骨高耸,一双深栗色的眼珠子很是扎眼。

如果说宇文渊是被中原文化教养得衣冠楚楚、獠牙暂敛的虎豹,那么宇文拓更像是纵横在山林间,充满天然野性的猛兽。

宇文渊迅速扫了眼信上的内容,顿时眉头一皱:"殷岐已经开始攻城了?"

齐王世子殷岐目标明确,他借齐王和广陵王之死围攻邺都,想以速战速决的方式将都城攻下,好入主天虚宫。

皇帝殷硕已经死了,他膝下子女只剩一个殷玒,殷岐可没将他放在眼里。

这一个月来,宇文氏忙着将西北拢到怀中,萧家则为了抗击鲜卑无法分身,只有江南的封家还没什么动静。这三个异姓王都没有表态,殷氏诸王又只剩远在交州的南

海王了，邺都被围得水泄不通，传不出消息来，各州郡的刺史太守们或茫然无措，或心怀鬼胎，都在观望事态的发展，好决定自己的站位。以至于邺都被围这么长时间，竟没有人起兵勤王。

但眼下情况已有不同。

邺都城高粮多，要想攻下它，没有充足的准备根本不可能。殷岐是就地建造攻城器械的，要想造出数量足够多、威力足够大的器械，一个月的时间根本不够。他现在却急于发动攻势，那么只有两个可能，一是他耗不下去了，二是邺都的局势有了新的变化。

不管是哪一种，对宇文氏来说都不是好消息。原本最好的情况是邺都内外双方拖上个一年半载，互相都拖垮了，到时候宇文氏做好出兵的准备，一举灭之，大事乃成。可如今这局面，若是殷岐赢了，他以齐王世子的身份登基，天下州郡都会乐见其成；若是殷岐输了，二皇子殷玒登基，那也是顺理成章的事。

一旦邺都安定下来，那些蠢蠢欲动的人就都会掂量掂量，不敢随意轻举妄动。到时候宇文氏若是再想起兵，就会遭到整个大弘国各路王侯的反抗。

"父王，看来我们不能再等下去了！"

宇文渊沉声道："我们应该立刻出兵勤王，大举南下，顺势占据邺都。"

"我们要动，也得有个好名目。"宇文拓摸着颔下的络腮胡，"嘿嘿，我们前脚兵力出动，萧家军会如何反应先不说，封绥那只老狐狸肯定会行动。到时候被他拖住，我们就真成了千里迢迢勤王了，为殷玒那小子作嫁衣裳。"

出兵的名目……宇文渊心中陡然一动，但没有出声。

宇文拓却注意到他这瞬间的分神，笑道："你方才想到了什么？说出来。"

"不……孩儿只是奔波久了，有点儿精神不济。"

"呵呵，让你精神不济的不只是路途奔波吧？"宇文拓浓眉舒展，露出笑容，"羌女性子野，也难怪你会喜欢。"他指的是宇文渊从羌境带回来的女人。

对于女色，宇文拓一向随意，他自己年轻时就十分放荡不羁。宇文渊却很有节制，少有放任自己的时候。

他执迷于那个元亨公主，这事一度让宇文拓心怀不满。

好男儿当志在四方，追着一个女人不放，像什么样子？更何况，那还是孟瑶的女儿。

"说到性子野，阿苏娜不管性情还是容貌都不差，你怎么会不喜欢？"

这话问得宇文渊都有些窘迫,只得含糊应道:"她还太小,不合适。"

"哦?原来你喜欢年长些的。不过,小丫头总会长大的嘛。"宇文拓收起戏谑的表情,意味深长地看着他,"你该知道,阿苏娜可不只是蚋氏的头人女儿。她是父王特地为你物色的,你若不喜欢,自有别人抢着要。"

宇文渊心头一凛:这个别人,指的是宇文潜吗?他上次回到王府后不久,就又消失得无影无踪,难道是父王派他去了蚋氏?

看他静默不语,宇文拓就知道自己敲打够了,转而安抚他:"伯微,父王对你的期望很大。男人该懂得取舍。"

"孩儿谨遵父王教诲!"

从议事阁出来,宇文渊肃着一张脸,转回到自己的院子。

荀蒙早就等候在内,见他一言不发地走进来,看着心气不顺的样子,就不敢开口,默默地守在一旁。宇文渊径自到长案后坐下,捏着个玉犀镇纸半天,才出声问:"什么事?"

荀蒙递上书信:"这是半个时辰前接到的消息,齐王世子正在攻城!"

宇文渊刚接过手,听他这么一说,就不耐烦地把信扔开:"我已经知道了。父王叫我去,便是为了这事。"

荀蒙一愣,心思转了转,顿时恍然。

"属下有个提议,不知当讲不当讲。"

宇文渊睨他一眼:"荀蒙,你在我跟前,少来这般作态。有话就说!"

"那属下就直说了。这事其实简单得很,世子手中,不正有一柄破城利剑吗?"

主仆俩目光相触,只静了片刻,宇文渊就霍然动怒,猛地跳起来,想也不想就将手中的玉犀镇纸砸向他。

荀蒙没敢躲,那镇纸就擦着他的肩膀飞出去,"咚"的一声砸在后面的书架上,然后"骨碌碌"又滚落在地。荀蒙用眼角余光瞥了一眼,见那玉犀的角已经摔断,不由得暗自咋舌。

"谁准你把心思动到她的身上?"

宇文渊神情阴冷,眼睛因为愤怒而微微眯起,隐现杀气。

荀蒙却不畏惧:"世子不也是这般想的吗?属下只是帮世子说出心声而已。"

"荀蒙,你好大的胆子!"

宇文渊冷眉一凛，但荀蒙不闪不避地与他对视，他的愤怒就渐渐变成了羞恼，而后颓唐无奈。

见他慢慢坐回到椅子上，荀蒙知道他已经恢复冷静，暗暗松了一口气。他把玉犀捡起来，放回到案上。

"世子何必如此烦恼？太子已死，元亨公主再没有可依靠的人。她既然跟随了世子，为世子的大业尽一份心，又有何不可？况且，我们前去勤王，解邺都之围，她难道还会不乐意吗？"

宇文渊静了半晌，说："……荀蒙，你真无耻。"

"世子过奖。"荀蒙煞有介事地行了个礼，"事实就是如此。元亨公主再厉害，也终究是个女人，成不了事。她的手足只剩下二皇子，有流言说八月朔夜的动乱，就是二皇子在背后操纵。我们以公主之名，出师诛杀叛逆，此乃正义之师。公主是您的人，日后若得了江山，她就能登上皇后宝座，岂不是好？只要世子将利弊向她陈述，以公主的聪明，自然会知道该怎么做。这世上，难道还有不希望夫君荣耀的女子吗？"

"……满嘴歪理。"

宇文渊哼了一声。然而他的心思已被说动。

无可否认的是，他看到消息后的第一反应也是这样。

他跟殷琰要名正言顺地厮守在一起，她就不可能永远躲在别院小楼里。他知道自己会爱她一生一世，想让她做这世上最幸福、最尊贵的女人。

这天底下，还有谁比她更适合皇后的位子？她的母亲孟皇后那样才气卓绝，最终却落得下场悲惨，究其根本，不就是所托非人吗？那昏庸的皇帝做不了护花人。

而他不一样，他会好生守护着她，让她在他的羽翼下自由自在，再没人能拘束得了她。

见他久久不曾言语，荀蒙恭敬地再添了一把火："属下还有一事禀报。"

"说。"

"二公子的行踪虽然隐秘，但属下从别的地方倒查到了一点儿线索。十多天前，有一批商贾载着二十多车的布料器具出了汉中。"

"这有何蹊跷？"西域的商路虽然艰险，但获利丰厚，跑一趟就能赚上几年的钱，乐意冒险的商人多得是。

"其中有一箱东西，却是白苎布。"

宇文渊立刻反应过来："白苎布是天虚宫赐下的珍品，整个梁州只有王府有。

你是说,那支商队跟王府有关?"

"不错。联系二公子回来的时间,属下大胆猜测,这商队正是二公子掌管的。属下已经派人盯紧他们,等他们到了目的地,就能知道,二公子要联络的,到底是哪方势力。"

"往西去只有三个方向,西羌、西域长史府和北方的匈奴残部。"宇文渊皱眉沉思道。

"西羌的雪山难以翻越,属下观他们的车马,并不适合攀爬高峰。"

"西域长史府的班阳是个心思狡诈的能人,只是通往西域必须途经凉州,而凉州由西海公孟恒掌控。父王跟孟恒一向水火不容,若是走这条路,绝不可能通过。"越是分析,宇文渊就越心惊,"如此一来,就只有北方的匈奴了。"

"世子说得对。那些匈奴残部远居漠北草原,物资匮乏。眼下秋色将尽,漠北的寒冬极为难熬,商队带的这些东西,正是他们急需的。"荀蒙跟上他的思路,额头竟冒出汗珠来,"而他们能交换的,只有……"

"……马匹!"

两人同时叫了出来,宇文渊已经坐不住了,起身踱着步,"这次大旱,漠北的草原受损严重,到了冬天百草衰折,他们的马匹牛羊怕是要饿死一大半。在这样的情况下,有人带着过冬的物资来跟他们交换本来就会饿死的马匹,他们绝不会有半点儿迟疑。有了充足的战马,紧跟着就是扩充兵力,等待起事。"说到这儿,他终是忍不住咬牙,"这么大的事,父王竟然都没跟我提过!"

荀蒙抹了下脑门的汗:"关键是,这些战马,还有后续形成的兵力,大王会交给谁?"

这当然毫无悬念。宇文渊的脸色变得铁青。他父王刚刚还说对他"期望很大",背地里却早安排了让宇文潜做这些事。还有阿苏娜,她表面上是蚺氏的头人女儿,在蚺氏中却有绝对的权威。而她肩头的狼云刺青,却并不是蚺氏一族的标志。

他心头烧着怒火。他已经明白,宇文拓一直在布置着一个宏大的棋局,却什么都不告诉他,只让他跟个一无所知的笨蛋一样,而把最关键、最隐秘的事尽数交给宇文潜。

父王心里到底在想什么?

荀蒙想了想,说:"关于二公子的来历,世子不如去问一个人。"

"谁?"

"王妃。"

宇文渊的脸色瞬间变得微妙起来，迟疑了一会儿，他才点点头："我会去找她。"

每个初到汉中王府的人，都会惊讶于其布置的简洁。无论是厅堂还是厢房，都没有一丝多余的装饰。

汉中乃富庶之地，各族百姓杂居，风格绮丽多姿。但在王府中，却全然看不出此地的富饶，反倒让人忍不住想问："王府很穷吗？"

整个王府就像一个军营，什么亭台、假山通通没有，倒有一个巨大的演武场。

王府中的每个角落都显得坚硬，没有半点儿柔软的气息。不过，在见过王妃之后，大多数人都不会再多说什么，反倒对汉中王万般同情和钦佩。

王妃住在王府东北角。宇文渊差不多有半年没到过这里了，一推开院门，眼前全是长得比人还高的荻梁，充斥着整个院子的浓郁酒香熏得他忍不住倒退几步。

深吸了一口气，他才迈步往里走。拨开一重重荻梁的叶子，足足花了半刻钟的时间，他终于找到了出路。穿过荻梁地，后头是一间小屋，左侧的一大片房子都是酒坊。

一个略显粗壮的女人正抱着一坛酒，喜滋滋地走出来。她压根都没注意到站在那儿的宇文渊，还以为他就是一株荻梁呢。

宇文渊叹了口气，唤道："娘亲。"

骤然听到声音，女人吓了一大跳，手一松，酒坛就往下掉落。还好宇文渊眼疾手快，一伸手捞住了酒坛。

她抚着胸口长舒口气道："哎呀哎呀，幸好没摔了。这么一坛好酒，砸了多可惜啊！"然后才看向他，"来，到屋里坐，尝尝娘新酿的这坛酒。"

宇文渊没作声，跟着她进了屋。

屋内的布置十分简陋，十几年如一日，只有一张矮脚榻、一张小圆桌和一台小柜。他在桌旁坐下，看着她忙活着打开柜子，拿出两个漂亮的玉杯来。

现在她终于坐在他的面前了。

这个矮壮、微胖、相貌平凡无奇的女人，就是他的母亲——汉中王妃。

谁能想到，她竟比汉中王宇文拓还大了整整六岁。

很多人都不敢相信这个事实。就连宇文渊自己，一年少有的几次相见，都觉得他们母子俩没有半点儿相似之处。

宇文拓年轻时因为在部落内的争斗中失败，而被追杀驱逐。

他逃入中原时，活生生就是个乞丐，浑身没有一处干净的。是小酒坊的汉人女子陈阿秀将他救起，给他吃食，悉心照料他的伤势。

他康复后，语言不通，无处容身。又是她不厌其烦地教他说汉话，让他在酒坊中帮工赚取工钱。为了融入汉人当中，不再像个异族那样遭人侧目，他决定娶她为妻。

陈阿秀在考虑了一夜后，点头答应，他们从此做了夫妻。只是她想不到，这个可怜的男人日后竟会成为威名赫赫的汉中王。

在做了半年王妃，受尽了嘲笑与异样的眼光后，陈阿秀请宇文拓将她休离。可宇文拓虽然做事狠辣，对这位患难与共的夫人却十分敬重，始终念着她的恩情，无论如何都不肯答应。

双方争执许久，只得互相妥协，之后宇文拓就将王府的东北角单独辟给她。她平日无事，索性搞起了老本行，自己种粮，自己酿酒。

每年时节令数，她都会给宇文拓送去一坛自己亲手酿的美酒。

时日长了，人们对她渐渐没了好奇，而后淡忘。总归汉中王府奇特的事不止这一桩，也就见怪不怪了。

只是宇文渊从小到大，因为有这么个娘亲，不知道生受了多少的郁闷气。久而久之，他少年意气，竟不愿来见她。

陈阿秀却从不以为忤，他来，她就开心招呼他；他走，她也从不多加挽留。像这次，明明隔了半年没见了，她却没有半分生疏，亲切的模样好似天天都能见着自己的儿子。

宇文渊纵有些许不自在，在喝了两杯酒后也都消散了。他塌下肩膀，挺拔的腰身软了下来，半个身子压在桌子上，把这小桌压得嘎吱作响。

陈阿秀笑眯眯地看他："说吧，找我有什么事？"

她有天然的爽朗、坦然，让人不由自主就敞开心怀。宇文渊便问起宇文潜的事，她听了一会儿，若有所思地算着："那孩子我也只见过一次，比你小两岁。算起来，他出生的那年，正是咸康元年。我记得那时候，你父王还在漠北围剿匈奴人。"

"又是匈奴……"

宇文渊眼中闪过一道冷锐的光。如果宇文潜真的跟匈奴有关，那父王会派他去漠北，也就说得通了。

只是之前那些年，他到底在哪儿？难道一直跟匈奴人在一起？

看他沉思不语，陈阿秀笑道："你们男人的事我不懂，不过，你也不用太担心。毕竟，再怎么说,你娘我还是名正言顺的王妃呢。"

宇文渊点点头,他确实觉得受到了威胁,但真正让他难受的,是父王并没有完全信任自己。一抬眼,见她目光柔和,他忽然有些扭捏起来:"还有件事……"

陈阿秀疑惑地看着自己的儿子,只听他说:"……娘亲你为何要住在这儿,过这样的日子?当王妃不好吗?"

这么多年,他从没问过这事。现在突然提起,陈阿秀愣了愣,思索几息,才说:"因为这样我心里舒坦。这院子里的东西都是我自己种的,这些酒都是我亲手酿的,我每天吃吃喝喝,累出些汗来,晚上躺在床上,就觉得安稳。我当不来王妃,太别扭,勉强不来。"

十日后,天水郡别院。

殷琰这几日过得热闹多了。不仅有龚银在身边,还有个猴子似的宇文沧整天上蹿下跳的,一刻也不得安宁。

她平生没见过这样闹的人,叫也叫不住,实在闹得烦了,就拔出剑,追着他漫山遍野跑一通,等把他捉住吊在树上时,才发现自己出了一身汗。

"龚银,你看着他!我去洗一下。"

她把剑一扔,卷了套衣服,就直奔后头的温泉。

虽然宇文渊早就提过这温泉,但她那时心绪不振,把自己困着哪里都不愿去。直到龚银来了,两人在树林中转了转,真走到了那地方,才知道自己先前错过多少舒服日子。

相处这些天,不仅龚银让她欢喜,连宇文沧也变得亲切可爱了。这个少年跟她同龄,心智却似乎只有七八岁。那天龚银说外头传言他会吃人,他只冷冰冰地说了句:"沧儿只吃畜生,不吃人。"就转身走了。

殷琰原本以为他不会再来了,没想到第二天一大早,他又偷偷摸摸地翻窗户,被她捉住好一顿打。他对这个你追我赶的游戏分外感兴趣,安静不了两个时辰,就要来招惹她们。

有一回殷琰气狠了,直接把他绑在树干上。

然后跟龚银悠闲自在地弹琴吹笛、读书谈笑,等天黑透了,她才想起来,那小子还在树上绑着。

她慌慌张张跑过去给他松绑,绳子刚解开,这家伙抬手就抱住她叫"娘亲"。

殷琰当下就一脚把他踹翻了。事后问起来,才知道小时候他娘亲每天都会给他读书弹琴。

这之后,他每天的玩闹除了挨揍之外,还多了听琴、听书。

到了温泉边,殷琰飞快地把自己浸到水中。

秋意深凉的时候,在这样暖暖的泉水中泡上一泡,真是再舒爽不过。她禁不住逸出一声舒服的叹息,脑袋后仰靠在石壁上。

袅袅飘起的水雾将眼前的一切都晕染得朦胧不清,夕阳的光辉漫洒在树顶,给金黄的叶子镶出艳丽的红边。

这样的宁静仿佛在她生命中存在许久,以至于她几乎产生了错觉,似乎那些痛并不存在。

可是身上的疤痕却依旧清晰。伤口愈合的时间还不长,新长出来的嫩肉跟原先的皮肤泾渭分明,忠实地记录下来,那刀是如何戳进去的,又是如何割开皮肉的。曾被锁链磨烂的右脚腕上,也留下了一圈锁链的痕迹。

过去能遗忘吗?能抛弃吗?

她已经不再执着于答案。快乐对她来说总是短暂,而幸福,她至今还不曾见过它的模样。

就看着眼前吧……

噩梦太漫长,有暂时的欢愉,该沉溺时就沉溺。

她在天虚宫中的十七年,有先皇和母后庇护时,才是无忧无虑;等到离开他们的怀抱,她独自面对这人世,就觉举步维艰。可笑过去她总以为自己无所不能,还妄想着去保护这个保护那个。

思绪胡乱飘飞,她渐渐地有了睡意。待在水中太舒服,她都没有起身的打算。抛却一切责任后,人就变得懒散无所谓了。

时间有什么要紧?不过是等着虚耗的光阴。

好似只睡了一会儿,但等她睁开眼时,眼前已是漆黑一片。

点点的星光从天空中洒下,上方的视野被树枝划分开来,让她不由自主想起在笼车中醒来时的夜色。

还是忘不了啊……

她自嘲地扬起嘴角,抬手就给了自己两巴掌。

真是软弱到丑陋。

她怎么能忘?凭什么敢忘?那车中的人都已经惨死,只有她这懦夫尚活着。若是连她也忘了,又有谁会知道,她们受过那样的苦?

她低下头，把脸埋到水中。

正当她自虐般地感受着胸腔中那仿佛要爆炸的沉闷时，一双手忽然将她抓了起来："够了！"

流淌在脸颊上的水珠让她视线模糊，隐约看到出现在眼前的是一身玄色锦袍的宇文渊。

突然见到他，她有些许惊慌，些许难堪。夜色中他靠得很近，一双眼睛似在冒火，暴怒的气息喷在她脸上，烫得她忍不住发抖。

这样的宇文渊，叫她害怕。

"这地方就让你这么难受？"

低沉的嗓音宛如山雨欲来，殷琰刚抬手抹了下眼睛："伯微，我……"

她的手腕忽地被擒住，宇文渊携着怒意逼视着她，他的面容被暗黑的夜色笼罩，只有一双眼眸亮的惊人。好似即将扑向猎物的黑豹，浑身充满着危险而又极具侵略性的气息。

莫名的，殷琰瑟缩了一下。她从来不是胆小懦弱的人，然而此刻面对着这样的宇文渊，她心中竟腾出了一丝害怕的情绪。

仿佛是燃烧所有的火，又像是卷席一切的风，稍有不慎，她就会被彻底吞噬。

这少有的脆弱情况落在宇文渊眼中，让他突然觉出了点快意来。

本就该如此……本就该如此！

在这一刻，他终于知道自己要的是什么了。

不是虚假的顺从，也不是做作的温柔，他要她明艳绽放，有自由不羁、独一无二的姿态。她若是鹰，就该翱翔长空，以凌厉之美动人心魄，就如同过去一样。只是，她要始终飞在他的目光中。

他要做她的天！要她全心全意的依赖和臣服！

是的，臣服。

有一种奇异的兴奋在他心间涌动。因为这个突然的认知，宇文渊整个人都躁动了起来。

他知道她的坚韧不屈。年少相知，让他清楚悲伤和疼痛都打不垮她，只会让她更加强大。见过她的人，总不免被她的气势所慑，连她的父皇在面对她时都觉得不自在。

他每每在一旁看着，都有说不清的骄傲和冲动，像在草原上见到了不驯的野马，又或是疆场上相遇了旗鼓相当的劲敌。

这世上，有哪个男人能叫她真心臣服？

"琰儿，我的琰儿……"

宇文渊的喘息低沉而绵长，宛如暗夜中汹涌的浪潮。

殷琰犹未回过神来，她气息急促，几次三番想要开口，却都说不出话来。

对她这样的反应，宇文渊很是满意。他抚上她的脸颊，先前她自己打的那两巴掌力道十足，这时已经有点儿肿了。

他低哑的嗓音带着奇特的魅惑："谁都不能伤害我的琰儿，连你自己也不行。以后，不准你再这样自虐。"

"你……你是什么时候来的？"

殷琰不敢看他。好在有夜色遮掩，她垂下眼睛，盯着水面偶尔泛起的光亮。她心中乱得很，似这涟漪重重不息。

相比起她的迟疑不安，宇文渊此时的心情分外舒畅通透。他将她的干衣裳递过来，然后转过身去："刚到不久。本来是想与你一同回去，没想到你却在伤害自己。"

殷琰正在换衣服，听到他的声音忽然低下来，便想到自己之前的举动。她绞住滴水的长发，没有出声。

宇文渊似乎也陷入了自己的思绪中。

两个人沉默地站着，好一会儿，他才仰起头，长长叹息了一声，回过头来："琰儿，离开这里吧。"

这话来得突然，殷琰听不明白。

宇文渊就慢慢迈着步，走到她面前。借着些微的星光，他仔细地端详着她的脸："你待在这里，也不会开心。我们先前都想错了，原来，我们谁都忘不了元亨公主。你忘不了，我忘不了，别人也忘不了。"

他的声音低低地在林中回荡，简直像是个诅咒般，叫人浑身发寒。殷琰生生打了个寒噤，她抱住手臂，强笑道："你怎么说这种话？我在这儿不好吗？"

"你自己觉得呢？"

"我觉得挺好呀，有龚银陪我解闷，还能练剑吹笛，再加上这么好的温泉，舒服得简直什么都不用想……"

他看着她，她的话就说不下去了。难堪的沉默中，宇文渊先有了动作。他解下外袍，抬手披在她的肩上："殷岐正在攻打邺都。"

殷琰浑身一震。

宇文渊帮她把衣服裹好，然后伸手将她拢在怀中，一边慢慢往回走，一边说着最近的局势情况。

殷琰一路听着，始终不发一言。

"邺都的困境迫在眉睫，若是无人救助，只怕他们撑不了多久。"从林中出来，就见着小楼中照出的灯光暖融融地亮在夜色中。宇文渊停住脚步，看着怀中的人。"邺都有你在意的人，我不想你后悔。"

"……伯微，"她终于抬起头来，灯光映着她的眼睛，显得分外透亮，"如今我只身一人，就算知道邺都有难，也无能为力。"

"你怎么会是一个人？"宇文渊的声音就跟他的话一样沉稳可靠，"你还有我。只要你一句话，梁州军就能出兵勤王、护卫邺都！"

殷琰听着听着，嘴角就露出笑来："多谢你，伯微。"

不知为何，宇文渊心中忽然泛起古怪的感觉，但还没等他细究，她又说道："依你看，邺都情势紧急，我们是不是要连夜启程赶过去？"

"这倒不用。我准备先将你还活着的消息传扬出去，然后再整兵出征。"

见她答应下来，他顿时松快起来，"邺都城墙高大难攻，殷岐短时间内难以成事。若是大弘上下知道你尚在人间，那局势就会大有不同。到时以你的名义，诏谕各州郡一同勤王，殷岐不过区区几万兵力，根本不够。"

"说的也是，那就都听你的安排。"

她的声音平静，身子却在微微颤抖。

宇文渊见她两手紧紧抓住披在身上的外袍不放，关切地问："怎么了，很冷吗？"

"……是呀，好冷。"她轻声说，"天气变得快，这风吹得人透心凉。"

"那快进去歇着，莫着了凉！"他拉着她快步往楼中走去，大声吩咐婢女准备热汤驱寒。

殷琰落后他一步，抬眼只看到他的侧脸，英姿勃发，俊逸深沉，眼中似乎有着万事都在掌握之中般的笃定。

这样的神采，她曾在镜子中、自己的脸上看到过。他们十分相似，少年时她总是处处要跟他比，剑术、骑射、策略，什么都要争一争高低。

跟萧湛和封锦不同，他也热衷于这样的争斗，你来我往，彼此间互有输赢。他虽

然嘴上总说她是女子之身，练得再厉害也不堪大用，但真比试起来，他就忘了她是个女人，一心一意地只想赢。

她喜欢他好胜的心，正如他潜藏的野心一般，好像看着另一个自己。

如今，他风采依旧，她却成了仰人鼻息的弱女子。他摆布她的一切，却还想要元亨公主做他的傀儡。

比起愤怒来，她心中更多的是失望后的冷。

两手捧住婢女们送上的热汤，殷琰慢慢地、一口一口地把汤喝下去，身上冰冷的感觉渐渐被驱散。

看她的脸色和缓下来，宇文渊满意地点点头，目光转向缩在一旁的宇文沧。

"沧儿，你越来越不像话了。以后不准再来烦琰儿，听到没？"

宇文沧立刻抬起头来，眉毛鼻子都皱在一起，大声反驳："我才没有烦她！琰儿也喜欢跟我玩，是不是？"

殷琰放下碗，笑道："是啊，沧儿有趣得很。伯微，是我叫他来玩的，你莫怪他。"

宇文沧得意地冲宇文渊扬眉，宇文渊失笑，斥道："行了，夜深了，你快回去睡觉！琰儿也累了，需要休息。"

对这个大哥，宇文沧还是怕的，耷拉着脑袋走到门口，转头叫一声："琰儿，我明儿再找你玩！"就一溜烟跑了。

"这小子！"

宇文渊笑骂了一句，见龚银拿了一块干布巾在给殷琰擦头发，他就站起身，说："我来吧。"

龚银将布巾递给他，悄无声息地退了出去。

"我以前都不知道，你竟然这么温柔。"殷琰偏过头，眼角的余光瞥到他细致的动作，不由得笑道，"连这种事都会做。"

"那是自然。以前你待在宫里，我就是想做点儿温柔的事，也没机会。"宇文渊低笑，"你若是乐意，我还能天天给你画眉呢！"

说着，他弯下腰，眼睛凝住她："我有这个荣幸吗？"

殷琰一愣，一时间不知该怎么回答。许是这些日子在这里将养得白了些，烛光映照在她脸上，显出玉般莹润的光泽。往日沉静的眼眸像被清泉洗濯了般，顾盼间分外潋滟动人。

宇文渊的目光忽然变得幽深起来，人总是贪得无厌，起初他只是想将她留在身边，可当她真的在他触手可及之处，他又盼着得到更多。想让她只看到他，想叫她整颗心都只装着他，想名正言顺昭告天下她属于他……

他的眼神十分温柔，好似一坛陈年的酒，光是被他看着就要醉了。殷琰悄悄攥住了衣袖，这时候越甜蜜，她心中的悲苦怨恨就越深。她有许多话想问他，却不能问，不敢问。皇权有多诱人，她比谁都清楚。现在这乱象，心思蠢动觊觎皇位的，只怕不只宇文家一例。

她清楚这一切，但还是忍不住心生恨意。

周围静得很，只隐约听到窗外枝叶随风而动的碎响，和溪水汩汩流动的声音。

"……哔啵！"

燃爆的烛花跳出焰心，对视许久的两人同时一震，回过神来。

宇文渊忍不住微笑，他扶着殷琰的肩，看她双颊微红、眉目含情。一瞬间，心中的喜爱欣悦都满溢出来，几乎都没有思考，一句话就脱口而出："琰儿，我们成婚吧。"

殷琰怔了怔，目光望向他。

她的眼睛亮如星子，这些日子来沉积在她眼底的阴霾似乎都消散了。宇文渊看着她眼中满满都是自己，一时被惑住。

他伸手欲摸下她的头，不想她却转头避开了，他的手只从她鬓间的发丝扫过。他正疑惑，就听她说："我们不能成婚。"

宇文渊的动作顿住，脸色和声音同时冷了下来："……为什么？"

"现在是国丧期间。"她径自坐下，倒了杯水喝，"我父兄身死才一个多月。"

"啊……"宇文渊懊恼地捶了下额头，坐在她身边，"我方才太欢喜了，竟忘了这事。"

她淡笑说无妨，却见他仍紧盯着自己不放，只得问："怎么了？"

"这是你第二次拒绝我了。可不能再有第三回了……"半是不甘，半是怨念，宇文渊叹了口气，"不过，不管是不是事出有因，我都会等你。"

"只是等着？"她瞥向他，"你有这般好的耐心？"

"对你，我的耐心总是要好很多。不过，再多的耐心，也终有一日会被磨光。"宇文渊缓缓笑开，"等到不想等了，我就会主动出击。想要的，通通都抢过来。"

他用手指温柔地梳理着她半干的长发，然后慢慢靠过去，在她眼角印下一个吻。

这一次，殷琰没有避开。

弃我去者

〈第三十六章〉

宇文渊是在清越的笛声中醒来的。

笛声中有婉转的女声在唱和："遄行，遄行，长途越渡关津，惆怅役此身。历苦辛，历苦辛，历历苦辛宜自珍……"

是小调《阳关》。

他倚着床头静静听了半晌，就起身来，拎了壶酒走出去。

龚银正站在石桌旁唱歌，殷琰则坐在栏杆上吹着玉笛。她今日换了身束袖的藕色便装，长发绑在脑后，随着她吹奏的动作在空中晃来晃去，动静之间都潇洒自在。

正听到龚银唱到"劝君更进一杯酒，西出阳关无故人"，宇文渊扬眉笑出声："酒我带了，两位姑娘可愿赏脸喝一杯？"

龚银就停了歌，躬身行礼。

殷琰跟着收了笛，从栏杆上跳下来。

"那就得看世子的本事，够不够让我们赏脸。"

她几步上前来，当头就是一记飞踢。宇文渊单手架住，她借力空翻，玉笛在掌中转了几圈，挟着风势扫向他脑门。

宇文渊身子往后仰险险避开，用空着的左手去抓笛子。殷琰"哎呀"一声，手指松开，玉笛就往地上摔去。

这东西精致易碎，真要砸到地上，十有八九就得毁了。宇文渊连忙去捞，殷琰劈手击在他右手腕上，抢了酒壶就往后撤开，只剩他抓着玉笛发怔。

"世子喜欢笛子，我喜欢酒，正好换一换！"殷琰轻笑。

"那怎么行？"宇文渊笑着上前，"笛子是你的，酒也是你的。"他把笛子递过来，眼睛微微眯了一下，"上回我送你的弯刀，你不要，我就扔到河里去了。这笛子你若是不要，那就摔了吧。"

"还记着仇呢？"殷琰忙把笛子拿过来道，"来，喝了这杯酒，一笑泯恩仇！"

宇文渊啼笑皆非地盯着送到跟前的酒，摇摇头，接过来仰头喝了。

殷琰拉他到桌前坐下,笑道:"快吃点儿东西,沧儿快等不及了。"

说人人到,宇文沧的声音从桥那头传过来:"琰儿,我都准备好了,大哥还没醒吗?"

他"噔噔噔"跑过来。宇文渊抬眼望去,只见这少年一身劲装,腰悬短刀,背上还挎了张大弓,完全是一副打猎的装扮。

"咦,有什么事是我不知道的吗?"

殷琰自顾自斟了杯酒,笑盈盈地望着他:"都要走了,我还没出去玩过。正好沧儿想去狩猎,你我也很久不曾一同策马出游了,不如趁这机会活动活动筋骨。怎么样,世子肯赏脸同游吗?"

看她这样快活的样子,宇文渊怎有可能说不?就一边吩咐人去安排出游之事,一边迅速吃了点儿东西。

这天水地界都在他掌控之中,此番出行,就不需太多随从护卫,只叫了五六个人跟着。他们从别院中出发,穿过金灿灿的杨树林,往北边的猎场奔去。

斑驳的光影从眼前快速掠过,殷琰回首望向山上的庄院,却被茂密的枝叶遮住视线,什么都看不见。她心中又是怅惘又是不舍,只能暗叹一声,转过头来。

宇文沧就像只出了笼的小鸟,一路上都是他兴奋的欢呼声。不管见到狐狸还是野兔,他通通嘬着口哨飞奔过去。看他连射了几只猎物,箭法神准、臂力奇大,殷琰不由得赞叹道:"沧儿真是厉害!等他再大些,定是位驰骋沙场的勇将。"

"是啊,若是他心智跟常人相同……"对于这个幼弟,宇文渊还是很上心的,不免惋惜,"只可惜,他这辈子,怕是都长不大了。"

"沧儿幼年时发生过什么事吗?"

相处这些日子,她自然发现了宇文沧身上的古怪。更何况,龚银还提过关于宇文沧吃人的传言。

"西北边疆不太安稳,总有些人想闹出些事来。九年前,沧儿和他母亲外出游玩时,被马贼掳去。等我们得到消息去救他们时,他母亲已经受辱而亡。"宇文渊淡淡说道,"沧儿杀了几个畜生,回来后他大病一场,再醒来时,心智就变得十分古怪。一旦暴怒起来,就状若疯癫、力大无穷,难以劝阻,外人将他传成恶魔。为了让沧儿恢复正常,我才将他安置在这里。只是这么多年过去,他都没什么变化。"

"九年前……"殷琰喃喃道,"母后也是那一年过世的。"

宇文渊似乎笑了一下:"是啊,正是因为孟皇后过世的消息传来,西海公震怒下围剿马贼出气。那些马贼流窜进秦州,恰好撞上了沧儿母子俩。"

这番因果听得殷琰一时哑然。

看她面色不对，宇文渊就转开了话题，说起天水的风土人情来。猎场中草叶已经枯黄，随着秋风猎猎倒伏。宇文沧玩得兴起，自顾自地奔向前方，侍从中的三个人连忙紧随其后。

此时天高云淡，一眼望去林木森森。

殷琰长出了一口气，转头看向宇文渊："伯微，我们跑一跑吧！"

闻言，宇文渊眉头一挑："哦，老规矩吗？"

"老规矩，赢的人可以向输的人提要求！"

"好！谁的马先跑到那边的林子，就算谁赢！"宇文渊自信满满地笑道，"看在你许久不曾骑马的分上，我让你先行十丈！"

殷琰把玩着手中的马鞭，眼中带着挑衅："真的？回头要是输了，可别后悔。"

"输便输了，有什么可后悔的？"他呈现出佯怒状，"难不成在你心里，我是那等输不起的人吗？"

"驾！"

殷琰不答话，反手一鞭抽在马屁股上，一人一马飞奔向前。

眼看着她愈来愈远，那藕色的纤细背影在阳光下仿佛一抹淡影，直要融入天光中。宇文渊心中忽然升起一个念头：她会这样一直跑下去，再也不会回头。

"……琰儿！"

他下意识地夹紧马腹，追上前去。马知主人心意，不用他挥鞭，就撒开了四蹄狂奔。

耳听着身后的马蹄声越发清晰迫近，殷琰没有回头去看，只是一下下挥动鞭子。身下的马儿被打出了狂性，长嘶着冲向前方的树林。

但宇文渊的坐骑着实是神骏，几息之间，就迅速缩短了距离，紧追在她身后三丈处。

"我要追上你了！"

宇文渊大笑着叫道，殷琰回头看他一眼，两匹马相距只有一丈多了。这一回身，她的身形就歪了些，被马儿一震，整个人就滚下了马背。

"琰儿！"

宇文渊大惊，连忙勒住缰绳，跳下马背冲向她。她在地上翻滚了几圈，在及膝高的草丛中压出一条道来。他大步跑过去，见她脸朝下趴着，以为是伤着了，慌忙将她翻过来。

"琰儿，你……"

素衣少女躺在他身前，一手掩着唇，正咻咻笑个不停。

她眼角、眉梢都带着得意："哎，伯微，你输了。"

宇文渊一愣，立刻抬头看去，只见她那匹马已经跑进了前头的林子中。而他的马，还乖乖站在原地呢！

"……你又耍花招！"

宇文渊气得去捏她的脸，她一边躲，一边反驳："什么花招，这叫谋略好不好！"

"哼，花招也好，谋略也罢，要是我不上当，可就什么用都没有！"

"你怎么可能不上当？"殷琰咬着嘴唇看他，"我最知道你了。"

她唇边还带着笑，这副计谋得逞的狡猾模样实在可爱，宇文渊连装装生气的样子都做不到，就伸手去扯她的长发。她胡乱躲了两下，反守为攻，扑过来跟他过招。

宇文渊很喜欢她毫不扭捏的样子，好生笑闹了一番后，他想要将她拉起来，她却摇摇头道："陪我躺一会儿。"

宇文渊就躺在她身旁，两人一同望着上方无垠的天空。

"今天真开心，我会一直记着的。"

宇文渊轻笑："以后的开心还会更多更长，我怕你记不过来。"

"……那不一样。"她侧头望着他，"伯微，在邺都时，我让你伤心了吧？"

"当然，气得我恨不能掐死你。"他勾着她一缕秀发把玩，嘴里说着玩笑，目光却专注地凝视着她，"我真不敢想象，若是在沙漠上没有遇见你……"那时候她伤得那么重，要是无声无息地倒在黄沙中，恐怕连尸骨都找不到。一想到这种可能，他就心生恐惧，"琰儿，现在不同了，你不用再逼着自己为别人硬撑了。我会待你好，给你这世上最好的一切！"

"最好的一切？"殷琰抿住唇，"是怎样的好呢？比天虚宫更好吗？"

宇文渊不由得一滞，不等他回答，她就指着天空中飞过的白鸟问："你猜这鸟会飞到哪里去？北雁南飞，它会飞到邺都吗？"

她似话中有话，他答不上来，又为她身上的幽香分神，忍不住凑到她发间："琰儿，你身上好香。"

"很好闻吧？"殷琰微笑着说，"我前阵子夜里睡不好，就靠着这香气入睡安眠。伯微，你困吗？我唱歌给你听，好不好？"

宇文渊含糊地应了一声，眼睛不自觉地闭上了。他听她唱起那首《阳关》小调，

声音悠扬动听,却好似愈来愈远。

歌声停了,宇文渊好似陷入了一场难以醒转的美梦中。耳畔一直有熟悉的歌声回荡,叫他整颗心都温温软软的。

可是不知何时,那歌声消失了,连她的身影都愈来愈远。

"……伯微,不要找我。"梦中她的声音如此冷静,"这是我唯一的要求。"

宇文渊霍然坐起身。

秋风飒飒,草叶在身旁拂动,细碎的声响吵得他头痛欲裂。而身旁空空荡荡,风声流转,连一丝温热的气息都不曾留下。他有一瞬间的茫然,辨不清这光景是真实还是虚幻。

"又骗我……你又骗我!"

他捂住眼睛,发出似哭似笑的声音。

心底空荡荡的,在最开心、最幸福的时候突来一刀刺心,他连痛都叫不出来。只有被欺骗的愤怒和恨意狂烈激荡,像嘶吼的野兽,想要挣脱理智的束缚。

他慢慢站起身,茫然四顾,忽然拔出腰间长剑,猛地横扫向周围的草丛。剑刃切割下碎叶,又被劲风席卷而起,飘飘扬扬腾飞在空中,好似一场大雨,绵绵密密,却遮不住草地中间这青年的孤独、失意。

"为什么……

"为什么?

"为什么!"

她不爱他吗?

不,那些笑语和亲昵,都真真切切,绝无虚假。

那为何还要千方百计离开他?

他给的承诺还不够吗?

她不能相信他吗?

宇文渊无论如何都想不明白。他如此爱她,却还看不透她的心。

她到底想要什么?

不期然地,他想起那次从邺都回来时,宇文拓的那句:"可死心了?"

死心?怎么可能死心!

"来人!都死到哪里去了?"

怒吼声中,那两个在树丛中小憩的侍从慌慌张张跳出来,一见他激愤的模样顿时都瞪大了眼。只见他一身狼狈,枯草碎叶落了他满头满身,只那一张脸,满布凶煞狠戾之气,叫人不由得心中生畏。

见他们出现,宇文渊抬眼,一双眼睛通红如血:"封锁全城!把她给我抓回来!"

是夜,远在上邺的天虚宫式乾殿中。

内侍刘仪趴跪在床底下,呆呆地望着眼前的盒子。

这是一个半尺见方的盒子,看起来并不起眼,在幽幽的灯光下显得黑漆漆的。许是因为存放的年月久了,盒面上覆着一层薄薄的灰尘。入手却异常沉重,好似里面装着许多东西。

刘仪用衣袖轻轻拭去上面的灰尘,对着手边的钥匙迟疑半晌,才插进锁孔里,扭开了盒子。

里面却只有一团用白巾包裹的东西。

他揭开布巾一角,就看到玉质的龙首昂扬而出,怒目威张,须发竖立,赫然扫视人间善恶。

刘仪的手一抖,布巾落下,又盖住了那玉龙。

仿佛窥探了至极的秘密,他的心怦怦直跳,恐惧和兴奋混杂在一处。深吸了几口气,他才定下神来,重新打开布巾。白巾张开,裹在其中的神物终于展现出真貌来。

螭龙盘踞的一方印,玉色深绿浑厚,映着光亮剔透莹润,直欲化龙而出。

印上当有八个古朴篆字,"受命于天,既寿永昌"。

——传国玉玺。

刘仪瘫坐在地上。

进入祥福宫后,有一次他无意中听到玉英跟公主的谈话,才知道陛下一直认为传国玉玺在公主手中,因此对她忌惮不已。

传国玉玺乃皇权正统的象征,陛下未能得到它,便担忧公主会借玉玺让太子登基。

公主虽然表面上故作神秘,让陛下疑心不减,内里却也在疑惑,传国玉玺到底在何处?这玉玺落到任何野心家手中,对大弘都是祸事。

可任谁都想不到,这国之重宝竟然会这样出现在他的眼前!

它竟是藏在这紫檀木盒中,埋在中常侍游贵的床底下!

八月宫变后的清晨,游贵死在祥福宫石级上。他临死前交代的那句话,刘仪虽然

听了，却没放在心上。

这个狠毒、谄媚的中常侍，前一个夜晚还在蚕室中对他极尽刑罚，想要让他背叛公主。游贵死前要他转交给公主的，又会是什么重要东西？

况且当时天虚宫乱得一塌糊涂，公主和玉英都下落不明。刘仪连伤心都顾不得，就跟着秦玄重整天虚宫，日夜都忙得不能合眼。

一直到今夜，他巡视宫廷时，恰巧经过式乾殿，就突然想起了游贵的遗言。式乾殿是皇帝正殿，在圜丘刺杀事件发生之前，皇帝都住在这里。而游贵的房间，正是皇帝寝殿的耳房。

刘仪找了个借口遣开随行的内侍后，就按游贵的遗言，进了耳房，钻到床底下，找到左起第七块地砖。用佩刀将地砖起开，发现第一层放着个黄铜钥匙。再移开钥匙底下的隔板，就见里头藏着这紫檀木盒。

……皇帝心心念念的传国玉玺，竟然跟他只有一墙之隔。

刘仪莫名笑出了声。

这东西为何会在游贵手中？他又为什么不交给陛下？

重重疑虑中，更有许多愤怒。若是游贵早将玉玺给公主，也许事情就不会发展到这个地步。如今，公主下落不明，他拿到了玉玺，又要给谁？又有何用？

难道要给二皇子？或是太子妃腹中那小儿？

可笑！

愤愤地将布巾掩上，刘仪正要关上盒子时，忽然发现布巾一侧有殷红的字迹。

他拿起玉玺，将白巾抽出来，摊开一看，才发现这是一块被裁开成三角形的丝巾，上头用红色丝线绣着几行字。

"日月将颓紫微泣，威弘难续一身系。寒衣纷沓不愁归，换得太平乾坤易。"

落款为"咸康四年七月于淳舟月下为公主戏作"。

刘仪不由得一愣：于淳舟是天门山的术士，传说他神机妙算，有察天地机妙、断世人命数的绝世能耐。他脾气古怪，心情好时为人批命分文不取，心情不好时即便万金在前也置之不理。就算蒙帝王召唤，也随性而至，不改其态。先帝在世时极为敬重他，每年都会请他到天虚宫小住。公主出生后，于淳舟曾在酒后为她写下一份命笺。

——咸康四年七月，推算起来，正是公主出生的时间。

难道这几句诗，就是给公主的批言吗？

他心头一颤，将诗句再三默念，渐渐升起了一丝希望：这批言的意思，是说公主

并没有死,迟早会归来吗?

不需再做思量,他打心底就相信了这话。或者该说,他从没想过公主会死。那个身影瘦削、担着诸多苦痛依然不屈不折的少女,从初见的那天起,他就从没怀疑过她的强韧。

刘仪轻轻将白巾放回到盒中,包裹好玉玺,然后盖上盒盖,小心翼翼地将它藏入地坑中。再放上隔板,落回地砖,将灰土都粉饰得看不出异状后,他才从床底下爬出来。那枚黄铜钥匙还在手中,他扯了根线穿上,挂在颈间塞进衣襟中。冰凉的金属贴着皮肉,叫他精神悚然一振。

他步出式乾殿,提着灯,沿着玉阶慢慢走下去。

自从宫变那日帝妃一同罹难后,这偌大的天虚宫,就跟无主似的,再没有多少声息。原先因为德贵妃的打压,其他妃嫔都没几个站得稳,后宫本就不够充实。陛下驾崩后,朝臣也伤亡惨重,又遇围城之困,梁温有东宫兵马支持,一下跃居到百官之首。虽然表面上还只是上邺太守,但都城内的事,大半都由他决断。

陛下的陵寝建在城外南郊,眼下邺都被围,不能将陛下梓宫送入皇陵中,群臣虽然悲愤却也无奈。最后还是梁温定下主意,先将陛下梓宫送到白马观安放,待解了眼下的危机后再行大葬仪式。之后,他又以为陛下祈福为名,将宫中剩下的妃嫔们都送到了白马观去。后宫一下就空了,再加上宫人们死伤不少,侍卫们又多被调去守城巡逻,整个天虚宫竟形同虚设,连宫内的巡逻都要刘仪带内侍宫女们自行安排。

只有二皇子殷玒依旧住在宫内,俨然储帝之尊。他白天会到太极殿转转,同臣下们见见,无非就是谈他想尽快登基的事。梁温却一直咬着不放,说是这等危急之时,无力分心新帝登基的事。殷玒手头没什么能用的兵力,虽然心中不忿,对此却也无可奈何。

太子妃有孕的事还是个秘密,只有她的贴身宫女、梁温梁胜兄弟、秦玄和刘仪几人知晓。现下宫内无人,中常侍游贵一死,内侍宫女们都成了无头苍蝇,惶惶不知所措。

刘仪本是祥福宫的人,又深得公主信任,梁温有心栽培他,让他在宫中立稳,这才把消息告诉他。

梁温不可能让殷玒登基。刘仪猜他是在拖时间,一方面是等围城之危结束,另一方面是等太子妃显出孕相来。到那时,一个没有实权的二皇子,哪里能翻出浪来?

正思量着,下方忽然有人大呼:"刘内侍,大事不好了!"

是掌固徐一峰的声音。刘仪脚步一顿,徐一峰就飞快地跑上来,到他跟前,顾不得喘气,就匆匆说道:"北宫厩门那出了乱子!有人想从厩门闯进宫来!守门的侍卫死了好几个,李烁已经往那边赶了,他叫我先来向您通报!"

徐一峰原属奚官局,专为宫人病死丧葬供物。因见他在处理死伤的宫人时举止有度、冷静可靠,刘仪就将他留在了身边。

这时听他这么说,刘仪顿时大惊:厩门直通城外,若是被攻破,只怕青州兵就能长驱直入,从天虚宫中穿出,袭击守城的官兵!

"通报我做什么?立刻派人向秦詹士求援,叫他带兵来救!"

徐一峰被吼得愣住,但他反应很快,说一声"是",转身就跑。

刘仪却念头一转,赶紧叫住他:"等等!"

徐一峰回过身来,只听他语声急促:"我另外派人出宫求救。你现在去召集宫内所有内侍宫女,带上兵刃,都往厩门去!在秦詹士来之前,这道门,就要靠我们自己守了!"

"这……"徐一峰迟疑道,"宫人们都分散在各处,一时间要召集过来,怕是没那么快。"

"去敲钟!"

"现在去钟楼?怕来不及……"

他话还没说完,就被刘仪打断:"不用去钟楼,到太极殿前,敲那口忠恕钟!快去!"说完,他就不理会徐一峰了,转头叫来不远处的几个宫人:

"张同,你骑马出宫,找秦詹士,告诉他敌军在攻打厩门,万分危急!让他立刻来救!"

"吴玉波,你带人去府库,把能搬来的刀剑都搬到太极殿!"

"玲芳,你马上去御膳房,命人烧滚水沸油,送到厩门来!"

徐一峰站在一旁,看他一条条命令条理清晰,原本慌乱的心神不由得定了下来。这位刘内侍年纪轻轻,平日里看着也并不显眼,没想到遇事却这样冷静果断,无怪乎会受重用。

这么想着,他出声提醒道:"玲芳,你顺便叫人去奚官局那取些细辛来,跟水一同煮。"细辛是东北产的药草,味道辛辣苦涩,有强烈的麻痹感,若是煮来浇人,绝对效果倍增。

刘仪看他一眼,他作个揖,赶紧跑了。刘仪转头对玲芳说:"就照他说的办。你们都去吧!"

虽然有些惶惶，但也没有其他办法，这几个人互相看了看，就奔着不同的方向离开了。

看他们都走了，刘仪轻出了一口气，才发现手心都是汗。他觉得头脑有点儿乱，就努力回顾着自己方才的一言一行，看看是不是有什么遗漏了。

几个月前，他还只是个敲钟的小宦官。他没读过什么兵书，更不曾真正打过仗。唯一有的一点儿经验，只是少年时被人欺凌殴打的过去。

疼痛已经久远模糊，但有些东西却在时光打磨中变得愈发清晰坚定。

比如勇气。

他伸出手，握住了腰间的短刀——这段日子里，他已经有些习惯甚至喜欢上了带刀的感觉。

公主说过，刀就是命，攻敌护己，都在这凛冽寒光中。

想起那少女沉着冷静、握剑而动的样子，他心中的彷徨渐渐散去。

没有什么好怕的，若是公主在，她定是无所畏惧，连声音中都带着叫人不由自主想要听从跟随的力量："刘仪，跟我来！"

他抬起头，望见那一轮明月将圆未圆。

竟已到九月中旬了，怪不得风这样冷。

他一颗心却似有什么东西在烧着，烧得他血管发烫、肌肉紧绷。他缓缓挺直腰身，一步一步朝前走去。

此夜，虽是月将圆、人不全，但他曾见过照暖灵魂的光亮，今后即便只身独行，也不会再畏惧这夜的黑暗。

【刘仪，丰城康山人。愍帝时，初为钟楼典事。泰安三年，适逢元亨公主被禁，太子少师梁宪撞钟而死，仪为送信闯祥福宫。后任祥福宫内侍，伴公主左右，出入宫闱、行走上邺。八月宫乱，仪整饬内廷、葬死慰伤，宫人敬之。九月中，北宫厩门失守，仪持戈守门，披发裂衣，血战不歇……遂迁中常侍。——《弘史·宦官列传》】

夜凉如水,太极殿前灯火灼灼。

听讼台上,徐一峰正抓着绳索,用力将木柱撞向铜钟。

"铛——铛——铛——"

忠恕钟冷厉生涩的声音响彻天虚宫,远近的宫人都走出门来,狐疑又不安地往太极殿聚集。

刘仪就站在钟前,他手握火把,那张年轻而平凡的脸在烈焰映照下显得十分沉着。见人来得差不多了,他打了个手势,徐一峰就停下动作,走到他身后来。

"诸位!"刘仪扬声道,他沉静的目光扫视着下方的内侍宫女,"今夜,又是一场生死考验!敌人正在攻打厩门,一旦攻破,不论是天虚宫,还是邺都,都会顷刻沦陷!到时无论是谁,都保不住性命!"

这话一出,人群立刻慌乱起来。八月宫变的惨状还历历在目,那些沾血的屠刀和破败的尸首,至今想来都叫人不寒而栗。胆子小些的,要不就软倒在地,要不就捂着嘴哭起来。

"兄弟姐妹们,想想一个多月前的那一夜,难道你们就甘愿那样凄惨死去吗?看到地上的刀剑没?不想死的,就拿起兵器来!"

顺着他手指的方向看去,宫人们这才发现,一旁的石级下早备好了寒光凛冽的兵刃,还有几只大缸。

"不用害怕!秦詹士正带兵赶来,我们只需要守住厩门,等援军来就行。这些天的巡逻操练都还记得吗?握紧刀柄,用力砍下去!"他拔出刀,劈空砍了一下,"凡守门有功者,事后重赏!胆敢脱逃者,就地格杀!"

所有人都霍然抬起头,惶恐地瞪着他。

这段时间,宫人们都跟这位年轻的内侍熟悉了。那夜动乱后,其他人还在哭号,是他第一个站出来,带人去寻找幸存的伤者。之后搬运尸首、治疗伤者,一项项事情都是他在安排。他不辞辛苦、性情和善、行事妥帖,短短的时日内,仿佛成了宫中的主心骨。人们都看得到，他以惊人的速度消瘦下去，骨骼突出、眼窝深陷。

此时，却见他那一双原本平和的细眼冷光酷厉，竟生出叫人不敢违逆的威势来。

见场面冷下来，刘仪喝道："徐一峰，将内侍分为两队，你和吴玉波各领一队，分发武器，即刻随我赶去厩门！玲芳，你带领宫女，将热油沸水送过去！宫女中若有敢执刀砍杀的，就跟我来，其他人都跟着玲芳！"

"是！"徐一峰第一个大声回应。

吴玉波和玲芳互相看了看，也咬牙应下。

时间紧迫，刘仪跟徐一峰冲下听讼台。迅速分配好队伍后，这些没有半点儿对战经验的内侍宫女，就迈着沉重而凌乱的脚步，朝着北边的厩门冲去。

此时厩门那边，李烁的圆脸上已经满是汗水。

眼前的大门已经被挤出了一尺宽的缝隙，一个青州兵正拼了命地从缝隙中往里挤。李烁见状，毫不犹豫地上前，手起刀落劈出去，紧跟着抬脚将对方踹出去。

"关——门！"

这些青州兵趁夜色攀上城墙，杀了墙头的几个守卫后，跳下来想打开厩门时，被其他士兵发现，立刻吹角示警。等李烁赶到时，厩门的守卫已经死了十几个，闯入的青州兵虽然也被诛杀了，但大门的门闩却被抬起了一大半，早就等在外头的青州兵就趁机猛力撞门。

李烁见状，赶紧带人上去挡门。但他来得匆忙，只叫了十来个人，加上剩下的守卫，一共也不过二十多人。而门外却不知有多少敌军，众人只觉得门上的推力越来越大，两扇门渐渐被挤出缝来。外头青州兵的脸也在缝隙中愈来愈清晰，所有人都铆足了劲儿，面容扭曲，眼睛中简直要喷出火来，隔着门板拼着生死角力。

见缝隙愈来愈宽，李烁索性把刀从里头伸出去，胡捅乱扎，那些青州兵挤得严实，一时间都躲不开，只能惨叫连连。这倒是暂时缓解了门上的压力，但对方也立刻反应过来，拿着刀剑就戳进来。

李烁看得仔细，专往手上招呼。他的目的不在杀人而是伤人，身手又灵活，站在那倒真有点儿"一夫当关，万夫莫开"的意思。

"快把门合上！放下门闩！"

他心知自己这么点儿人，撑不了多久。现在最要紧的就是把门关上，等待救援。

门缝被一点点压窄，里面的守卫就伸手去放门闩。却忽然听到门外传来高亢的怒吼："用力撞！"无数人的吼声瞬间汇成了怒流，凶猛地撞在门板上。

一片混乱中，守在门内的众人都清楚地听到了一声清脆的断裂声——

"咔嚓！"

门闩断了！

李烁心头一片冰凉。

……完了！

门内的所有人都是同样的绝望，手上的力道不由得一顿。

这瞬间的分神真是致命！

门板上的压力排山倒海般涌来，黑压压的人潮拥挤进来。大门轰然而开，重重撞在城墙上。

李烁等人站在大开的门洞中，面对挥舞着兵刃冲上来的敌军，好似要被浪涛吞没的残叶。

"撤撤撤！"

李烁大吼着转身逃跑。不用他说，其他人都拼命跑起来了。可是又能跑到哪里去？

守不住了！

守不住了！

守不住了！

他的脑袋中一片空白，除了迈腿狂奔外完全不知道该做什么。

正在此时，前方忽然有人大吼："泼！"

黑暗中有什么东西从空中洒下，好似下了一场雨，有那么几滴溅在李烁身上，炙热的剧痛叫他猛地一激灵。

身后的惨叫声突然加剧了！

原本的呼喝声都变成痛号，来不及回头看，前面就亮起了火把。火光热烈，好几个人冲上来，将火把扔了出去。火把从头顶飞过，李烁和幸存的三个侍卫都停下脚步，视线跟着它们落下。

"轰！"

平地腾起一蓬怒焰，火势冲上了半空，那些追上来的青州兵尽数被火焰包围，一个个都成了人形火把，逃到哪儿就把火焰带过去烧起来。

眨眼间，整个厩门前变成一片火海，惨绝人寰的吼叫声响彻四周。

李烁几人都被这番突变吓傻了，一时都呆站在原地。身后有人冲上来，将他们往边上一推:"别傻站着!"

抬眼看去,却见来人竟是刘仪。他带着一众宦官,都将宽大的双袖束紧在手臂上,手握短刀,警惕地盯住厩门火场。而城墙两旁的楼梯上,不知何时站了许多宫女,方才的热油就是她们泼下来的。

火焰的另一边,豁开的门洞像一张黑乎乎的巨嘴,青州兵站在那儿,一直排到了门外无尽的黑暗中。他们被火焰所阻,更担心上方是不是还会再泼下热油来,面面相觑着都不敢动。

眼看突袭受挫,敌方将领自然不甘心。很快,士兵们就向两边分开,当中奔出十数匹马来。马上的骑士用披风遮住脑袋,手上马鞭狂挥,催动马匹冲向火场。城墙上的宫女都来不及把热油泼下,这些人就奔出了火焰范围。他们踏火而来,马儿在火焰中嘶鸣痛叫,却到底冲了过来,凶狠地杀向宦官们。

"冲上去!拦住他们!"

刘仪身先士卒,说话间已经迎着骑兵当先冲去。刹那间,那些跟公主对练的画面飞一般地从脑海中闪过,躲避的方法,攻击的角度,劈砍的力道。眼见着那骑兵一刀挥下,瞬时就到了面前。他闪身避开,贴地就是一滚,反手砍向马腿。

凄厉的马嘶声中,那马向前栽倒,马背上的骑士被摔在地上。不等他起身,紧跟在刘仪身后的徐一峰就挥刀结果了对方。

他们俩配合无间,宦官们见了顿时勇气大增,纷纷冲上前来。只是大多数人都不曾真正对敌过,尽管受过些操练,但真到了交战的当口,却完全不知该怎么动作。两方一照面,就有不少人被那些骑士切瓜砍葱般放倒。但到底人多,马匹一旦被围住,马上的人很快就会被拖下来,丧命于乱刀之中。

正杀得兴起,城墙上突然传来女人的尖叫声。注目望去,只见上头不知何时多出了些青州兵。对着手无缚鸡之力的宫女,他们压根就不用费多少力气,刀光挥闪间就将她们杀散了。

刘仪等人看得目眦欲裂,想要过去救援,却听厩门处杀声震天。

没有了城墙上的威胁,那些青州兵都行动起来,他们就地掘起泥土,抛到火焰上灭火。然后就踩着火苗和热烫的地面,凶狠地冲杀过来。

刚有点儿战意的宦官们顿时都吓破了胆,且战且退地抵挡了一阵,地上就留下了许多尸体。

刘仪浑身是血,也不知是别人的还是他自己的。他握着刀,正想再一次冲上去时,

有人猛地拽住了他:"不行了!快跑吧!"

是李烁,他青稚的脸上血汗交杂,眼睛中腾起恐惧之色。

刘仪下意识地摇头:"不!不能跑!不能让他们冲进来!"

"敌人太多了,我们挡不住的!"李烁对着他大吼,"我们已经尽力了,现在再不走,就真的走不了了!"

一旁的徐一峰也抓住了他:"援兵或许就要来了,我们先走!"

说着,也不管他的反应,就拖着他拔腿狂奔。

数百人的宦官队伍,这时候只剩百来人不到。许多不久前还言笑晏晏的人,此时都倒在了地上。来不及悲伤,求生的本能促使剩下的人拼命向前奔逃。

刘仪等人走得最晚,落在队伍最后头。回望那一地的尸首,和紧追不舍的敌军,他禁不住悲愤怒吼:"援军呢?援军怎么还没到?"

已经近一个时辰了,为何秦玄还没赶来?

他却不知道,他期盼的援军,就在他们前方两百丈的地方静静等候。

"大人!"张同跪在地上,"砰砰"磕了几个头,"小人求求您,快出兵救人吧!刘内侍他们顶不住了!"

高坐在马上的梁温淡淡看了他一眼,朝边上扭了下头,立刻就有两个士兵上前来,一把将他架起来。

"……大人!"

"堵上他的嘴。"

梁温连人带马都藏在树影下,月光如练,却半点儿落不到他身上。他在黑暗中望向厩门的方向,月在中天,下方的杀声和火光一直未停。

又等了一会儿,追杀声愈来愈近了。梁温一动不动,所有人都屏息等待着。

突然——

"咻!"

三支燃着烈焰的箭呼啸着冲上夜空,同时间,梁温大喝:"出击!"

潜伏许久的兵将们早积蓄了满肚子的杀意,一听令下,立刻怒吼着扑出去。

正拼命逃跑的宦官们闻声抬头,就见面前忽然多了许多士兵。弓箭手整齐而立,朝着他们拉开了弓。

"天啊!"

惊叫声中，箭阵齐发，空气中充斥着箭矢划出的咝咝声。许多人徒劳地抱住了脑袋蹲在地上，等到最后头的刘仪等人发现情况有变时，箭矢已经从他们头顶飞过，落向身后追击的青州兵。

"……援兵！是援兵到了！"

呆了一会儿，刘仪终于回过神来，兴奋地大叫起来。李烁和徐一峰齐齐惊出了一身冷汗，方才这一拨齐射，离得近的羽箭差点儿落到他们身上。他们半点儿也不敢耽搁，拽着刘仪埋头向前跑去。

跟他们奔逃的方向相反，一拨拨禁卫军从他们身侧穿过，刀兵齐出，冲着被羽箭射乱了阵形的青州兵大吼："杀！"

这杀声重重叠叠，前后左右似乎都被覆盖了。脱离危险的宦官们回身望去，却惊讶地发现，在青州兵的后方、厩门外头，竟然凭空又多出了一支禁卫军！

两头的禁卫军呈月牙形包抄而上，将青州兵围在中间——好大一个饺子！就等着下油锅了！

"刘内侍。"

温和平静的男声从道旁的阴影中传来，刘仪惊讶地看过去："梁大人，您怎么来了？咦，张同你在这儿？我不是叫你去请秦詹士吗？"

却见张同额头有瘀青，脸上有泪痕，竟是哭过的样子。听刘仪相问，他看了看梁温，就苦着脸摇摇头，什么也不敢说。

"今夜敌军又在攻城，秦詹士正率兵在广阳门外迎敌。"

梁温从马上下来，走到他们跟前。他着文士的长袍广袖，夜风拂动衣袂，让他行走间潇洒飘逸，直如月下谪仙，衬着身后的厮杀声，真叫人回不过神来。

"此处交给梁某即可。今夜宫内不会安宁了，刘内侍伤势不轻，请先随众人去东宫暂歇。"

月光映在他沉静无波的面容上，竟显得格外地冰冷。

刘仪摇摇头，回头看了看被合围的青州兵，低声问："梁大人是刚刚才赶到吗？"

梁温笑了一下，说："这重要吗？"

他嘴角的纹路近乎温柔，刘仪看在眼里，就默默低下头去。他手中还握着刀，刀上的血珠尚在流淌。下一秒，他骤然暴起，一刀砍向梁温！

周围的人齐齐惊叫，不及拦阻，刘仪的刀就横在了梁温颈间，堪堪抵着他的脖子。他们的位置离人群有点儿距离，那些劫后余生的宦官宫女很是茫然，一时都没注意到

这边的动静。

李烁和徐一峰站在一旁,生怕刘仪冲动之下犯下大错,慌忙劝道:"刘仪,你先把刀放下……"

刘仪没有理他们,只是死死盯着梁温。

"这把刀今夜砍了多少人,我没记住。但我记得清楚,有多少宫人为了守这道门惨死!"因为激愤,他的声音都变了调,"梁大人,你说,这重要吗?"

"不重要。"梁温对项上的利刃视若无睹,语气仍是平淡,"我来得早与晚,都不会影响出手的时机。"

"可是能救那些人!"刘仪激动不已,他逼上前来,贴到梁温跟前,"梁温,你是故意的,是不是?拿我们当诱饵,引青州兵入宫后,再来个瓮中捉鳖!"

要不然,他们怎么会这么轻易就能将青州兵围住?方才出现在这儿的那支禁卫军,其实早就在附近等着了,却一直没有出手,眼看着宫人们死伤遍地。直到厩门外的青州兵尽数入城后,他们才发响箭为号,成前后合围之势。

李烁和徐一峰顿时安静下来。方才那一战他们几乎都丧命在此,若真像刘仪所说……李烁脸上露出愤怒之色,徐一峰却深深低下了头。边上的张同抬袖擦了擦眼睛,没有出声。

到这时,梁温的神色才有了一丝松动。他敛了笑,直视着刘仪:"确实如此,怎的?"

不等刘仪发怒,他面容一肃,喝道:"刘内侍可知,自八月至今,邺都兵将死伤多少?"

刘仪怔住,只听他说:"宫变当夜,禁卫军死伤三千余人。邺都被围后,每逢敌人攻城,就有数百人为守城而战死!就说现在……"

他猛地抬臂一指南边,长袖激荡,"广阳门外,每一刻都在死人!今夜殷岐分兵来攻,若不趁此机会重创青州兵,这场围城之困还要持续更久!死更多人!"

他喘了口气,脸上露出一丝冷笑,"怎么,我大弘的将士为国死得,宫里头的人就死不得吗?百姓供养着,士兵守卫着,国难当头,内侍宫女的性命,难道就比别人更金贵吗?"

说着,他抓住刘仪的手掌,夺过那把刀,"铿"地扔在地上。

"来人,护送刘内侍众人去东宫!"

被他的爆发震住,众人都面面相觑。看到士兵上前,李烁等人不敢违逆,正要拉刘仪走时,他却挣开了他们,弯腰捡起那把刀。

"梁大人,"他的声音很轻,"都是一样的命,谁能比谁金贵?我刘仪一向自认命贱,今夜便是死了，也不后悔。那些身死的宫人，都是我的兄弟姐妹。论身份他们是内侍宫女，但论功劳，他们更是天虚宫的卫士！同是为国战死，梁大人公平端正，奖赏抚恤，想必都不会少。"

梁温的脸色缓了缓："这是自然，刘内侍放心。"

得到他的承诺，刘仪不再纠缠，向他点点头，转身离开。

李烁等人连忙跟上。

各自上了马，奔出很远，临出宫门时，李烁说："刘仪，梁大人说的没错，你莫要生气了。"

徐一峰却哼了一声。尽管事出有因，但任谁被当作弃子扔去送死都不会开心。

刘仪没出声。

他正望着那轮月，回想着梁温冷酷的眼神。那样的眼神，他曾在诏狱监中见过。那时的梁温，向公主质问他父亲的死因时，眼中的恨意一瞬间也掩藏不住地倾泻而出。

或许梁温方才所说的都是对的。但刘仪知道，在他心里，他恨这个害死他父亲的宫廷，恨所有生活在天虚宫中的人。

这个男人的可怕之处，不仅仅在于他的心机深沉、手段狠辣，更在于他温和的外表下，还有一颗睚眦必报的心。

因为敌军趁夜攻城，此时邺都上下无人能安心入睡。一处处楼阁都灯火通明，惶恐不安的百姓躲在窗前，望着远处蹿动的火光猜测战况。

调动的兵将随处可见，城中的气息都显得紧张而压抑。

刘仪将之前的事细细思量一番，突然想到："二皇子呢？"

李烁一愣，徐一峰跟着反应过来："对啊，二皇子还留在宫中吗？怎么不带他离开？太危险了！"

护送他们的部将白谦冷笑道："二皇子哪轮得到我们带他走？我们入宫时，正碰上二皇子带着人匆匆跑出来。这般行动得快，想必他现在安全得很。"

刘仪哑然，徐一峰张了张嘴，没说出话来。

还是李烁最直接："呸！真是孬种一个！"

厩门这场合围战并没有持续多久。

以有心对无心，战斗的结果，在开始的那一刻就已经决定了。

梁温依旧站在树下，他看着有点儿漫不经心，翘首望向夜空的样子，好似一位月

下吟诗的雅士。

属官潘林华站在他身后,低声禀报着什么。他听了一会儿,就笑起来:"二皇子果真跑得快。"

"是啊,他们躲进了白璧坊的一处院子里。想来这场仗若是不停,二皇子是不敢回宫了。"说着,潘林华露出敬佩之色,"还是大人这番连环计使得妙!将后宫移到白马观,调走宫内守卫,留下厕门这处大漏洞等着敌人来钻。就连二皇子也因此被吓出了宫……"

这时,身后忽然有人唤道:"兄长!"

潘林华立刻住了嘴,退到一旁。梁温转过身,看到一身轻甲的梁胜策马而来。他将银枪背在身后,周身血气蒸腾,那张年轻的脸庞上浓郁的战意还未退去,"兄长,你瞧我捉到谁了?"

梁温微微扬眉,就见士兵们绑着一个人推搡着过来。

火光下看得清晰,那人银甲带血头发蓬乱,咬牙切齿地骂:"狗贼,待我大哥冲杀进来,定要剥你们的皮!"

梁温端视着他那沾着血污的脸,认出是殷峤,不由得笑道:"原来是齐王二公子。这样的战斗,世子竟然忍心让自己的弟弟上阵,真是……啧啧!"

四年前,殷峤曾随众多王侯子弟进入国学院学习,当时梁温作为师长,还为他们授过课。彼此间虽说不上交情深,但还算熟识,没想到眼下却在这样的状况下相见。

被他状若惋惜的样子刺激到,殷峤挣扎着就要撞过来:"只要能杀敌为我父王报仇,小爷舍得这条命!"

"二公子好勇气,梁某佩服。只是,你不惜命,那世子呢?他会不会替你惜命?"

梁温眼中笑意温和,"林华,带二公子到城墙上去。"

潘林华领命而去,殷峤依然痛骂不休,但没骂几句,就被潘林华堵住了嘴,只剩下愤怒的呜呜声。

梁家兄弟俩相视一笑。

梁温走上前,摸着马鬃毛仔细打量着弟弟:"可曾受伤?"

"毫发无伤!"梁胜咧开嘴,还特意耍了下枪,少年的意气风发不言而喻。他抬头看了下南城,就急着拨转马头,"哎呀,不能耽搁了,我先出城去!"

"去吧。"梁温拍了拍他肩头的轻甲,"兄长就在城楼上等着你。"

他的连环计这才要进行到高潮部分。

第三十七章

一个多月来的忍耐筹划，就为了这一夜的破敌制胜。邺都被围了这么久，也该让殷岐好好尝尝被合围夹击的滋味了。

目送梁胜带着军队奔出厩门，梁温的笑意愈发深了。他施施然转身，对守在一旁的下属们说："走，我们去会会齐王世子。"

此时，邺都南门外。

"秦家父子缩头龟，爹装病来儿装乖。有胆给我出城来，与你爷爷杀三百！"

城墙下的谑笑喝骂声一轮接一轮，秦九听了半天，终于忍不住大骂回去："狗贼等着，小爷下去砍死你们！"

他声音清亮，骂着脏话却没有半点儿粗鲁的感觉，反倒像是小孩子在学大人模样。

底下的青州兵立刻哈哈大笑起来："毛都没长齐的小子，还想装大爷？下来让爷爷好好教教你！"

论起骂人功力，秦九哪比得过这些兵油子，差点儿没气晕过去。只见他一张脸憋得通红，抓起刀就要往下冲。

"回来！"

一直没出声的秦玄突然喝住他。

秦九的脚步顿住，满脸委屈地转头朝他叫："公子，你别拦着我！不砍几个青州兵，小人心头这口气消不了！"

"你有什么可气的？"秦玄黑着脸瞪他，"两军交战的事，是你能由着性子来的吗？给我待着不许动！"

秦九愤愤地走回来，一屁股坐在垛口下生闷气。

旁边肃着面容的王明德倒被逗出一丝笑来："这小子性情跟你真有八分像。"

"王大哥，我哪是这么不懂事的人啊？"秦玄不满地抗议。

"哈！"

王明德笑着走近了些，低声问："你爹的伤势好些了吗？"

"嗯，只剩腿上的刀伤还未痊愈，暂时不能下地走动。"宫变那夜，秦廷昭被三王兵力合攻，仓促应战下就落了败相，不仅士兵伤亡惨重，连他自己也受了伤。"太医说，再过十天半个月，就能好了。"

"……这么快？"王明德皱起眉，"那你的动作得加快了。不然，等他重掌禁卫军，邺都的局势就由不得我们控制了。"

"我明白。"

秦玄抿住唇,简短地应道。

这个俊美的贵族少年,短短时日内已经长成了一个坚硬的男人模样,眉眼间的骄矜贵气被磨去大半。现在的他,轮廓线条都透着股利落劲儿,眼神凌厉得像是一把刀。

王明德忽然有些怜惜他:"让你跟秦大人对着干,真是难为你了。"

秦玄笑了笑:"没什么为难的,我从小就爱跟他对着干。"

王明德轻轻"嗯"了一声。

今夜之后,邺都就能摆脱被围的困境了。然而,更艰难的还在后头。

若是让二皇子登基,以秦廷昭势力之大,只怕又会变成他一手遮天的局面。只有趁着他受伤的机会,让秦玄在禁军中能有更大的影响力。如今朝堂不稳、军权混乱,一个弄不好,大弘的天下恐怕就要改姓别家了。

就算沉稳如王明德,此时也禁不住忧叹:"若是公主还在就好了!"

她在的话,不管那龙座上坐的是谁,底下的人心都能齐一些。如今,不说邺都内人心浮动,就连外部各州郡,恐怕都要起乱子了,只是时间早晚而已。

"公主当然在!她只是暂时没回来。"

秦玄猛地转头盯着他,半晌,忽然低下了声音,"她大概是累了……都是我太没用,没能及时带着东宫宿卫军入宫。公主……"他的声音抖了抖,但极力稳住了,"公主定是恨着我,才不肯回来。"

当他冲进铜爵园,看到身首异处的太子时,心中就涌上了一阵绝望。不管这个太子懦弱无能成什么样,他都是公主最亲的兄长。没有人比秦玄更清楚,太子在公主心中有多重要。

王明德没有戳穿他虚弱的妄想。

当时铜爵园的惨状有目共睹,谁都知道,公主的失踪,只怕是凶多吉少。但这话,又有谁能说出口?

"你若这样想,就更该好生守住上邺,守住大弘。有朝一日她回来了,我们才有脸去见她。"说着,王明德看向下方躁动的青州兵马。

那些人骂得口干舌燥,也不见上面有人回应,就愈发放肆起来,竟三五成群地晃荡到城墙脚下。

"看他们也骂累了,让我给他们提提神。"

王明德抬手招来部下:"去,弄点儿热水来,给下面的大爷们暖暖身子。"

那部下应声离开，不一会儿就带人拎了十几桶热水上来，在城墙上站准位置，动作整齐划一地把水倒下去。

底下立刻响起惨叫声，中间还夹杂着怒骂。

秦玄走过去，踢了踢坐在地上的秦九："别装死了，跟本公子走！"

"干吗？"秦九闷声不动。

秦玄也不理他，径自往前走："下去打狗。"

"……欸？"

只愣了一瞬，秦九就恍然大悟地跳起来，兴奋地跟在他后头："公子，等等我！"

看他们主仆俩走下台阶，王明德摇摇头。他扭了扭脖子，稍微活动了下筋骨后，就把手一伸，边上的士兵连忙递上一柄大弓和三支点燃的火箭。

只见他猿臂拉弓，三支箭一同上弦，待弓弦拉满后，就朝着东南方的天空射去。

"擂战鼓！"

火箭升空，牛皮战鼓"咚咚"敲响，下方的城门随之大开。秦玄率五百骑兵呼啸而出，以夺命尖刀之势，迅猛插向青州兵阵中。

与此同时，西城金明门、东城建春门的守军也同时出击，熊奇、方广志各领营中精兵，扑杀围在城外的青州兵。憋屈了数十天的宿卫军，都把满腔怒火倾泻到对手身上。

"杀！"

秦玄这支骑兵队像利锥似的深深扎进敌军中，简直无人可挡。

那些不久前还在嘲笑秦家父子的人，这时候都来不及反应，就丧命在飞旋而至的利刃下。

坐镇后方的殷岐看到这场面，气得大吼："蠢货！长枪阵上前，拦住他们！"

传令的号角吹响，混乱的青州兵这才得到指示，开始变换阵形，想要把对手困死在长枪盾牌的阵中。眼看就能将他们都围住时，秦玄忽然扬臂挥刀："弧线杀回去！"

骑兵们齐声应和，马头一拨，这利锥就化成了弯刀，擦着长枪阵转了个大弯，从还没合拢的敌阵中冲出，飞奔回城。

这趟冲杀快得叫人缓不过神来，殷岐连阵都没布好，更别说派人追击了，只能眼睁睁看他们杀了一个来回就躲回城里去。

不只士兵们错愕，就连殷岐也不敢相信自己的眼睛：那个畏缩了一个多月、从未出城应战的毛头小子秦玄，竟然会这么勇猛？

　　之前无论他们怎么挑衅、谩骂,邺都中敢于一战的都只有王明德。至于秦家那小子,就只会站在高高的城楼上,白着一张脸看着。再加上秦廷昭的惨败,青州兵从上到下都认定,这父子俩都是空有其表的草包,只是因为跟废后和元亨公主亲近,才能爬到如今的位置。

　　但方才那利落凶狠的冲杀,却打破了他们自大的定论。正当城外的兵将上下都狐疑不安时,城墙上的战鼓忽然变了节奏:鼓声从快速高昂急转直下,变得绵长沉郁。

　　数十支火把同时点燃,将城墙映得明亮无比,下面的人不由得眯起眼睛看去。只见一个人被架上了垛口,他身上的甲胄尽数被除下,长袍在空中飞舞,像是招展的旗帜。

　　离城墙近的青州兵惊恐地喊叫:"那是……二公子啊!"

　　恐慌的私语立刻在士兵中间传播,殷岐很快就听到了消息。虽然不相信殷峤会被俘,但离他去袭击北宫厩门已经过了不少时间,却还没见到邺城里头乱起来,殷岐多少有点儿担忧。事关自己的亲弟弟,他没有多作犹豫,就鞭马上前来。

　　到得城前二十来丈处,殷岐终于看清了城墙上的人影,惊叫起来:"二弟!"

　　"世子真是好眼力。"

　　白衣文士站到了火光下,他笑得十分从容,"方才我跟二公子打赌,赌世子是不是舍得他这条命。现在看世子这关切的模样,梁某的赢面倒是大多了。"

　　"梁温,你竟敢掳我二弟!"殷岐怒吼,"速速将他放了,我饶你不死!"

　　听到这话,王明德立刻嗤笑起来:"这位世子蠢得让人心折。"话刚出口,被押在垛口上的殷峤就愤恨地扭过头来,恶狠狠地瞪着他。

　　王明德哼了一声,一伸手就按住殷峤的后背往外推。殷峤下意识地挣扎起来,却毫无反抗之力,半个身子都伸到了城墙外。

　　"世子,废话还是少说为好。您看,令弟正命悬一线呢。他是能活蹦乱跳地走回去,还是脑袋开花摔成烂泥被抬回去,都在世子你的一念之间。"

　　"……你!"

　　殷岐几乎咬碎一口钢牙,勉强冷静下来:"放了我二弟,我们全军退到五里外!"

　　"五里?"梁温扬声笑道,"不过是一抬马蹄的事。怎么,二公子在世子心中,只值五里路吗?"

　　"……十里!"

　　"哈,世子要是做商人的话,定是精明的好手。"梁温讥讽道,"当着千万兵将的面,世子何不豪爽一把，直接退个三百里？"

"梁温，你别欺人太甚！"

梁温拿来一支火把，伸到殷峤面前，一脸惋惜："二公子，看来在世子心里，你可值不了三百里呀！不如你亲自跟他说？"他抬抬下巴，示意士兵扯下殷峤口中的布团。

殷峤的嘴巴得了自由，顾不得喘气，连忙出声大叫："大哥，你莫管我！只管杀进城来，将这些贱人千刀万剐，替我报……"

话还没说完，就听梁温轻而冷的声音在身旁响起："那就遂了二公子的心愿。推下去。"

殷峤只觉得一股大力传来，脚下猛地一空，整个人就朝下方坠去。狂风灌进了他口中，叫他再不能发出更多声音。只剩一个变调的"仇"字飘在半空中，伴着他坠地的那一声巨响，砸在了城下众人心头。

可怕的寂静笼罩四周。

殷岐身下的马儿被惊得后退一步，他不敢置信地瞪着前方，嘴巴大张着，好一会儿才迸出一声痛吼："啊！"

至亲死在眼前的冲击太过强烈，尤其还是这般嘲弄的死法，殷岐怒不可遏，恨不能抑，他扬鞭指着上方的白衣文士："梁温，我要你死无葬身之地！"

梁温不以为然："是吗？不过，梁某倒是已经为世子选好了葬身之地。"

一个个垛口中伸出了弓箭，梁温一声"放箭"，箭矢就如飞雨般射下去。

青州兵要退，殷岐却下了死令："架起盾牌，顶过去！把擂车推上来，撞开城门！今夜，务必攻下邺都，本世子要活剐了梁氏一族！"

城墙上有梁温指挥，王明德就带了人下去，跟秦玄一起，又开了城门冲出去。秦玄为先锋，将敌阵生生劈开；王明德殿后，带着射声营将士们巩固战果。

他们二人一个迅猛、一个沉稳，殷岐渐渐感觉到了压力。他从失控的暴怒中清醒过来，赫然发现秦玄竟然已经离他不足百尺。

这样的距离，月光与火光交映，那年轻的将军玉面如冰，一把长刀左右翻飞。即便是在厮杀中，他的眼神仍然准确地盯住殷岐。

殷岐忽然觉得害怕起来。

有这种感觉的人不止他一个。恐惧正在青州兵中蔓延，不知不觉地，所有人都在往后退缩。士气已经消散，殷岐纵有再多不甘，也知道今夜的战斗不可能再有胜机。

只能暂时撤退了，等天亮之后再重整旗鼓、伺机攻城。

他正这么想着,却发现身边的人都慌乱起来。众人都转过头看向后方,每个人的脸上都是绝望之色。殷岐猛地扭过头去,赫然发现一支从天而降的死亡军队,正悄无声息地发起进攻。

冲在最前方的少年将军轻甲银枪,纵马冲杀,跟秦玄冷静、锐利的刀法不同,这少年一杆银枪像长棍般抡起,凶狠地横扫四周的青州兵,飞快地逼近。

是梁胜!

这一瞬间,殷岐心头冰凉,突然明白。

被俘的殷峤只是梁温用来拖延时间的工具。在他们都被殷峤吸引注意时,梁胜带着的这支军队就悄悄地靠近到他们后方,等着给他们致命的一击!

梁温……梁温!

殷岐忍不住望向城墙的方向,那白衣的文士却并没有看着他一手设计的这处战场,而是仰起头望着那轮明月。夜色下,他的剪影优雅如画,似在对月倾诉着隐秘的心事。

突地,一支冷箭从人缝中穿过,扎进了殷岐的胸腔。

"……呃!"

殷岐闷哼一声。他忍痛提着一口气,挥刀斩断了露在外头的箭尾,高喊:"撤退!"

月下无常

第三十八章

东宫。

"今晚的月色,真好啊!"

曲灵烟倚在栏杆上,饶有兴致地叹道。

因为怀孕初期的孕吐,她看着清减了些。柔美的脸,下巴尖尖,衬着略显苍白的脸色,过去的媚态早已不见,倒是平添了几分弱柳扶风的动人情态。

"……太子妃该回去休息。"

坐在躺椅中的青年皱着眉头开口。

曲灵烟不耐烦地扭过脸:"这是你第三回赶我了!"她细细的眉蹙起来,"罗中青,陪我赏个月,你就这么难受吗?"

被她的眼睛盯着,青年稍稍有点儿不自在,他偏过脸去,低哑的声音像含着沙砾:"您身份尊贵,不该日日到我这边来。何况此时已是深夜,于礼……"他忽地呛咳起来,身体因为剧烈的颤动而弓成一团。

曲灵烟连忙过去帮他拍背顺气,直到他的咳嗽平复了些,她才端起边上的药茶送到他嘴边,看他一点点喝下去。

"罗中青,你真是个迂夫子!都死过一回的人了,还抱着什么礼数不放!"一边说着,她一边把他往椅背上按,"咳成这样了,还不躺下歇歇?"

他却挺着背不肯动,语气中满是不赞同:"请太子妃莫要忘了,罗中青已经在大火中死了。"

秦玄对外宣称罗中青和冯路之都在东宫大火中被烧死,尸骨无存。然后又给他安排了一个名字,叫李随尧。这个人原本是冯路之手下掌管文书的小官,在宫变后被秦玄抓住严刑拷打,逼问出他曾帮冯路之传递东西给长公主殷涟。

"死了?那被我救出来的你又是谁?"曲灵烟勾起嘴角,"哦,反正你这条命是我的,你就是我的奴隶。我就叫你'青奴',怎么样?"

"太子妃!"

罗中青气得抬起头，月光就毫无遮拦地照在他的脸上。即便是看惯了的曲灵烟，乍然见到他的脸，也不由得吓了一跳："啊呀！"

只见那张脸上涂满了黑乎乎的药膏，就剩一双眼睛闪着怒火。

看她被吓到，他立刻低下头去："……明明害怕，为什么还要来？"

他虽然没死，身上却多处烧伤。再加上背后那一刀流血过多，差点儿就没能挺过来。幸亏他中毒后曲灵烟硬往他嘴里塞了些药，缓解了毒性，才没让他死在当场。再加上东宫中的药材应有尽有，秦玄又不惜一切代价要救他，这才把他从鬼门关拽了回来。

"谁说我害怕了？我只是还不习惯。"

曲灵烟在他身旁坐下："你把脸藏着做什么？又想突然吓我吗？"

她这样胡搅蛮缠着实叫人无奈。罗中青伤势未愈，身上的疼痛且不说，脸被烧坏了，嗓子也被烟呛久了哑了，他心中的抑郁可想而知。也是他的性子本就耿直稳重，这才没有直接发火，只忍耐道："我实在不明白，您为何要缠着我不放。"这话虽然不客气，却是事实。她往他这边跑得太勤了，这样陌生的关切让他觉得怪异又不安。

曲灵烟怔了怔，脸上的笑容悄悄隐去。安静了一会儿，她才轻声说："……我也不明白。大概是因为，我们共过生死吧？"

罗中青不由得抬头看去，只见她正仰头望着夜空，用一种空幻的语气说："你救过我，我救过你，这世上，还有什么比同生共死过的人更亲近？"

这话听得他一个恍惚。

他还记着，滔天的烈焰中，在濒死之时，他听到她的声音在喊："罗中青，你不会死！我不会让你死！你等我……等我来救你！"

在他苏醒后的某天，秦玄无意中说到，太子妃为了救他把双手都烧伤了，连头发也烧焦了不少，却一句怨言都没有。正因如此，秦玄才一改往日对她嫌恶的态度，变得和善许多。

……有些事，或许真的不一样了。

罗中青暗叹一声，指了指小几："你的参茶要凉了吧？"

自从知道她怀孕后，梁温就对她的身体倍加关注。看她消瘦虚弱，特地给她加了参茶养身。曲灵烟讨厌参茶的味道，又不能不喝，就每天端到他这儿来，说是陪他一起吃药。看他"哗啦啦"地往嘴里灌那些难闻的药汤，她就觉得参茶也不是那么难以忍受了。

这时候听他这么说，她顿时高兴起来，就端起茶盅一勺勺地舀着喝。

罗中青也不再出声，只是捧着那杯药茶，慢慢地啜饮着。

秋夜的天空如深墨般悠远，叫人望不透彻。月色落在并坐在廊下的男女身上，瓷器相碰的声音小心翼翼地响着，像怕惊吓到什么似的，叮叮当当，只把这一幕衬得愈发静谧安宁。

这短暂的宁静很快就被轻巧的脚步声打破了。

一个宦官带着两个侍卫走到门前，恭敬道："时候不早，太子妃该回去了。"

静坐着的两个人不由得对视了一眼，罗中青很快就移开了眼睛，但曲灵烟心中已是欢喜。说不清为什么，就是莫名觉得高兴。好似长久空荡荡的胸腔填入了软绵绵的东西，叫她心里暖暖的。

她站起身，连声音都不由得温柔了些："那我走了。"

罗中青低下头："恭送太子妃。"

曲灵烟咬了下嘴唇，嘴角抑不住笑意。她走到那几人面前，随意瞥了一眼："咦，怎么不见王兴？"

听到这话，罗中青抬眼看过来，就听那宦官笑着回答："回太子妃，王兴刚刚肚子闹了点儿小毛病，就命小人先送您回去。"

曲灵烟不疑有他，正要跟他们走，却听低哑的男声忽然唤道："请留步。"

众人的动作都是一顿，曲灵烟转过头，就见罗中青正望着她，一双眼睛在夜色中显得明亮如星："太子妃，请到我这边来。我有话……有话跟你说。"

她心头突地狂跳起来，不由自主地迈步走过去，也顾不得身后这几人狐疑的目光。

刚到他身旁，她还来不及说话，他就忽然抬手抓住了她的手腕。

"你……"

料不到他竟会如此胆大，饶是曲灵烟也惊住了。他的手掌扣得紧紧的，指间的温度明明有些凉意，她却觉得皮肤都被烫着了。

罗中青手臂用力，将她拉到跟前："太子妃……"

他涂满药膏的脸靠得很近，浓郁的药味让她觉得有点儿晕眩，恍恍惚惚间他的声音落进耳朵里，"这几个人不对劲儿，要小心！"

对于梁温等人来说，曲灵烟肚子里的孩子就是他们行动的倚仗。这么重要的人，梁温怎么可能轻忽她的安全？服侍她的王兴，是梁温仔细挑选后才派过来的。王兴做事十分细致妥帖，一向不离她左右。这些天来他处处小心谨慎，从没有半分差错。今夜是因为曲灵烟说要赏月，才将王兴遣到楼下去了。以王兴的性子，断不会随便找个人来替自己做事。

曲灵烟好一会儿才听明白他的话。心从半空落了地，失望的涟漪还未泛起，就被他话中的含意惊住了。她看着他，他微不可察地点了下头，就将她往身边拉了拉："这么好的月色，我一个人独对着无趣，还请太子妃再陪我多待一会儿。"说着，他看向那个宦官，"三位还是到楼下等等吧。"

"这……"那宦官的笑脸抽了抽，"李大人，这恐怕不好吧？"

"有什么不好的？"曲灵烟终于找回了自己的声音，她端着跋扈的样子冷笑，"我就爱在这儿待着看月亮，谁敢多嘴？"她的眼睛瞪过来，"你们还傻站着做什么？都下去，别在这儿碍我的眼！"

那宦官的脸色一下变得难看起来。他身后的侍卫都悄悄握住了刀柄，静了片刻，才听他吸着气假笑："是，小人这就走。"

嘴里说着走，他脚下磨磨蹭蹭地退开了些，却并没有真的走，只是站在阴影中不动。

曲灵烟大气都不敢出，手心不觉出了汗，下意识地握紧了罗中青的手掌。

罗中青的身形微微僵了僵，他不敢分心，只得努力把心神集中在现下的局面上。

他这小楼在东宫深处，位置较为偏僻。为了不引人注意，秦玄并没有在这里安排守卫，只有几个照顾他的宫女内侍在。而曲灵烟身份敏感，自然不会带太多随从过来，一向只有王兴和几个侍卫跟着。

但现在，这几个人明目张胆地站在这儿，恐怕王兴他们都已遭了不测。曲灵烟是个弱女子，他自己又有伤在身，若是硬拼肯定拼不过。这几人之所以还没直接动手，是不想让他察觉到异样。也只有这一点，是目前暂时可以利用的了……

暗自沉思少顷，为了不让那几人起疑，他随口跟曲灵烟聊些不着边际的闲话。

曲灵烟渐渐定下神来，就靠到他身旁，悄声问："怎么办？"

"拖。"

他简短地回应道，随即扬起嘶哑的嗓音，"年年岁岁花相似，岁岁年年人不同。太子妃以为如何？"

曲灵烟怔愣了一下，才说："自然是好诗。我总是想，这花与月都是如此，物是人非，徒留记忆伤怀。就像今夜我们同赏这一轮明月，却不知下一轮阴晴圆缺后，又是何等的光景。"

这话说得萧索，跟她的性子不太像，罗中青不由得侧目。

曲灵烟想着既然要拖时间，就索性打开话匣子："知道吗？你是第四个陪我赏月的人。"

"第四个？"他有些惊讶。

"是啊，第一个是我母亲，第二个是太子，第三个……"顿了顿，她才轻声说，"是颜浩。"

提到这个名字，罗中青也不由得沉默了。他们都不会忘记那个伶人是怎么死的。

"可他们都死了。就留我一个人，看这月亮了。"她垂下眼，长长的睫毛在芙蓉面上落下的阴影簌簌颤动，煞是可怜。

忽然间，他忍不住想问："你……后悔吗？"他在东宫多年，以他端正耿直的秉性，对这位跟太子沆瀣一气的太子妃自然没有半分好感。但那一夜的大火烧毁了许多东西，生死之间，过去的厌恶都似乎淡了，以至于听到她话中的落寞，他竟起了恻隐之心。

"后悔？"

曲灵烟惊讶地看着他，"为什么要后悔？因为颜浩？"

她的表情太过夸张，他被看得一阵狼狈，觉得自己像个彻头彻尾的笨蛋。只听着她轻笑起来："你知道为何我跟太子的关系那样好吗？"不等他回答，她就自顾自说道，"因为我们都很自私。只想着自己快活，全不管别人死活。跟你不同，跟元亨也不同。"

"我母亲待我好，太子他懂我，颜浩瞧不起我。至于你……"她松开他的手，"大抵也是厌烦我的。"

罗中青一愣，就见她站起来，指着不远处移动的火光喊："是梁大人来了！梁大人，救命啊！有刺客！"

她的声音又尖又细，在夜色中十分惊心。站在门后的三个人一时都没反应过来，罗中青就抓起矮几上的茶碗盅碟，一股脑儿地扔了过去。瓷器落地碎裂的声响很是刺耳，他们终于意识到自己暴露了，呆了呆，那宦官就尖声道："杀了他们！"

两个侍卫同时拔刀，宦官也从袖中抽了把匕首出来，冲向他们。

罗中青一把扛起矮几，挥舞着阻止他们靠近。曲灵烟就在他身后放声尖叫，楼外的那一队人闻声望来，顿时大惊："出事了！"

这边楼上外廊中，罗中青毕竟身有伤病，又腿脚不便行动，很快就落了下风。那矮几被利刃削断了两根木腿，他还勉力支撑着。

那宦官瞪了两个侍卫一眼："管他做什么？杀这女人要紧！"

边说着，他就冲上前，挥舞着匕首刺向曲灵烟。

第三十八章

曲灵烟这辈子头一回遇到刀剑加身的场面，整个人已经吓呆了，连躲都不会躲。还是罗中青扑过来，抢着半张矮几砸向宦官。但他顾了这边，就顾不了那边。其中一个侍卫的短刀砍下来，他躲避不及，眼看就要惨死在刀下时，曲灵烟忽然尖叫着撞过来。

也不知哪来的力气，她一伸手就抓住了那把刀，硬把那侍卫撞得连连倒退，两个人收势不及，竟直接从栏杆上翻了下去。

"太子妃！"

同时间，宫外的白璧坊却是另一番光景。

白璧坊地如其名，齐整的院落都是青瓦白墙，夜里月光一照，当真如白璧般无瑕。

殷玒倚在美人榻上，舒服地眯起眼睛。边上的侍女信怜将甜瓜切成小块，再一块块喂到他嘴里。

"这处院子不错。信怜，我把它送给你，可好？"

信怜没抬头，只是温婉地说："这是秦大人的院子吧？怎好送给我？"

"不过一个院子，秦廷昭哪会这么小气？等我当了皇帝，赏他百八十处院子又何妨？"殷玒自得地笑起来，"你为我吃的苦头，我都记着呢。就算论功行赏，你这个大功臣，得一处院子又算什么？"

信怜嘤咛一声，半个身子就软在他的肩头。一双美目痴痴凝视着他，娇软地呢喃："只要二皇子心里知道，信怜……受再多罪也……也值得……"

宫变那日，疑心已久的德贵妃终于发现，一直将她的消息计划外泄的人，竟是她的贴身侍女信怜。惊怒交加的德贵妃命人将她关入暗室，把那些个阴私的后宫刑罚都用了一遍，信怜几度昏死过去，却硬是没供出殷玒来。当时形势紧迫，德贵妃也顾不得料理这个叛徒，就带着永贞公主赶去了金虎台。

不想信怜竟因祸得福。她晕厥在暗室内，恰好躲过了之后的那一场血腥屠杀。直到两天后，她才被人发现。当她模样凄惨地出现在殷玒面前时，殷玒正因为坠入漳河染了风寒，惊惧交加的两人劫后重逢，情绪激动下抱头痛哭了一场。

从此她就光明正大地留在了殷玒身边，人人都知道她攀上了二皇子，今后说不得也能封个美人。那些或妒羡或鄙薄的目光她都不放在心上，只要能日日伴着殷玒，她就幸福得像要飞起来一样。

"我就喜欢你这样。"

殷玒正嬉笑着，忽然有人出声通报："二皇子，朱校尉求见。"

"哦?"

尽管兴致被打断有点儿不悦,但朱逸飞这时候来,十有八九是来汇报那事的结果。殷珏坐起身,信怜立刻乖巧地退到一旁。

"让他过来。"

不多时,屯骑校尉朱逸飞就快步走了进来。他形色匆忙,到得殷珏跟前就是一拜:"殿下,青州兵攻破了厩门,正在城中作乱。属下看到有一拨人正往这方向逃窜,心里不放心,就来看看。"

殷珏一愣:"真攻进来了?不是说梁温已经带人去拦截了吗?"

"梁温只拦住了其中一部分,剩下的青州兵分散开来,混进了城中。听说梁温抓了齐王二公子殷峤,赶着去城墙上向齐王世子示威,就顾不得收拾这些残兵了。"朱逸飞转而安抚道,"不过殿下也不必太在意,这院子守卫森严,即便有那不长眼的青州兵过来,也只是送死来的。"

殷珏点点头,他自己也没将这事放在心上。他关心的是另一件事:"东宫那边,事成了吗?"

"还没接到消息。"朱逸飞摇摇头,"人都是秦大人安排的,有没有消息,得等秦大人通知。"

经过梁温和秦玄的整治,东宫如今已是铁板一块,外人想渗透进去根本不可能。但秦玄手下带着的禁卫军,身为光禄勋的秦廷昭还是能使唤动几个人的。

"下官还要带兵去扑杀城中的青州兵,先行告退。"

朱逸飞像来时一样匆匆地走了。殷珏沉着脸,半天没说话。信怜就靠过去,轻轻捶着他的肩:"殿下在想什么?"

"……没什么。"

殷珏脑子里想的是朱逸飞方才的话。

很明显,朱逸飞是在提醒他,秦廷昭太过强横了。等大事成了,是得好好想想办法,把秦廷昭手中的兵权给夺了。要不然,他就算当了皇帝,也还是得受制于人,又有什么意思?

至于现在,就安心在这等着曲灵烟身死的消息吧。

"哼,梁温那些人,以为仗着曲灵烟肚子里的小杂种,就能翻天?等那贱人一尸两命后,看他们还能指望谁!"他冷笑起来,搂过信怜,"你也争气点,若是怀上了,我就封你个淑媛当当。"

信怜又羞又喜:"是。"

殷玒正神思飘忽时，一声大叫忽然传来："二皇子！"

这一声吼得殷玒心魂俱散，他只觉得浑身猛地一冷，四肢发颤着跌了下去，好半天都起不来。等他终于在惊惧中积聚起力气，一抬头就恼怒地喝骂："是哪个不长眼的，拖出去砍了！"

外头静了一下，随即有人奔进来："禀二皇子，青州的贼兵打过来了！"

"什么？"

殷玒犹自不信："守卫都是死的吗？还拦不住几个贼兵？"

"不止几个……"那侍卫抹了下汗涔涔的脸，"是一整队的青州兵，有几百人。我们的人手不够！"

这院子虽是秦廷昭送的，但殷玒可不敢把守卫的事交给他。这里头的人，都是从屯骑营调来的。可是眼下正在战时，全城的兵力大半都用去守城了，能调来护卫他的，都不到百人。这些人，要对付贼人宵小倒是无妨，但真遇到成规模的敌军，就不够看了。

这下殷玒是真的吓得跳起来了，但他心里头慌乱，刚爬起来，脚下一滑，就又摔了下去。

"愣着做什么？还不快来扶我！"

殷玒一声大吼，那些呆立的侍卫这才反应过来，慌慌张张地扶起他。

"快说，现在该怎么办？"

殷玒乱得没了主意。

这样的夜，让他不由得想起金虎台上的惨剧。刀刃砍在身上真是痛啊……那河水更冷得叫人绝望，他几乎以为自己要淹死在里头了。

那来通报的侍卫连忙出主意："留在这儿怕是凶多吉少。不如我们从后门撤退，往东宫跑！兴许还能遇上朱校尉！"

"不错……不错！东宫兵力充足，那里才是最安全的！"殷玒连声赞同，"那还等什么？快走！"

眼看他就要走，信怜慌忙跑出来，抓着他的衣袖："……殿下！"

殷玒这才想起她，眉毛皱起来："……跟上来！"

她欣喜地连连点头。

外头传来厮杀声，众人不敢耽搁，赶紧护送着他们俩往后门走。

许是那些青州兵发现了这处院子的守卫不同一般，竟舍了其他院落，都往这边聚

集过来。火光热烈,马蹄声乱,他们这一拨人远远看着就十分显眼。

那报信的侍卫当机立断:"分开走!把敌人引开!我带殿下他们走小巷!"

在一群六神无主的人当中,这侍卫的冷静果断叫人注目,大家不由得就相信了他。殷玒扭头看去,觉得这张普通无奇的脸因为沉着而显出几分不凡来。

……是个人才,日后倒可以重用!

这人带着他们奔进了一条黢黑的巷子,他对这些错综复杂的小巷似乎很熟悉,即便是在黑暗中,也十分精准、快速地前行。

越往深处跑,外头的追杀声就渐渐变得远了,看起来青州兵确实被引开了。这么隐蔽的路,想来他们一时也找不过来。殷玒慌乱的心稍稍安定下来,这才有心思问道:"你叫什么名字?"

"回殿下,小人名叫荆勇。"

"好,荆勇,你护我有功,本皇子定有重赏!从今日起,你就是我的贴身护卫!"

"……多谢殿下。"

不知为何,荆勇轻轻笑了一声。这声笑很有些古怪,殷玒还没分辨仔细,忽然感觉到凌厉的劲风扑面而来!

刀光在夜色中一闪而过,他吓得魂飞魄散,第一反应是把身边的人拖过来用力往前一推——

"啊!"

女人的痛叫声像鸟儿垂死的哀鸣,信伶勉强转过头,看向殷玒:"殿……殿下……"

夜这样黑,她看不清他的脸。在她身后的男人,这个她用尽一切来倾慕的男人,好像从始至终都在黑暗里,她从没能看清他。

殷玒已经将她丢下,转身逃跑。她就倒在这阴冷的巷子里,有人从她身上踩了过去。

殷玒犹如一条丧家犬,慌不择路地往巷子里钻。他并不傻,刚才那一刀劈来时,他就瞬间明白过来:有人要杀他!

留在他身边的这几个侍卫,包括那个荆勇,都不是他熟悉的人。是谁派了人潜伏在他身边,等着暗杀他?是秦廷昭吗?

身后追击的脚步声愈来愈近、愈来愈响,他没有余力再思考其他,只有跑、跑、跑!

不知道拐过了多少弯,前头忽然出现了灯光。

他顿时心头一喜:逃出来了!只要见到了人,就有救了!

拼上了全身的力气,他发足狂奔,眼看离那灯光只有数丈远了,他大叫:"救命!

有刺客！有刺——"

一记重击打在他后脑勺上，他痛得眼前一黑，整个人跌扑在地。手脚都没了力气，站也站不起来，只能挣扎着向前爬去。

那些脚步声零散地停在他身后，看着他像只虫子般蠕动向前。有人发出嘲弄的笑声，殷玒隐约听出了那个侍卫荆勇的声音。

前方的灯光忽然朝这边移动过来，殷玒混沌的脑子里再想不起其他，只有一个念头：爬！爬到那灯光下，就得救了！

对方似乎也知道他的心思，就一步一步、慢慢地走到他面前。那个人提着一盏白纸灯笼，脚上的帛履在寂静中敲出"咔嗒咔嗒"的声响。

殷玒努力抬起头，想要看清这人的脸。灯光照亮他的眼，映出上方那一张平静温和到冷漠的脸。

——梁温！

"梁……梁……梁……"

他的话没能说完，又是一记大力击打在他后脑上，把他仰起的脑袋都砸了下去，整张脸撞在粗糙的地面上。

"咚！咚！咚！"

灯光把众人的影子投映在墙上，他们沉默地站在殷玒身后，看着这一幕。

许久，荆勇才停手，扔下了手中的石头。

石头滚到提着灯笼的青年文士脚边。他的表情淡漠，毫不在意地把石头踢开。

"大人。"荆勇站起身。

"砸了几下？"梁温漫不经心地问。

"统共十六下。"荆勇轻笑道，"其实到第三下时，他就已经死了。"

"哦，才三下。"

梁温抬起手，把手中的白纸灯笼抛在殷玒身上。火苗舔舐着灯纸，一点点烧上殷玒的尸体。

"看来，皇子的脑袋也不过如此，并不比别人的硬。"

梁温将双手拢在长袖中，淡漠地转过身，朝外头走去。

荆勇等人安静地跟在他身后。

这一处燃烧的火光映着他们的身影飘忽远去。

秦州，天水郡。临溪的小楼中，宇文渊刚发了一通火。

他站在一片狼藉的房间中，许久都没有动弹。

龚银跪在门口，额头抵着地上微凉的木板，努力分辨着房中的声音。然而她什么都没听到，在所有能砸的东西都砸烂了后，宇文渊就没有再出过声，连躁动的呼吸声都渐渐平复了下去。

即便是一向镇静的龚银，这时也有些胆寒。宇文渊想不到，她更想不到，那位琰姑娘竟靠着每日从她手中拿去的夜息香迷倒了他，借此脱逃了去。虽然她并不知情，但若是宇文渊追究起来，恐怕她也得不了好。

尤其以她平日里的观察，那琰姑娘绝不是什么普通女子，她的身份似乎十分隐秘。跟她接触过的人，除了龚银自己，就是另外那两个哑巴婢女。哑巴不会把秘密说出去，而她……龚银苦笑起来。

又等了一会儿，才听见宇文渊迈步走出来。

"我会命人将房间恢复原样，你继续住在这里。"

他的声音十分平静，连一丝怒气都没有。要不是龚银一直待在这儿，都要怀疑先前狂怒的人是不是他了。

"世子……"

"这里一切照旧。"

宇文渊快步走上小桥，在愈来愈烈的山风中走向别院。

已经过去整整十天了，还是没有任何消息。发现她逃跑后，他立刻封锁了天水全城，几乎将每一块地皮都翻过来了，依然没有发现她的踪迹。

七天前，他们在芦河北岸见到了被她放走的那匹马，想来她是渡河向南去了。

之后她会去哪儿？回邺都吗？

宇文渊传信给各处关口的人，要他们密切注意是否有身形相似的女子过关，却仍是一无所获。

他给了自己十天时间。过了今夜，他就不能再分心在她身上，而要专注于宇文家的大业了。

殷琰啊殷琰……

默念着这个叫他爱恨交加的名字，他心中渐渐腾起了一股战意来：就算她逃离了天水，又能如何？只要他得了天下，她终将无处可逃！

这么想着，宇文渊就召齐了人马，浩浩荡荡地奔出城，往雍州方向去了。

待到尘沙落定，城外头茶铺里的人们才又恢复了交谈。

天水郡是通往西域和漠北的必经之地，南来北往的商贾们都会在这里歇歇脚，互相交换一下信息，好为之后的行程做准备。

"听说，那个齐王世子硬是熬着最后一口气回到青州，自建齐国，登基称帝了！可惜这皇帝才刚当了一天，就完蛋了，你说有什么意思嘛！"

"是呀是呀，我也听说了。齐王统共有两个儿子，都死了。就剩一个三岁的小孙子，被奉上了宝座。青州这一回伤了元气，短时间内是不会再打仗了。"

"这边是不打了，可那雍州部将刘雄，不是杀了个太守，自立为王了吗？你看刚才世子走的方向，就是赶着去处理这事呢！"

"也真是……好好的年头，突然就乱成这样了。"

有人叹道："就说邺都里头，虽然打跑了青州兵守住了城，那二皇子却被攻进城的青州兵给杀了。听说连东宫都差点儿遭了殃，好在那太子妃福大命大，不仅没死，还发现有了三个多月的身孕，也算是给皇族留了条血脉。"

"这世道一乱起来，简直叫人看不懂。"另一人摇摇头，"邺都里那位龙胎还在肚子里，青州的小皇帝连话都说不清，难道这偌大的天下，就得让这些什么都不懂的娃娃来摆弄了？简直荒谬！"

"小孩儿懂得什么事？还不是他们身边的臣子弄权。说到底，苦的还是老百姓。这老天爷也是绝情，旱了这么久了，竟连一滴雨都不肯落，真要逼死人！"

"就是就是……"

其余的人纷纷附和，都叹世道难熬。

一片闹哄哄中，茶铺的主人给众人续了茶，就拎着水壶往后头走。掀开布帘，就见一个身形瘦削的年轻人坐在那里劈柴。

他用胡语说："阿明，我给你问过了，外边有个巴郡来的商人，是要往凉州去的。他正缺护卫，你就跟他一起走吧。"

那青年一身氐人打扮,头发剪得乱七八糟,像马鬃似的散落在肩头。听到这话,就操着口音有些古怪的胡语说:"多谢巴根大哥。"青年看了看剩下的柴火,笑道,"时间还够,我就先把柴都劈好吧。"

巴根连连摆手:"不用不用,你都冒汗了,歇歇,歇歇!"说着,就热情地要去拉他。

青年不着痕迹地避开,抬起头看向他,眼神诚挚:"这些天多亏了大哥收留,我没什么可报答的,只能做这么点儿事聊表心意。大哥莫推辞,不然我心里头过意不去。"

因为抬头的动作,青年散乱的头发就往后落去,露出一张微黑的脸来。

这个年轻人的五官堪称俊美,但他身上总透着一股凌厉不可侵犯的气势,叫人心生退避之意,这反倒让人轻忽了他的容貌。尤其是那双眼睛,锐利深邃,里面似乎藏着千丘万壑。被"他"这么正色地盯着,不知为何,巴根就觉得心里头有点儿发虚。

好在巴根自己就是个有恩报恩的人,听"他"这么说,更有几分欣赏,索性就不再拦了。巴根站在一旁,看他握着柴刀,放柴、举刀、劈开,动作流畅得好似练过千百遍。这样枯燥费力的事,他做起来却十分利落、好看。

巴根年轻时是山林里的猎人,对刀斧、弓箭很是熟稔,但他自问做不到阿明这种行云流水的程度。就像五天前他第一次见到阿明时的感觉一样,这个年轻人,太不简单。

那个清晨,巴根像往常一样上山打柴,爬上半山腰时,忽然见着干枯的草叶上沾着血珠。他吓了一跳,以为是谁被山上的野兽咬了。顺着血珠一路追过去,在一个浅洼里,他见到了蹲在水边洗手的阿明,还有他身旁的三具狼尸。

猎人们都知道,山上的野狼有多危险。夜里它们跟幽灵似的出现在树林草丛中,觑着猎物就扑上去撕咬,成群结队,叫人防不胜防。

可眼前这小子,竟然独自一人杀了三只狼?

巴根好生将那些狼尸翻看了一遍,发现每只狼的脖子上都有一个致命的血口,这才相信这个瘦削的年轻人,当真有不凡的本领。当对方略显窘迫地问他,能不能用这三只狼换一壶酒时,巴根就痛快地答应了下来。他把这个年轻人带回茶铺,一问之下才知道,他是为了寻找在西凉的母舅,才翻山越岭到了天水。

"阿明,你当真要去?你那舅舅跟你十多年没见了,谁知道他那边现在是什么境况?这一去路程又远又危险……"巴根忍不住唠叨起来。但他也知道,自己的牢骚根本不管用。这小子一看就是心气正、主意定的人,旁人要想让他改变想法可难得很。"唉,算了,我还是去给你多备些面饼干粮,好让你路上吃。"

"好。"阿明微笑道,"真是多谢巴根大哥了。等我找到舅舅,若有机会再到天水来,一定会找你叙旧。"

"怎么个叙旧法？再拿三只狼换我的酒？"

"只要大哥喜欢，自然不是问题。"

巴根哈哈一笑，兀自转去准备干粮了。等他弄好出来，却见所有的木柴都已经劈好，整整齐齐地码在墙边。柴堆上放着一套衣服，正是阿明刚刚还穿在身上的氐人服饰。他暗叫一声"不好"，冲到外头一看，就见那支巴郡来的商队已经走出老远了。

"阿明！"

似乎听到了他的呼喊，走在最末尾的一人一马转过身来，远远地朝他挥手。不知道是距离远还是怎么的，巴根莫名觉得阿明有些不同了。他眯起眼睛看去，好半晌才看明白，阿明杂乱的头发都梳了起来绑成发髻，又换了一套青色的汉人长袍，整个人就显得纤长舒展，像一株挺拔的白杨。

另一头的商队中。

"你叫阿明？"

商队的首领诸葛秀是个年过四旬的黑胖男人，脸上堆着笑，很有商人和气生财的气质。他这时候正睁着一双眯缝眼，打量着面前的年轻人。

"我姓孟，单名一个明字。"

"孟明？"诸葛秀摸着唇上的小胡子，摇头晃脑地念，"其长其大曰孟，照临四方曰明，好名字，好名字！"

说着，他一脸得意地看着孟明，明显是在等他夸赞。

孟明愣了愣，才忍笑道："诸葛首领好学识！经您这么一说，我才知道自己这名字竟取得这样好！"

"过奖过奖，我们商人没读过什么书，我也只偶尔拣了几本经典看看。"诸葛秀被夸得心满意足，又扯了几句，才拉回正题，"不是我说啊，孟兄弟，你这身板实在太瘦。先前巴根那家伙说有个好手能做我的护卫，我还以为是个八尺大汉呢！可没想到……"

"八尺大汉可费干粮呢。"孟明也不恼，只是抬了抬腰间的长剑，"想必巴根大哥跟你说过，我杀过狼。"

"他说是这样说。"诸葛秀的小眼睛闪了闪，嘴巴里咕哝着，"现在看，更像是吹牛……"不过人都来了，反正也没其他更好的人可选，诸葛秀倒也不再纠缠，转而提醒道，"我们这一路去凉州，真是豁命的买卖。狼都不算可怕的，可怕的是……"

"是什么?"看他一脸神秘的样子,孟明配合着露出好奇的样子。

诸葛秀看了看周围,才压低了声音说:"……马贼。"

"马贼?"

"不错,在凉州和秦州交界的武威郡,盘踞着一伙猖獗的马贼。他们常常劫掠过往的商队,杀人夺物,手段凶残得很,搅得商人们心惊胆战。前任郡太守曾想剿灭这伙贼人,奈何对方太过狡猾,尤其是他们的头领'鬼面卫獠',简直是来无影去无踪,好多次行动都将官兵们玩弄于股掌之中,不仅让官府折损了不少兵将,更生生把那太守给气死了。"

诸葛秀长叹一声,满脸沉痛之色,"现在的这个太守是个不求有功但求无过的人,一早就没有跟马贼斗的心思。官府靠不住,凡事都得靠咱们自己担了。"

"原来如此。鬼面卫獠……"

孟明若有所思地望着远处,稍时回过神来,神色肃穆:"诸葛首领请放心,只要有我这条命在,定会尽力保护商队。"说完,他开始策马绕着商队打转,仔细观察着队伍中的货物和人员。

诸葛秀怔了怔:"哎——哎!我就是随口说说,真到要命的时候,当然是保命为先啊!货没了还可以再买嘛!"

这之后的路途,诸葛秀渐渐地开始后悔,自己为什么要提什么马贼。

相处了半个多月,他越来越觉得这位孟小哥有点儿古怪。

作为最晚入队的人,孟明对商队可谓是尽心尽力。他总是精神充沛,像不会疲惫似的,不仅每日起得最早、睡得最晚,还非常热衷于守夜。有时候他机敏得像只狼,有时候却又安静得叫人几乎忘了他的存在。好多次,刚刚睡醒的诸葛秀一睁开眼睛,就见着他身姿挺拔地朝着东方伫立,近乎痴迷地望着那初升的朝阳。

诸葛秀虽然偶尔爱装装读书人,沙漠中的日出也确实壮丽非凡,但一天天地看多了,新奇总会消退吧?可孟明不是。或许该说,他并不只是单纯地看日出。他也看云彩、看天色,时常向众人询问沙漠中的天气变化。

自从诸葛秀提了马贼的可怕后,他就对这事上了心。有时候走着走着,就会突然让人调整队形。起初总是有人不愿动,对他爱搭不理的,但不知从什么时候起,大家不知不觉地就听了他的话,到后来甚至都习惯于他的发号施令。连诸葛秀有时候都恍惚忘了,他才是这个商队的首领。

古怪……真是古怪!

诸葛秀百思不得其解。

这位孟小哥还能讲一口不地道的胡语，那个巴根说过，他应该是半个氐人。可他的一言一行，却既不像氐人，也不尽像他们这些汉人。就像他现在跟众人围在火堆前，拎着酒囊喝酒、笑谈，可那动作举止当中，总有种利落到近乎优美的感觉。

"孟兄弟！"

诸葛秀挤过去，刚抬起左手想搂孟明的肩膀，就见孟明转头看了他一眼。不知为什么，他心里头就开始发怵，连忙把右手也抬起来，双手张开划了个大圈，好像在舒展筋骨："哎哟哎哟，天天睡地上，弄得我骨头都发酸了！"

孟明莞尔一笑，副手小唐就把酒囊塞到诸葛秀手中："来来来，喝点儿酒，压压惊。"

其他人都"扑哧"笑起来。诸葛秀指着小唐，"你你你"了半天，最后还是摸了摸小胡子，乖乖喝酒掩饰窘态。

篝火烧得旺盛，再有烈酒下肚，就不畏夜风清寒了。诸葛秀又喝了几口酒壮胆，凑到孟明跟前，觍着脸笑道："孟兄弟，我问你件事儿呗？"

"诸葛大哥请说。"

"你这个……"诸葛秀指指周围摆成燕尾阵的货物、马匹，"摆成这样是做什么？"他早就想问了。自从三天前过了秦州边界，一到夜里，孟明就叫人把商队弄成这副古怪的样子。

孟明慢悠悠喝了口酒："防狼。"

"狼？"

诸葛秀不明白，但孟明没再给他继续发问的机会。只见他站起身，跳上一辆货车，在最高处坐下，然后从怀中摸出一支精巧的玉笛，吹起了众人都熟悉的《阳关》。

这段时间的相处，已经让诸葛秀清楚孟明的习惯。夜里他总是会吹这首曲子，之后就不再说话，只是静静在黑暗中坐着。

没问到答案，诸葛秀不免有些悻悻，就扬声叫道："孟兄弟，你该不会只会这一首曲子吧？我们耳朵都要听出茧子来了，快换一首！"

"果然是酒壮人胆哪！咱们首领都敢跟孟兄弟叫嚣了！"小唐立刻向众人说。

"小唐，你闭嘴！我又没聋！"诸葛秀打了个酒嗝。

高处的孟明笑了笑："既然诸葛大哥想听点儿新鲜的，我岂敢不从命？就献丑吹一首旧曲吧，时日久远，曲调怕是有误，诸位姑且听一听，聊作消遣。"

他执笛在前，扬唇就是一个高亢的起音。玉笛柔和、婉转的音色瞬间变得肃杀、凛冽，这一声似直劈入云霄，听得众人心神齐齐一震。

　　随后笛音自高处落下，以沉郁的声调吹出一片雄浑之景。在低音处徘徊过后，笛声渐渐转高，又趋紧迫、亢奋，仿佛有千军万马在前，听得人一颗心揪得简直喘不过气来。

　　"这是……"

　　看着讷讷发怔的众人，孟明放下笛子，淡笑着回答："《破阵曲》。"

　　不远处的山丘上，有两个裹着风帽的人并肩站在风化成蜂窝的岩穴中，望向下方的商队。其中一人听了半响，哼道："是《破阵曲》，那小子果然早就发现我们了，这曲子是在跟我们挑衅呢！"

　　"怪不得，从我跟上他们起，就老感觉怪怪的。"另一人恍然，偏头回想了一下，不由得惊讶道，"不会吧，他从第一天起就发现我了？"要真是这样，他飞天猴的脸还往哪儿放啊！

　　"管他那么多！这小子胆子不小，他晚上防得紧，简单，我们白天光明正大地抢就是！"

　　"啊？可是，老大不是没在吗？上回他走的时候还说，叫咱们歇一阵子，莫要轻举妄动。"

　　"你说什么屁话？这送上门来的，还有不抢的道理？"那人骂了一句，变戏法似的从衣服中摸出了个恶鬼面具，戴在自己脸上，"喏，老大这不就在了吗？"

　　第二天。

　　走到正午时分，就到了古浪地界，离武威郡的治所姑臧城也不过百多里远。到了古浪，就算正式进入河西走廊东部了。大地在这里又有了更新奇的起伏变化，灰棕色的荒漠绵延到远方，那里天地相连，万丈雪山拔地而起，山脊线条雄浑壮丽，仿佛驰骋于天间的骏马，正仰天长嘶。

　　"马齿天成银作骨，龙鳞日积玉为胎。"

　　喃喃念出这两句诗，孟明平静的面容上忽然露出了激动之色："那就是马牙雪山吗？"

　　"是啊！"诸葛秀收住马缰，望向那在碧空下愈发晶莹、耀眼的巍峨雪峰，"这山上神湖天池连片，冬天里都结了冰，到了春夏的时节，山顶的积雪融化，石谷中青溪相叠，好似仙境一般美。山脚下是茂盛的草场，被雪水滋养着，草都长得格外翠绿生嫩。当地的人都说，在马牙雪山草场长大的马，都是神骏的天马。可惜这两年旱得厉害，又有马贼为祸，少有人敢去草场中放牧养马了。"

　　孟明听得入了神。

　　大弘的天下这样广阔，处处都有壮美的山川河流，而他原先困于一地一城，只见着纸上的只言片语，从没能真正徜徉其中。如今仰观天地之宏大，更觉自己是何等渺小脆弱。

"孟兄弟？孟兄弟？"

诸葛秀连叫了两声，孟明才回过神来，探询地看向他。

"嘿嘿……"诸葛秀讪讪地摸着胡子，"之前我说马贼什么的，都是吓唬你的，你别当真啊。这边的马贼凶是凶，但也就是抢抢东西，杀人倒是很少的。所以真遇上了，你该跑就跑，别太拼命。好好的一个年轻人，为我这点儿破东西送命，多划不来啊！"

"想不到诸葛大哥如此豁达，钱财货物都不放在心上。"孟明的眉毛扬起好看的弧度，微微一笑，"之前小唐也这样说，现在再听您这话，我就更放心了。"

"那就好，那就好。"

诸葛秀扬声向众人喊："大家先在这儿休息一下，吃点儿东西！待会儿一鼓作气，在天黑前赶到姑臧城去！"

"好！"

众人都下了地，只有孟明兀自坐在马背上，环视四周。

他们现在所在的位置是一片荒芜的沙砾谷地。许是因为多年来商队的行走碾轧，这一块地面整体下凹，两侧则是些奇形怪状的山石，都在风沙的侵蚀下布满了孔隙罅缝。也许再过些年，这些山石也会碎裂剥落成沙地。山石后头是一大片宽阔的斜坡，连接着远处起伏不定的荒漠和雪山。

孟明在等，等那些马贼的出现。

从他们踏进凉州开始，就有人鬼鬼祟祟地跟在商队后头。跟了这几天，却一直没有动手。除非他们这次不想抢了，要不然，这段路就是他们最后的机会。

他轻轻拍打着马颈，马鞍上挂着的箭囊随之晃动，里头共有羽箭二十支。商队有四十三人，十二辆大车，每辆车两个人，其余人就靠两条腿走路。只有五六人跟孟明一样骑着马，他们都是商队的护卫，同样带着箭囊和刀剑。

这些天，孟明已经听遍了所有跟那些马贼有关的故事。

跟一般的强盗不同，这些马贼从不单单依靠武力莽撞行事，事实上，他们每回行动的人数并不会比目标商队多多少。他们总是计划周密，在商队毫无防备时突然发动攻击，快如风、迅如火，像赶小鸡似的将商队的人赶得远远的，再抢走马匹，让商队没法追踪他们。等商队的人辛辛苦苦走回原地，就会发现自己的货物都被洗劫一空，只留下空荡荡的车驾。

正因为他们这样的做派,前武威郡太守戴烽才想以商队做诱饵,找到马贼的老巢,一举剿灭这批贼寇。可惜次次都被对方看穿,不仅没捉到人,连当诱饵的货物也被吃了个干净。

戴烽性急如火,几次三番下来,竟气得一病不起,没过半年就去世了。

由此可见,这些人不仅对武威的地形了如指掌,就连官府人员、来往商队都十分熟悉。因而每一次才能安排周密,从无失手。或许这一路上的各个歇脚点,都有他们的人躲在暗处,观察商队的情况。

想对付这些马贼,若是不能智取,那还不如干干脆脆地武斗。

诸葛秀正拿着一块面饼,一边啃一边走过来:"孟兄弟,大太阳的你也不嫌热得慌,快到车影下躲躲!"孟明还没说话,忽听得左侧传来尖锐的呼哨声。

"哟——哟——哟!"

烈马的蹄铁踏碎沙石,蹄声激烈,惊得诸葛秀一口面饼哽在喉间:"马马马贼……"

只见十数匹骏马从斜坡上奔腾而下,一众马贼全都裹在宽大的黑色斗篷中,仿佛遮天的黑云飞速袭来。他们脸上似乎都涂着某种油彩,皮肤黝黑,辨不出容貌,右手朝天高高举起,手中握着的弯刀闪着寒光。

"大……大家!快跑啊!"

好不容易吐出那口饼,诸葛秀第一句话就是让众人逃跑。他黑胖的身形刚颤巍巍地跑了几步,就听"哐当"一声,孟明已拔剑出鞘,明晃晃的剑刃映着烈日,就像他的眼神一般,犀利冷锐。

"小唐!"

孟明一声高喝,正跟人分干粮的小唐立刻扔了手中的东西,跳起身来大叫:"都起来!摆好阵势!"

尽管有些慌乱,但众人还是迅速行动了起来,只有诸葛秀一个人满心茫然地站着:孟明什么时候把商队的人训得这样齐整了?

不等他想明白,商队的大车就已经摆成了内外三圈的扇形阵,体弱胆小的待在最里层,中间一层的人手握长棍盯视前方,孟明和一干护卫则守在了最外层。

诸葛秀自然被拖进了最里面,他呆了呆,不敢置信:"你们要干吗?"

"打马贼啊!"

小唐回头冲他咧嘴一笑,就从箭囊中取出箭矢,瞄准狂奔而来的马贼们。其他护卫也都是同样的动作,等着孟明下令。孟明却只是眯着眼睛看着前方,眼看着马贼们越来越近。但马贼的名头实在太响亮,这些护卫们紧张得频频咽口水。

第三十九章 鬼面卫獠

五十丈，四十丈，三十丈……

"咻！"

终于，一个护卫因为太过紧张，不小心将箭射了出去。其他人正绷着神经，一看有人射箭，就立刻跟进。羽箭飞出，风声赫赫，但到底距离远了点，那些马贼的骑术也着实了得，只在马背上腾挪闪避，就叫这拨箭通通射空了。

小唐气得大骂："王八蛋！不是叫你们听孟兄弟指挥吗？"

就这么一耽搁，马贼又冲近了十来丈，已到了最佳射程内。护卫们慌不迭地重新装箭，手都抖得不成样了。

"莫慌，按计划来！"

孟明的声音清楚明晰，冷静稳定得没有半点儿颤动。说话间，他已经迅速抽出箭来，一箭接一箭地射出去。这几箭不以杀伤为目的，只是扰乱马贼们奔袭的步调，为其他人争取时间。

冲在马贼队伍最前头的那人侧身躲开了一支箭，抬头望了过来。他的脸上不像其他马贼一样涂成乌黑，却戴着一个祭祀用的恶鬼面具。

那面具狰狞可怖，两只黑洞似的眼睛乌森森的，看得人心里头发毛。

就连小唐都倒吸了一口冷气："鬼面卫獠！"

其他人更有些腿软，圈内的诸葛秀直跳脚："卫獠都亲自来了，赶紧跑啊！"

像是故意要跟他作对似的，孟明扔了弓，长剑在手，大喝一声："跟我冲！"

"喂喂喂喂，你们是疯了吗？"

在诸葛秀崩溃的怪叫声中，孟明鞭马疾驰，冲着马贼们迎面奔去。跟在他后头的只有一个小唐，其他护卫迟疑着拨动马头，到底没敢上前。

这光景看在马贼众人眼里，都是嗤声大笑，那鬼面卫獠狞笑起来："把他们踩成肉饼！"

两骑对十多骑，这胜负根本没有悬念。

眼看着双方相距只有一丈远，下一秒就要头对头撞上了，诸葛秀简直不忍再看。

情况却在瞬间逆转！

只见孟明和小唐同时勒住了缰绳，马匹高高立起。而奔在最前头的卫獠却突然矮了一截，紧接着就翻滚到了地上。后面的马贼们都没料到这变化，一个跟一个地撞上来，翻倒在地。只剩跑在最后头的五匹马勉强停住了脚步，没有跟着遭殃。

"……咦？"

诸葛秀定睛看去，发现两侧的山石中间竟拉了一条土黄色的绳索！绳索两头都由三个人拽着，紧紧压在石壁上。

原来，在他毫无察觉的时候，孟明就安排人躲在这些岩壁上守株待兔。刚才的射箭和冲锋，都只是引诱马贼们上当的前奏而已！

在诸葛秀恍然大悟的当口，孟明的长剑已经稳稳落在了卫獠的肩头："鬼面卫獠？久闻大名。"

他手腕一翻，就要挑开卫獠脸上的面具。

就在这时，身后突然传来诸葛秀一声大吼："孟兄弟，小心！"

同一时间，一直低着头的卫獠突然一挥斗篷，冲孟明当头甩出一蓬金晃晃的东西来。旁边的小唐反应极快，飞身就将孟明扑倒了。两人在地上滚了几圈，孟明跳起来，就见着卫獠翻身上了马，挥刀斩断横在中间的绊马绳，带着狼狈的马贼们逃走了。

一边跑，他还一边回过头，阴森的鬼面狠狠盯着孟明不放。

诸葛秀连滚带爬地冲过来，慌慌张张地问："孟兄弟、小唐，你们没事吧？"

"没事儿，那小子耍诈，丢了些金叶子吓唬人呢！"小唐捡起地上的金叶子，上上下下地抛着玩。他脸上全是压不住的兴奋和得意，"兄弟们，瞧瞧，这可是我们从鬼面卫獠那抢到的金子！"

遇到马贼，不仅能全身而退，还把对方弄得这么狼狈，这在行走河西走廊的商队当中可是独一份。商队众人都兴高采烈地欢呼起来，互相吹捧着方才自己的表现有多厉害。

孟明拾起一枚金叶子，仔细看了半晌，才抬起头看向诸葛秀："方才真是多亏了诸葛大哥的提醒。"

他的微笑似有深意，诸葛秀连忙摆摆手："哪里的话，我就是一时情急。孟兄弟你可真能耐呀，连马贼都能赶跑！厉害，太厉害了！"

孟明笑着摇头："这出其不意的招数也只能用这么一次。趁马贼们还没反应过来，我们赶紧加速前往姑臧城，免得再遭袭击。"

"是极是极！"

诸葛秀连忙命令众人归队。再度启程，长长的商队蜿蜒前行，好似长蛇一般，缓缓游向远处。

"鬼面卫獠……"

孟明捏着手中的金叶子，望向马贼们逃离的方向，"你的鬼面下，到底藏着一张什么样的脸？"

姑臧原先是匈奴所筑的城，匈奴语称"盖臧"，后来各民族杂居，渐渐地就音讹为"姑臧"。因为该城形似龙形，所以又叫"卧龙城"。

作为武威郡的治所，姑臧城地处中西要道，又杂居着汉、羌、匈奴等各族百姓，不仅是远近最大的商旅互市地，更是整个河西走廊一等一的富庶城市。

离城池还有数里地，来往的行人驼队渐渐多了起来。耳听着不同的俚语方言交杂，眼见着各族的服饰五颜六色相间，不觉间，连这黄沙中的古城，也被装点得多彩斑斓。

入了南景门后更是如此。人流如织，两侧墙根下、街道旁都摆满了各种小摊，上头的东西琳琅满目，不乏金珠玉饰，在商人的手中闪着惑人的光泽。

诸葛秀的商队小有规模，他又在这条道上奔波多年，带着商队一行人走在街上很是显眼，很快就有人惊喜地叫："诸葛兄！"

来人有一头蓬松茂密的棕色卷发，勉强用尖顶虚帽压住。他牵着三头骆驼冲过来，驼背上挂了些鼓囊囊的布袋、货物，"咚咚当当"地晃来晃去。

"诸葛兄，好久不见啦！"

这个口音奇特的年轻人相貌迥异于汉人，一双深碧色的眼珠透彻明亮，掩不住兴奋的面容洋溢着明朗的笑容，叫人不由得跟着微笑。

"哎呀，是康乘！又给你家主簿大人买东西去啦？"

"是的是的，吃的用的主簿要的，都在骆驼上！"康乘骄傲地拍着胸脯，"康乘就是能干！"

小唐喷笑出声。孟明嘴角带笑，这个胡人的性子显然跟诸葛秀有异曲同工之妙，只不过诸葛秀还稍稍委婉些。

热情地寒暄了几句，诸葛秀方才问道："主簿大人现在在哪儿？在府衙里吗？"

"不不不，主簿他在驿站里，明天有大商队要出发呢！"

"驿站？那正好，我直接去找他。"诸葛秀的眼睛闪烁了下，"明天就要出发？也太紧了些……"

他心中挂着事，表情就有几分阴沉："走，去驿站！"

驿站就在城东南角，不过几十丈远，几步就到了。诸葛秀命人将货物卸下，马匹骆驼都牵去喝水吃草，自己就风风火火大步往里走去。

看众人都在忙，孟明脚步稍顿了下，就跟在了诸葛秀后头。

一进门，诸葛秀的目光准确地落向窗边，果然见到了正执笔点着手中文书的青年。

"戴兄弟！"

那青年闻声抬头，看到是他，就露出了笑容："诸葛兄来了？路上可还顺利？"

"还算顺利。"诸葛秀走过去，"我们遇到了马贼。"

"又遇到马贼？"青年挑了下眉，手中的笔却并没有停下，"损失如何？"

"没有损失，马贼被我的护卫赶跑了。"

空气有瞬间的沉滞，青年的笔顿在半空。

他随后就将笔搁下，抬起头来，认真地看着诸葛秀重复："马贼……被你的护卫赶跑了？"

"不错，这次来的马贼不多，护卫们设下了陷阱，差点儿就把鬼面卫獠捉住了。"

两个人的目光相触，那青年嘴唇动了动，慢慢笑起来："你哪来这么厉害的护卫，也不给我引见一下？"

他刚这么说，就见门外走进来一个青衣男子。这人在男人当中只算中等身高，但因为挺拔瘦削的身姿和平静自如的气度，无形地就让人觉得他长身玉立。

见他的眼神忽然顿住，诸葛秀循着方向看去，干笑道："喏，这就是我的新护卫。孟明，快来见过戴主簿。"

孟明上前来，朝对方拱拱手："小人孟明，拜见主簿大人。"

"孟护卫不必多礼。"青年站起身，虚虚扶了一下他的两臂，"方才听诸葛兄说你差点儿抓住了卫獠，我还惊异得不能相信。现在见了孟护卫的面，就知道诸葛兄所言不虚。"

"大人谬赞！"

孟明谦恭地应道。

这位主簿看着不过二十出头，举止从容有度，却是生了一张江南女子般文秀的脸。便是在这样风沙弥漫的地方，他的面容也是白皙秀美，没有半点儿被恶劣气候侵蚀的痕迹。

戴主簿叫人送了一壶茶上来，让他们都坐下，详细问起遭袭的事。

诸葛秀就将午时那一场惊心动魄的对战细细道来，不时还夹杂着对孟明的赞叹之语。

孟明坐在一旁，看到戴主簿抓着杯子忘了喝茶，他的手指修长，隐约可以看到掌指间的细茧。

——那是久习刀兵的人才会有的茧子。

孟明心中微动，目光一抬，就见对方也正打量着自己。

只是对视一瞬，双方就都微笑起来，不动声色地移开了眼睛。

"真是难得！那些马贼嚣张许久，想不到竟栽在了孟护卫手中。"戴主簿笑道，"这样一来，想必他们会安静些日子。安排商队明日出行，就再好不过了！"

诸葛秀却有些迟疑："戴兄弟，明日就走，是不是太赶了些？不如休整几日，我好同他们一起走。"

"不行。出行的日程早就计划好了，况且这边的天气又是不等人的，现在诸事俱备，无论如何都不能耽搁了。"

"可是……"诸葛秀咬咬牙，"也罢，我去跟商队的人说，明日跟着出发！"

戴主簿抬手按住他："不用了。你们这一行累了这么多天，是该好好歇歇。你就不用管了，交给我就行。"

"可那些马贼……"

戴主簿摆摆手，恰在此时，外头有人进来通报，说是太守在找他，让他立刻回一趟府衙。

"真是不得闲。"他笑着应道，目光在孟明身上略顿了顿，"两位自便，我先告辞了。"

见那戴主簿离开，诸葛秀也没了心思，就让孟明去休息。

在沙漠中长途跋涉了近二十天，孟明确实累坏了。

诸葛秀体谅他的辛苦，特地叫小唐送了一桶热水来，供他沐浴擦身。孟明笑着道了谢，就关上门，拎着水进了房间。他将门窗都锁上，检查再三，又备好换洗的衣服，才抬手解下外袍。

这身衣服早在多日的摸爬滚打中变得脏兮兮的，衣摆袖口都藏着硬结的沙砾。一脱下来，就簌簌地往下掉沙子。

孟明随手把外袍扔在椅子上，又脱下中衣，这才显露出底下修长纤瘦的身体。

——女人的身体。

直到解开束在胸前的布条，她才终于舒了一口气。

解了这一身束缚，孟明，不，该说是殷琰，才拿起布巾开始擦身。

自从逃离宇文渊身边后，她就再没能好好洗过澡。

她骑着那匹马跑了很远，然后把它留在芦河边，自己则一头扎进了树林中。好在秋天的山林处处都是果实，她躲藏数日，才往有人烟的地方走。从氐人猎户的小屋中偷了套衣服，她用磨得锋利的石片将自己的长发割断，对着水面看的时候，满意地发现高照的秋日已经为她的脸镀了一层微黑的伪装。

那些天，她活得像头野兽一样。每天要思考的，就是如何不被人发现、如何生存、以及后面的路要怎么走。没有人说话，她有大把的时间回忆练习母后曾教过的胡语。

偶尔遇到野狼，若是双方都吃饱喝足的情况下，就互不侵犯地走开。若是有一方饿着肚子，就得厮杀一番。

说起来，这杀狼的技巧，还是宇文渊教她的。她第一次动手时还没习惯狼的速度，左手臂的皮肉被狼爪划了几条血口。但之后她就再没出过差错，遇到巴根的那天，她用一根削尖了的杨树枝，干净利落地杀了三只狼。

巴根是个善良而单纯的人，他再怎么样也想不到，他厉害的阿明兄弟竟会是个女人。

就像宇文渊也不会想到，她会像个又脏又臭的异族小子一样，就待在他的眼皮底下。

在茶铺的那几天，尽管士兵们来来往往，时不时会跟她撞上面，但没有一个人觉得异常。

就连殷琰自己也觉得诧异。似乎比起当高高在上的公主，她在这样的逆旅中更显得自在。

水珠轻轻滑落，她擦洗着那些新新旧旧的疤痕，心中有某种奇异的平静。过去的那些痛都以这样的方式刻在了她身上，无论何时何地，她都不会忘却。她已经悔恨、痛苦得够久了，不需要再沉溺下去。

有仇，报仇。

有恨，雪恨。

擦干了身子，重新缠上束带，穿好衣服。她解开簪子，散开头发，用剩下的热水洗了头。

洗去一身尘土,她觉得浑身都松快了。正擦着头发时,小唐忽然在外头敲门:"孟明,洗好了没?太守大人要见你。"

殷琰一怔,应道:"就好了,我马上来。"

胡乱再擦了几下,也不管头发还湿着,她就一股脑儿绑了起来。整理好衣襟,打开门走出去时,她又成了"孟明"。

太守要见她,为的无非是击退马贼的事。

殷琰跟着小唐来到府衙时,诸葛秀正好躬身退出了书房。见到她,诸葛秀就笑道:"孟兄弟,大人要嘉奖你呢!"说着,就催促道,"快进去吧!"

殷琰点点头,迈步走了进去。

郡太守端木辰正等着她。

这位郡太守上任才三个多月,他的调令殷琰曾瞥过一眼。他今年三十有七,身形孔武有力,初见他的人都觉得这是个莽夫。但他是个粗中有细的人。在成为武威郡太守前,他在西平郡做了七年的都尉,曾数次兵不血刃地赶走了入境侵扰百姓的西羌人。

脑中转念间,她神色如常地走到端木辰面前行礼。

端木辰也不说话,偏头盯着她。见她镇定如常,才哈哈笑起来:"果真是英雄出少年!有勇有谋!"说着就起身来,示意殷琰随他到窗边的茶桌落座。

照例是先从闲话说起。端木辰问起她的身份来历,殷琰早有准备,就说自己是秦州人,父母双亡无依无靠,就想到凉州来投靠多年未见的舅舅。

"看你小小年纪,想不到身世如此坎坷。"端木辰叹了一声,"令舅音信全无,偌大的凉州,恐怕不好找。你不妨先在姑臧安下身,日后托来往的商队帮忙找人。现在太守府正值用人之际,本官手下就缺你这样的少年豪杰。如何?只要你答应,我立刻封你做个贼曹史,专治河西贼寇!"

"治贼责任重大,我年轻识浅,难以胜任。"殷琰推辞道,"不过为民除贼,乃当为之事。大人若有吩咐,我一定遵从。"

端木辰放下了杯子,笑着摇摇头:"我真是既喜欢跟聪明人说话,又怕跟聪明人说话。孟明,你不妨再猜猜,本官想叫你做什么事?"

他眯起眼睛,目光似乎隐含威胁意味。

殷琰只微微一笑,就毫不迟疑地答道:"在下斗胆,猜测大人想的是明日商队出行之事。"

第四十章 主簿戴胜

"哈哈！"

端木辰放声大笑起来，浓眉下的眼睛中满是欣赏："好胆色！年轻人，有前途啊！"他倾身朝前靠了靠，"不过，我要你做的，却是另外一件事。"

"哦？"这下殷琰倒有点儿惊奇了，"还请大人示下。"

"我要你保护一个人。"

"谁？"

"本官的主簿，戴胜。"

端木辰露出意味深长的笑："戴主簿这样的人才，本官是万万不能失去的。孟明，你记住了，无论如何，都要将他活着带回到我面前。"

为了给第二天就要出发的商队饯行，也为了嘉奖孟明等人，当夜端木辰在太守府中开了一场小宴。

河西的瓜果丰富，一盘盘送到跟前来，葡萄似翡翠般透亮，白兰瓜如玉石莹润，清香扑鼻、汁水甜腻，吃得人口齿生津，满怀舒畅。

除了瓜果佳肴，更不能少的是美酒。

西域的葡萄酒浓郁如血，映着灯光熏人欲醉。端木辰到姑臧的时间虽短，他好美酒、美人的名声却早已在外。此时他喝着酒，低头跟身边陪坐的胡姬低声耳语几句，那胡姬就仰起头，粲然一笑。随即她就站起身，抬手一招。

角落里轻轻拨弄浑不似的乐者心领神会，探手一记连拨，音乐的节奏立刻变得欢快激扬。另一人摇起了手鼓，鼓上的铃铛丁零零响动。那胡姬旋身舞到厅中，艳丽的舞裙在空中飞扬转动，一起旋转的还有漆黑的发辫，间或见到胡姬娇美如花的笑脸，勾人心魄。

端木辰大笑着拍起手，诸葛秀等商队首领也跟着叫好。商队中不乏从西域来的粟特人、库车人，都是能歌善舞之辈，酒兴上来，就在起哄的口哨声中舞动起来。

一时间宴席都沉浸在欢快热闹的气氛中，那胡姬从跳舞的人群中退出，美目流转，就端了玉杯趋到客席来。

她身姿轻盈，花蝴蝶似的转到戴胜身旁，玉臂柔柔攀住了他的手臂。

正夹了一筷子凉菜的戴胜登时一声咳，呛住了。

"美酒敬俊俏郎君，主簿大人，来喝一杯！"

这胡姬的一口汉话倒说得字正腔圆，她声音甜美，好似玉珠落地。戴胜却消受

不来这等美人恩,一张白皙的脸泛了红,慌慌张张地推拒着送到嘴边的酒杯。

"哎……哎,使不得!我喝不了酒……"

他慌乱的样子引人发笑,端木辰在主位上笑得前仰后合:"戴主簿可真是正人君子,美人送上的美酒都一滴不沾,这不是伤了美人的心吗?"

那胡姬应景地做出嗔怒的样子:"若是主簿不喝我这杯酒,日后族里姐妹们非得笑话我不可。"

"就是就是!就算戴主簿平日里滴酒不沾,这时候看在美人的面子上,也该干脆喝了这酒。"

其他人跟着起哄。胡商们都爱以酒结交,热情奔放之处跟汉人截然不同。而戴胜相貌秀美,做事细致,又是不喝酒不好色的做派,在这鱼龙混杂的河西之地简直迂腐得过分了。这时候闹他一闹,大家都觉得有趣。

戴胜额头都冒了汗,却还在努力地躲着酒杯。到后头,他简直是被胡姬半压在地上了。男人们都笑疯了,诸葛秀几次想去给他解围,都被边上的人拽住。

端木辰咬了一颗葡萄,慢悠悠道:"苏嫚,若是这杯酒你劝不了,就把杯子摔了,直接出府去吧。"

这是要把她赶出去的意思。那胡姬脸色微变,笑容就有点儿端不住了,更加拼命地想将酒喂到戴胜嘴里去。

正混乱时,一只手忽然伸过来,将那杯酒从她手中端走了。她一愣,抬眼看去,却见到了坐在戴胜下首皮肤微黑的俊俏青年。正是女扮男装的殷琰。

哄闹的众人呆了呆,就见这个年轻人微笑道:"在下眼馋,借姑娘的美酒尝一尝。"

说着,殷琰一仰脖,就将杯中的酒喝干了。

"果真是好酒!"

她把杯子递回来,苏嫚愣愣地伸手去接,却被殷琰抓住了手腕,顺势一提,就将她从戴胜身上拉了起来,拽到自己身侧。

"戴主簿方才的礼遇,不知我可有幸享受一回?"

她笑盈盈地问,好似整个屋子的光芒都聚在了她眼底,明亮得叫人不敢直视。苏嫚忽地羞涩起来,绞着辫子看向端木辰。

端木辰抚着颔下的络腮胡,笑道:"孟护卫少年英雄,这等小杯子有什么意思?来人,送玉碗来!"

很快就送上了一只巴掌大的碧青玉碗,深红的酒液倒了一整碗,苏嫚端着酒,脸色微微发白。她瞥了瞥端木辰，就咬着嘴唇，将玉碗送到殷琰面前。

"葡萄美酒夜光杯，换了翠玉碗来，酒色绚丽不减，更添豪气！"殷琰接过去，朝端木辰微笑颔首，"这一碗，敬太守大人。"

她以唇就碗，不疾不徐地喝完酒，将空空的碗底亮给众人看。

屋内一时静着，还是小唐挥拳憋出一声来："好！"

众人才回过神来，纷纷叫好。

端木辰笑容更盛："豪气干云，三杯为敬！苏嫚，再倒酒！"

端起第二碗酒时，那胡姬苏嫚的手都忍不住轻轻颤抖。眼看碗中的酒就要洒出来了，殷琰稳稳端住碗，朝厅中众人一笑："相逢会有时，这一碗，敬有缘共饮的诸位！"

这样豪气的饮酒方式，深得众位胡商的心，他们纷纷端起杯子，回敬了她。

"孟护卫话说得漂亮，酒喝得干脆。你们猜，他这第三碗酒，又会敬谁？"端木辰兴致勃勃地问。

众人你看看我，我看看你，目光都落向了安静坐着的戴胜。显然，孟明是为了替他解围，才不得不喝这么多酒。

却听殷琰轻笑道："这还用猜？这第三碗酒，当然要敬我面前的苏嫚姑娘。"连喝了两大碗酒，她却不见醉意，只有面上一层浅浅的红晕，眼睛反倒更加明亮、锐利。仿佛被烈酒洗去灰尘后淬出的雪亮利刃，锋芒毕露。

都不用苏嫚去倒酒，她径自拎起酒壶，倾出满满一大碗酒。

"让姑娘受累了，该罚。"

苏嫚怔怔盯着她，一双眼波光潋滟，隐约泛起红意。眼见她要去端酒，苏嫚心头一急，下意识地抓住她的手。两个人都是一愣，一直没出声的戴胜忽然探身过来，从桌上端起那碗酒："这酒该我来喝，敬这位姑娘！"

他以壮士断腕的决绝，咕噜噜就往嘴里灌酒。因为喝得太急，有不少酒都洒在了他的衣襟上。

"砰！"

重重将玉碗放下，戴胜站起来，朝端木辰一拜："下官不胜酒力，先行告退。"

这话倒是没人有异议。有眼睛的人都看得到，酒刚下肚，戴胜整个人就似烧了起来，那张白皙的脸变得通红如血。只见他伸手拽起孟明，快步向外走去。

直到他们两个人都出了门，端木辰才在一片寂静中笑道："怪不得戴主簿不肯

喝酒,原来他一沾酒,竟是这副猴屁股模样,哈哈!"

大家就都笑起来。这等趣事,倒是够拿到酒桌上消遣的了。

夜色都似被酒气熏得浓郁了。

殷琰被戴胜拽着,在弯曲的走廊中绕了一阵,穿过一小片花圃,到了后园的葡萄架下。

葡萄酒入口柔和,后劲却绵长。这一段路走下来,她渐渐觉得身体轻飘飘的,脚下似带了风,好像随时都要飞起来了。无拘无束,风声都在耳边,人生惬意,不过如此。

她甩脱了戴胜,跌跌撞撞地打了两个转。戴胜慌忙扶住她,把她按在葡萄架下的石椅上。

"为什么要帮我?"

他们不过才见了一面,连熟人都谈不上,戴胜不明白,这个看着冷静的少年为何会做出这样的举动来。

借着灯笼的光,看她闭着眼睛没动。戴胜还当她是醉得睡过去了,就摇摇头,起身唤了个婢女,让她送热水和斗篷来。

等他坐回原位,却忽然听到她低声说:"因为你的名字。"

"什么?"

"你的名字,阿胜,我家乡的朋友……也叫这个名。"她的脑袋软绵绵地后仰,让脸颊贴着冰冷的椅背,"那是个不服输的小子,脾气又臭又硬。最后一次见他时,还跟我闹脾气呢,一句话都不肯说。"

她的声音轻到温柔,慨叹中带着些微笑意。

戴胜看了她半晌,眸光微微闪动:"你朋友是个幸运的人。"

她没出声。离开天水前,她听到了梁温、梁胜兄弟俩的消息。他们击败了殷岐,守住了邺都。

她不是没想过回邺都的。虽然阿兄不在了,但他到底留下了子嗣。她若是回去,就可以等那孩子出世,辅佐他登基,稳定朝政。就像她过去一直做的那样。

可不知为何,一想到她要看着阿兄的孩子慢慢长大,像劝诫阿兄一样劝诫她的侄儿,她就觉得既厌恶又恐惧。

那孩子会是聪明勤奋、努力上进的人吗?又或者跟父皇和阿兄一样,耽于享乐,愚蠢又残忍?

她无法想象。

生死一场，一切都再也回不去了。

她已经厌倦了将希望寄托在他人身上，徒劳盲目，患得患失。更厌倦了困在皇城中，仿似一叶障目，看不清身周是否有尖刀、利刃环伺。

公主的身份是束缚，女子的身份也是束缚。

她通通都抛却了。

若她生为男子，是不是人生会大有不同？

轻巧的脚步声传来，是先前去备热水的婢女。戴胜接过东西，挥手让她退下。他将斗篷盖在殷琰身上，然后把手巾浸湿后绞干，替她擦脸。

"酒后不能受凉，暂且擦一擦。"

殷琰半睁着眼睛，笑道："戴主簿明明有一双拿惯刀剑的手，却偏偏拿了笔。"

戴胜擦拭的动作顿了顿，他直起身子，目光幽深："手是用来保命的，拿笔拿刀并没有什么不同。"

"……是吗？"

殷琰晃了晃脑袋，跟着坐起身，拿过他手中的布巾，满头满脸地抹了一遍："有件事我有点儿好奇，戴主簿跟前任太守戴烽同姓，难道是同族吗？"

戴胜微微一笑，不知为何，这笑在灯下竟透着莫名的凉意。

"戴烽正是家父。"

这却是殷琰没想到的。她记得戴烽只有一子，名叫戴嵩，年前刚调任淮南县吏。

似乎知道她心中所想，戴胜继续说道："家母身份卑微，我们一直流落在外。到母亲过世后，我才遵从遗训，来到武威郡与戴大人相认。"

戴烽性格严苛易怒，又极好面子，让亲生儿子在外流荡，这种事也确实是他做得出来的。听戴胜客气疏远的口吻，不难想象他们父子之间的关系如何。

殷琰一时都有些同病相怜的感觉，却不知说什么好，索性摇头晃脑地呈现出老学究状："父，矩也，家长率教者。"

"嘀，可惜啊，世事不尽如人意。"戴胜嗤笑起来，"率教不当，逆子不孝。"

两个人对视一眼，都轻笑出声，颇有惺惺相惜之感。

正说话间，有人轻唤着："戴主簿可在这儿？"

戴胜起身应了，那人快步走过来，原来是先前在宴中的一位胡商。他也有了些醉意，趔趄着过来一把抓住戴胜的手："戴主簿，明日我要带几个女人一起走，特

地来跟你说一声。"

"女人？"戴胜皱起眉头，"这一趟路途遥远，带女人恐怕不妥。"

"唉，那些女人是我同乡，就想顺道跟着去敦煌。她们哭哭啼啼地求，我实在推辞不了……"

戴胜想了想，问："你说的这几个人，是不是几天前刚从西平郡过来？"

"是是是，就是她们！我是看她们无依无靠的太可怜，这才答应了。戴主簿，你看……"

"呃，商队的其他人，你都打过招呼了吗？"

"都已经说过了，大家说，只要戴主簿同意，就没问题！"

戴胜笑着摇摇头："那便随你了。不过人既然是你自己要带的，就要顾好了，不能惹出什么事来。"

送走了胡商，他回头看向殷琰："孟护卫还能走吗？天色晚了，我送你回驿站。"

"戴主簿先回去吧，我想再坐一会儿。"

戴胜刚要点头，一抬头看到不远处灯火通明的花厅，脸色微微变了变，沉声道："不行，你得跟我一起走。"说着，也不管她的反应，就直接伸手到她臂下，将她半架起来。

"……戴主簿，你松松手，我自己能走！"

"别逞强。"戴胜严肃地瞪她，"喝了那两大碗酒，你脚都软了。以后莫要喝这么多酒，尤其……是在太守大人面前。"

见挣不开他，她只好放弃，抱怨道："若不是你不肯喝那杯酒，我哪至于遭这个罪？"

戴胜只是低低笑着，声音宛如潺潺流过石上的溪水：

"以后不会了。"

一大早，商队就整装待发。

商人们大声呼喝着自己的手下，清点各自的人马货物。驿站中人来人往，每个人都行色匆匆。

戴胜更是忙得脚不沾地。他从天不亮就在驿站中，不停地签发文书，安排商队远行中需要配备的各种东西，查看是否有遗漏的物品。到朝阳初升，金芒满照大地的时候，他才终于忙完了。

诸葛秀拎了一壶水过来，戴胜好生道了谢，才倒在碗里慢慢喝了下去。

这支商队是一个多月来规模最大的商队。为了避免频繁被马贼骚扰，戴胜安排小商队们尽量集合在一天出发，凑成一支百多人的队伍，再由郡里派兵护送，以此确保商队能顺利离开武威郡。

太守端木辰上任不久，对郡中事务都不甚熟悉，就将这些事一股脑儿都交给戴胜安排。戴胜身为主簿，虽然不能随商队出行，但送上个二三十里却是应当。

在商队末尾，两个身穿白色长裙的胡女簇拥着一个裹在黑色斗篷中的女人从宿处奔出。那个黑衣女人身姿高挑，脸遮得严严实实的，只露出一双眼睛。她朝等在那里的胡商微微躬身，就爬上装了半车货物的驴车，屈膝坐在角落里。

等到众人都准备停当，戴胜向诸葛秀一拜："诸葛兄，就此暂别。"

诸葛秀表情凝重："你要多加小心。"

戴胜点点头，就上了马，喝令商队出发。

目送着这支队伍浩浩荡荡地离开，诸葛秀在原地站了许久，才想起来问："怎么没见到孟兄弟？难道他还在睡觉吗？"

"没有，他一早就被太守府的人叫走了。"小唐撇撇嘴，"说是太守赏识他，要留他在府里小住一阵。"

"什么？"

诸葛秀大惊："他去太守府了？糟了糟了！听说现在这位太守大人作风不正，孟

兄弟那样清绝的人此番前去恐怕有所不利……"

不知想到了什么，小唐的脸色发白，喃喃道，"可怜的孟明……"

诸葛秀满脸担忧："待会儿我就去拜访太守大人，看能不能把孟兄弟弄回来。"

在他们的想象中凄惨无比的殷琰，这时候正缩在马车上，悄悄注视着队伍前头的戴胜。

端木辰要她偷偷混进商队中，在暗中保护戴胜。一旦他遇到危险，要不惜代价保住他的命。

说这话时，端木辰的表情十分古怪。殷琰心中暗暗猜测他的真实目的，她还记得端木辰在西平郡的事迹，这个男人虽然在私德上颇遭人诟病，但在大事上却十分靠得住。

他是凭什么认为，戴胜一定会遭遇危险？难道是因为戴胜是前太守的儿子？可他又是为什么，一定要保护戴胜？

况且，在经历了昨日的意外失败后，那些马贼真的还会再来吗？

眼前的商队跟诸葛秀的商队可大不一样，人马足足多出了三倍多，再加上戴胜带领的护卫，总共有近两百人。这样规模的队伍，若是实力不够的马贼见了，就只能退避开去，哪怕再眼馋也不敢招惹。

想吃下如此庞大的商队，鬼面卫獠的人手足够吗？若自己是他的话，又会选在何时出手？

商队一直走出了二十多里，沿途安稳得连只鸟都没看见。贼曹的吏卒紧绷的神经渐渐放松了，都道是卫獠被那孟小哥吓破了胆，再不敢轻举妄动。

又走了一段，就到了一处狭长如刀的绿洲前。说是绿洲，其实不过是个小洼，只有两丈来长。水却颇为清冽，两端的细流涓涓，渐渐地就消失在黄沙中。除此之外，水边立的那块碑也格外惹人注目。

石碑风化得厉害，上头的字大部分都剥落得看不清了，只有一个字依旧清晰、遒劲："酒"。

看到这石碑，殷琰才想起《舆图志异》中的记载："河西有酒洲，泉水如酒，亲友饮泉相别。"

原来这就是酒洲！

戴胜的护送任务就到这里为止。他招呼众人下了马，从布囊中拿出一只小碗，当先装了满满一碗清泉。

"诸位，喝了酒洲水，就在此作别了！"

凡途经酒洲的人都会在此停留,喝一碗水,以祝旅途顺利。众人就纷纷取出杯碗来,各自装了水,互相碰杯告别。

一时间场面倒是分外热闹。殷琰混在人群中,装模作样地去装水,眼睛却警惕地四下扫视。若是在两侧的沙丘后埋伏上足够的人手,这时候来一场突袭,确实会让商队陷入混乱当中。

然而,直到告别的仪式结束,也没有任何意外发生。

眼看着戴胜就要带吏卒们回返姑臧城,殷琰一时踌躇起来:她要是这时候舍了商队,跟着戴胜回去,绝对会引人怀疑。可要是不跟上去,万一回程中出了什么事……

正想着,身前一人忽然晃了晃,往后倒了过来。她伸手扶住对方,以为这人是被日头晒久了才晕过去的,正想叫人来帮忙,却听"砰砰"的沉闷响声中,前前后后的人都跟软面条似的,一个接一个地倒下了。

这是……

她思绪急转,顺势就跟着倒在地上。偌大的商队,很快就倒了一多半,剩下的人虽然没有立刻晕过去,却也是手软脚软,半点儿力气都使不上来。

连刚坐上马背的护卫军也未能幸免。吏卒们摇摇晃晃地从马上摔下来,戴胜半趴在马背上,扶着额头,秀美的面容更加苍白:"是泉水……泉水有问题!"

殷琰也想到了这一点。整个商队中,恐怕只有她没有喝这泉水。

这一手来得真是毒辣。

马贼们清楚众人会在此歇脚,共饮泉水作别,这么多人不好下手,他们索性就在水中下了蒙汗药。而酒洲水特有的似酒特性,恰好掩盖了药味,神不知鬼不觉就放倒了所有人。

商队的东西被劫是避免不了的了。现在的难题是,该怎么保护戴胜。

那些马贼既然用了药,就不会平白杀戮。但戴胜不同,他身为郡中官吏,听闻也曾经奉命追剿过马贼。他要是落在他们手里,恐怕就凶多吉少了。

或许她该这时候跳到戴胜的马背上,直接带着他逃跑。

这么想着,她便慢慢地从人堆中向前爬去。

然而还没等她靠近戴胜,熟悉的呼哨声就响了起来。就如她先前所想,两侧的沙丘后奔涌上来黑色的人潮。粗略一看,这次出动的马贼竟有一百多人。他们在高高的沙丘上站定,居高临下地俯视着倒了一地的商队。

鬼面卫獠骑着马,站在最前头。他一踢马肚子,当先从山坡上奔下来,其他人紧随其后。

沙土喧嚣飞扬，商队的人瞪着眼睛，软弱无力又恐惧地望着这些黑影。

卫獠饶有兴致地左右转了转，才来到戴胜面前，欣赏他的弱态："又见面了，戴主簿。上回相逢，是在你爹的葬礼上吧？"

戴胜药性发作，早就昏昏欲睡了，只是靠着意志力勉强支撑："……闭嘴！"

"哈哈，我猜你爹独自在阴间很是孤单，想着送你去陪陪他，如何？"

见卫獠拔出刀，殷琰也悄悄握住了袖中的匕首。这样的形势，要想全身而退，就只有劫持卫獠了。正当她蓄势待发之时，卫獠握着弯刀比画了几下，突然大笑："就这么杀了你也太便宜你了！你那死鬼老爹杀了我们不少弟兄，父债子偿，就把你千刀万剐了来祭奠死去的兄弟们！来呀，把他拖回去！"

看他没有当场下杀手，殷琰暗暗松了口气。她的位置离他们有点儿远，真要动起手来，风险极大。

若是卫獠将戴胜掳走，虽然戴胜会吃些苦头，这却是一个探清马贼老巢的好机会！

思绪转动间，她又悄悄躺了回去。准备等马贼们走了后，再偷偷跟在他们后面，找出贼窝。

那边马贼们已经把商队的货物翻得一团乱。戴胜从马背上被拖下来，软绵绵地被扔到腾出来的一辆车上。

一个还没晕过去的商人挣扎着扑在车架上："东西你们都抢去……放了戴主簿吧！"

"戴主簿人缘不错哪！"卫獠策马转了转，语气轻佻，"哟，远途还不忘带上女人，真会享受。弟兄们，把这三个女人都带上，免得戴主簿路上孤单。"

众马贼哄笑着应声。殷琰刚觉得不妙，就有两个马贼走过来，将她抬了起来。

……好了，这下不用跟踪马贼们了，她会作为"战利品"之一，堂而皇之地进入他们的老巢。

她和两个已经昏迷的侍女都被扔上了那辆车，脑袋就顶着戴胜的后背。

马贼们装好货物，吆喝着挥动长鞭，催促牲畜们朝前头的沙丘奔去，把一地狼藉都丢在身后。

清晨的风从沙地上卷过，将那些深深浅浅的蹄印车痕吹得淡了些，再淡了些，直至毫无痕迹。

殷琰侧躺在车板上，她那身黑色斗篷恰好遮挡住渐渐升高的日头。她悄悄睁开眼睛，打量着所走的道路。但沙漠中的风貌都差不多，她只能依据太阳的方位判断，此时他

们正往西南方向走。

正当她努力分辨着行进的路径时,原本侧卧着的戴胜忽然翻了个身。

就算是殷琰,也被这意料之外的变化吓了一跳。之前他一直没动,她还以为他昏睡过去了。

戴胜并没有发现身边有人醒着,他自顾自地换了个舒服些的姿势。似乎对头顶明晃晃的太阳有些不耐,他把右手枕在脑后,左手放在额头上,用宽大的衣袖遮住了脸。

这一连串动作,他都做得随意、自然,完全不像被下了药的样子。

殷琰不由得屏住了呼吸。

这之后,殷琰都不敢动弹,生怕被戴胜发现不对。她就这么僵着身子,一路听着风沙声装睡。

这些马贼十分谨慎,在向西南走了十多里后,即便知道人质们都"昏睡"着,却还是拿黑布巾罩住了他们的脑袋。眼睛看不见,就只能依靠其他的感官。她听到马蹄声渐渐变得清晰起来,马车的起伏都稳定了,不像在沙漠中那样深一脚浅一脚的。

他们一路向上走。明明刚过未时,阳光正烈,但拂过指尖的风却带了凉意。鼻端嗅到的气味也有了变化,空气中多了些草叶的清香。

马车似乎驶进了一处宽阔的地方。

奇怪的是,作为俘虏的她们并没有受到恶劣对待。那些马贼直接将她和侍女们抬进了一间房中,只在门外守了几个人。

"咔嗒"的轻响声中,房门终于被关上了。听着门外马贼们的说笑声愈来愈远,殷琰才睁开了眼睛。

看这房中的布置虽算不上精致,但很是整洁干净,简直算得上十分礼遇了。

事情越来越古怪了。

殷琰正狐疑时,那两个侍女已悠悠醒转了。她们茫然地躺着,看到坐在床头的殷琰,才忽然反应过来,惊叫着爬起身,连声问:"居次!居次!您怎么样?"

殷琰心中一惊,不由得抬眼看向她们。

居次……那可是胡人对部落中头人的女儿的尊称,相当于汉人的公主。

侍女们似乎想起了什么,连忙改口:"小姐,咱们这是在哪儿?真被捉到贼窝了吗?"

殷琰不敢出声,只是轻轻点头。她有黑纱遮面,又一直没开口,两个侍女心头慌乱,都没有发现什么不对。

"这可怎么办……"

侍女们对坐着发愁，殷琰也暗自叫苦。

昨夜她听那胡商说要带几个女人，就心生一计，决定变回女装混进商队中。

这主仆三人中，那位小姐身形跟她相似，又不用露脸，正是绝佳的伪装。她就趁人不备，把这小姐弄晕了藏在自己房中，再换好装出来。

谁能想到，这人的身份竟然如此不简单！

稍微串联一下，就大概知道，这位胡人公主很可能是偷偷跑出来的。卫獠特意将她们抓来，又好礼相待，恐怕是一早就知道她们的身份。

或许，从一开始，这胡人公主就是马贼们的目标之一？

可直到昨夜她们才被允许跟随商队出行，马贼们的消息又怎么会那么灵通？是那个胡商泄了密，还是……

她在脑中抽丝剥茧，一层层深入，渐渐地，心底的那个答案浮出了水面。

正在这时，房门从外头被人推开来。

侍女们立时惊慌起来，挡在殷琰身前，警惕地瞪着来人。

迈步进来的年轻男子身形高大，原本宽敞的房间因为多了他，瞬间变得有点儿拥挤。

"哦，你们都醒了。"他大大咧咧地拉了张椅子坐下，看向殷琰，斜勾的嘴角显得轻佻无谓，"不用怕，巴达玛公主，是你姐姐阿日善叫我们带你回家。"

两个侍女同时低呼出声，面露惊恐之色，身体竟不由自主地发起抖来。

"果真是阿日善居次派来的人……"

殷琰却没有在意这些，她在意的是，这个男人的声音，竟然跟鬼面卫獠一模一样！

难道，当日商队在姑臧城外遇到的"鬼面卫獠"，是这家伙假扮的？那真正的卫獠又是谁？

侍女们无措地望向沉默的主人，殷琰想了想，就打了个手势，示意她们两人出去。虽然不解，但侍女们互相看了看，还是乖乖退出了房间。

"公主把她们赶出去，是要跟我说什么秘密吗？"年轻男子笑嘻嘻地问。

"我要见你们大头领。"

"见大头领做什么？他脾气坏得很。"不知想到了什么，他伸手摸了摸肚子，忍不住吸了口凉气，"咳……有什么事直接跟我说就是，我可比他怜香惜玉多了。"

殷琰盯着他，目光冷淡："我要说的事，关系到所有马贼的性命。"

她镇定的口吻不得不让人正色相待。年轻人收起了那副吊儿郎当的模样，坐直了

115

身体："到底什么事？"

"我只会告诉大头领一个人。"殷琰压低了声音，"你去跟他说，这件事跟太守端木辰有关。"

虽然半信半疑，但毕竟事关重大，那个年轻人瞪了她半晌，就转身出了门。

他一路穿过庭院，直奔大首领的浴房。

一推开门，浓重的水雾就扑面而来，把他一张脸都弄得湿淋淋的。等他的眼睛适应了里头的光线，就见他们那位极爱干净的老大正坐在浴桶中，微闭着眼睛仰头靠在桶沿上。

氤氲的雾气让那浴中的男子面容都有些模糊。

听这年轻人说了那位"巴达玛"公主的要求后，男子并没有什么反应，只是嘴角微微勾起："她真这么说？"

男子的嗓音被水雾浸得慵懒、沙哑，好似羽毛搔在心头，听得人耳根发痒。

"是啊。我本来还不信，可听她说起端木辰，就觉得这事可能不简单。"年轻人高大的身形踱着步，"老大，你还是过去听一听，反正又没有什么损失。"

"嗯……"

这一声"嗯"之后，就是长久的沉默。等了足有一刻钟，年轻男子抹了抹凝结在脑门上的水珠，终于忍不住发飙："老大，你倒是起来啊！又不是女人，娘们叽叽地泡这么久，皮都要泡烂掉了！"

浴桶中的男人没有动，只是轻轻一笑："池山，肚子上挨的那一拳，不痛了？"

"呃……"

池山连忙闭上嘴。

啊，自己真是嘴贱，刚挨了打，怎么又来找揍呢？

"我到外头等你！"

见他吓跑了，男子嗤笑着摇摇头。

"端木辰吗……"思虑片刻，他慢慢站起身，迈出浴桶。水声哗哗响动，从窗缝中漏进来的阳光照在他的侧脸上，仿若画笔，悄悄勾勒着那慵懒中透出锐利之气的眉眼。他慢慢站起身，迈出浴桶。

披散着的黑发带着湿气，从他颈后轻轻扫过。他也不去管，只随意擦干了身体，穿上衣服。然后走到桌旁，拿起那张獠牙森冷的面具戴上。

出了门，池山已经等得不耐烦了，气冲冲地训着两个小兵。

听到房门响动,他兴高采烈地叫:"老大你可算出来了!"

卫獠瞥了他一眼,还是迈着不疾不徐的步子向前走去,任凭池山心浮气躁地跟在身后。

那位胡人公主被安排在客房中,房门口站着两个侍女。一见到戴着鬼面的卫獠出现,她们就尖叫一声,扑回房中:"居次,不好了!那个魔鬼来了!"虽然知道他们不会伤害自己,可是鬼面卫獠的名声在外,这河西一地都把他传成是会生吃人肉的恶魔了。更何况他的面具那么吓人,侍女们难免受惊吓。

卫獠和池山走进房中,见那罩着黑色斗篷的巴达玛公主端正坐着,一双眼睛沉静地看过来。

"喏,我们老大来了,你现在可以说了吧?"

公主却盯着他,朝外头抬了抬下巴。

只是这么个简单的动作,她做起来却有一种莫名的压迫感。池山哼了一声,就朝侍女们吼:"还不走?没见公主要跟我们老大谈事吗?"

侍女们胆战心惊地跟着他往外走,还频频回头看公主。

池山正要带上门离开,卫獠忽然开口:"门外的人也撤掉。"

等外头都安静下来,他才慢慢走上前:"多年前我曾见过公主,不过你那时年纪还小,应该不记得了。你姐姐常说你胆小,可我现在看,你的胆色却并不比她差。"

他到她跟前,盯着她看了一会儿,笑道:"我算你半个兄长,故人相见,就不用戴着面纱了吧?让我看看,你长成什么样了?"说着,他就伸手来摘她面上的黑纱。

"巴达玛"抬起头,晶亮的眼睛中忽地掠过犀利的光芒:"不如,你也把面具摘下来?"

话音未落,一道寒光倏地从她袖中蹿出,直扑卫獠的脸。

卫獠本就起了疑心,这一刀来得虽然快,但他早有防备,一仰头就避开了刺来的匕首。不想对方手腕旋转,刀刃迅捷地回旋着抹过去,冰冷的感觉擦着他鼻尖旋过,让他霎时惊出一身冷汗。

是他小瞧了她!

看出这个女子身手不凡,卫獠不敢再掉以轻心,他抽身后退几步,暂时避开锋芒。

假扮成巴达玛的殷琰紧追不舍,她的目标是那副面具,匕首在手中舞动,好似毒蛇利齿般追击着卫獠。交手几招,卫獠数次想从她手中夺下匕首,但都被她巧妙地躲开了。他跑了几步,忽然抓起面前的椅子往后扔去。

殷琰追得紧，只见得一片黑影挟带劲风撞来，下意识地往边上一躲，险险避开了当头砸来的椅子。这一耽搁却误了时机，等她再回过头来，却见卫獠已到了跟前。他不容她有半丝喘息的机会，一手如闪电，迅猛抓住她握刀的右手，另一手则凶狠地掐向她的脖子。

避无可避，殷琰右腿一提，用力踹向他的膝盖。同时右手松开，将匕首抛出，自由的左手捞住匕首，刀光如电光雪亮，自下而上，一刀划上他的脸。

卫獠分神躲避她踹来的那脚，就没防住她这狠辣的一刀。他只觉得面上一凉，面具被从中劈开，裂成两半摔到了地上。

"……果真是你。"

即便脖子被扣住、呼吸不畅，殷琰却在黑纱下微笑起来："戴主簿。"

卫獠，或者说戴胜，低下头看了看地上的面具，才抬起头看她。

"我却猜不出你是谁。"

戴胜露出温和的笑容，一把扯下她的面纱。

英气凌厉的眉，冷静通透的眼。出现在他面前的女子嘴角带笑，神态从容。

这张脸映入眼中的一瞬间，他竟有点儿恍惚："你……"

就在昨夜，他在灯下拿着手巾，细心擦拭过一张俊美的少年人的脸。也是这样的眉目深邃，透着淡淡的疏远。

"孟护卫？"

掌中捏着的脖子十分纤细，并没有属于男子的坚硬喉结。戴胜一时不敢置信："你是女人？"

殷琰挥手挣开他的钳制，直入主题："戴主簿不想知道，我为何会出现在这里吗？"

"嘀，不用想也知道，是端木辰派你来的。"

从短暂的震惊中回过神，戴胜勾起嘴角："他早就对我有所怀疑。"

"所以你才要借这次机会，假死遁走？"

"也不算假死。我原打算弄具尸首丢到姑臧去，这样一来，戴胜这个人，就算真的死了。"

殷琰皱眉："你放着好好的主簿不做，却要做一个马贼？"

"你这话说错了。"戴胜扶起倒在地上的椅子，好整以暇地坐下，朝她摇摇手指，"很久之前，我就是马贼卫獠了。戴胜这个主簿，不过是我为了方便行事才做的。"

第四十一章

"……你真是戴烽的儿子？"

"那是当然。戴大人身份高贵，若不是真的血脉至亲，哪能高攀得上？"他挂着冷笑，"我可是入了戴氏族谱的。"

殷琰一时无言，只看着他讥诮的侧脸，好一会儿才说："端木辰让我将你带回去。他数次强调，一定要让你活着回去。对于你的死遁，他早有所料。"

"哦？那又如何？我死都死了，他还能怎么样？"褪了那层温和的伪装后，戴胜整个人都显得慵懒不羁，"除非他去挖戴家祖坟，这我倒是乐得看一看。"

殷琰叹了口气，跟这人说话真是心累。

"别的我不知道，不过，他若真舍得下功夫，想找到这个地方，也并非难事。"她索性也坐下来，自顾自倒了杯水喝。从出发到现在，她可是一滴水都没沾。"毕竟，马牙雪山草场这么大的地方，总是会有人注意到的。"

听到这话，戴胜的脸色才真正变了。

"你怎么会知道我们在马牙雪山？难道在路上，你都看到了？"

"我什么都没看到，不过闻到了点儿特别的东西。大片新鲜针茅草的味道，在别的地方可闻不到。"

从一开始，马贼们往西南方向走时，她就暗暗怀疑。他们原本是往西北出了姑臧城的，若再往南走，岂不是又回到了姑臧城的范围？若马贼的巢穴离姑臧城不远，那他们是如何躲过那么多次搜捕的？

"我跟随诸葛大哥到姑臧前，曾远远望见过马牙雪山。他说山脚下的草场丰饶，却因为马贼横行，以至于附近的牧民们不敢到那里去放牧。"

见戴胜眯着眼睛看着她，她的口吻就带了几分愉悦："啊，对了，诸葛大哥也是你们的人，是不是？说起来，就是因为他，我才怀疑，在姑臧城中有马贼的内应。"

"……怎么说？"

"我们入姑臧城的那日午时，鬼面卫獠带人袭击商队。作为商队首领，诸葛大哥却在一开始就叫大家逃命。商人逐利而走，为利可以舍命。我可从没见过像他这样，不把财物放在心上的商人。除非，他那些东西，本来就是要送给马贼的。"殷琰笑道，"况且，我原本可以捉住那个'卫獠'，却因为诸葛大哥的示警分了心，让那人借机跑了。商队毫无损失，大家都高兴得很，只有他心事重重，一进城就找你商量。"

听到这里，戴胜忍不住哼道："那个笨蛋！"

"连我这个才到姑臧不到两天的人，都能看出问题来，何况端木辰观察了三个多

月?"殷琰提醒道,"别忘了,他先前是西平郡的都尉,对交界的马牙雪山可不会陌生。戴胜,我劝你跟我回去。端木辰既然一直没有戳穿你,就必然另有所图。我想他不会杀你。"

"这谁又能保证?若是他等着我回去,当场叫破我的身份,让我变成阶下囚,以此诱杀其他兄弟,我们岂不是自投罗网?"

殷琰思考片刻,沉声道:"我保证。若你有危险,我必定会拼尽一切救你脱困!"

戴胜愣了愣,嘴角一撇,就出声嘲笑她:"你一个女人,也敢说这样的大话?"

"我从不说大话。"

他顿时被噎住。这女人的话语中充满力量,仿佛每一字说出口,就成了必定会实现的诺言。

见他不说话,殷琰又劝道:"你想想,若是你不回去,端木辰恐怕就会借口为你报仇,倾一郡兵力追杀马贼。就连西平郡的兵力,他也能借用过来。到时候,你们又能逃到哪里去?端木辰不是戴烽,可以任你玩弄在股掌间。"

至此,戴胜彻底被说服了。

"好,我跟你回去。"

花开两枝

第四十二章

这一夜,整个姑臧城都热闹得没边了!

正是夜半三更的时候,万籁俱寂,城中内外早就灭了灯火,家家户户都沉浸在睡梦中。守城的小兵偎在券门的门洞中,睡得正香时,忽然听到外头有人在砸城门。

砰砰的响声在深夜中分外恼人,小兵被吵醒,一股气没地方撒,扛着铁戈就往门上戳:"敲什么敲!天亮了才能开门!"

城外的人高喊道:"快开门,我们要进城!"

小兵冷笑:"早干什么去了?现在这时辰,天皇老子也别想进来!"

"……是戴主簿回来了!"

"喊,戴主簿?戴主簿都被马贼抓去了,还回来……"

外头突然响起一道温和的声音:"里面的人是陈睦吗?我是戴胜。"

小兵不由得一愣。他日日守在城门口,对时常跟着商队进进出出的戴胜很熟悉,一听这个声音,睡意顿时消了大半。他半信半疑地登上城墙,提着灯笼往下照,只见下头停着一辆不大的驴车。车上坐了两个女人,车下则站着两个男人。

"戴主簿?"

听到他的声音,那两个男人都抬头向上望。左侧的那人扬声道:"陈睦,是我!"

陈睦揉了揉眼睛,"真……真是戴主簿!"

他飞快地跑下城墙,把城门打开,又惊又喜地望着门外的人:"戴主簿,您竟然回来了!他们都说您被马贼抓走了,肯定活不成,呜呜……"

说着说着,他就开始掉眼泪。戴胜摸了摸他的脑袋:"我福大命大,死不了。我们现在就要去太守府,劳你跑趟驿站,告诉诸葛秀,我跟孟明回来了。"

陈睦这才注意到站在一旁的年轻人。"孟明"这个名字他并不陌生,就在昨日,这个人便因挫败了马贼的袭击而名噪全城。此时看对方一身黑色劲装、满面风尘的模样,他顿时恍然,兴奋地走上前拍着孟明的肩膀:"是孟护卫救了戴主簿吧?英雄!孟护卫真是大大的英雄!"

第四十二章

殷琰躲又不好躲，只能干笑："哪里哪里……"

戴胜自顾自跳上车，叫道："孟大英雄，快来赶车呀！"

殷琰瞪了他一眼，就向陈睦拱拱手，上了驴车，往太守府奔去。

到了太守府门前，又是一通砸门答话。等确定了他们的身份后，里头简直是鸡飞狗跳，夜色中小厮的惊叫声远近可闻："大人！大人！戴主簿活着回来啦！"

大门打开，里头的灯烛一一点亮，杂乱的脚步声重重叠叠。

殷琰睨了一眼全身上下干净整洁的戴胜，忍不住叹道："你也真是，好歹是被掳走的人，连点儿灰尘、伤口都没有，像话吗？"

她原本劝他把身上弄脏点儿，带点儿小伤，好歹做戏做全套，狼狈得像模像样。可戴胜就回了她五个字："我刚洗过澡。"

"这有什么？"戴胜轻松自在地掸了掸衣袖，"你孟大英雄本事大，都能贼窝中救人了，还不能给我弄套干净衣服来？"他原先可是打算"一死百了"的，那套书生外袍脱下来后就直接扔了。要他再把那套脏衣服穿上去？想都别想！

"况且，你这身衣服，不也是池山找来的吗？其实你穿女装还不错……"

"……闭嘴。"

正好见着一堆人簇拥着端木辰冲出来，戴胜就乖乖闭了嘴。在端木辰离他们还有一丈远时，他几个箭步上前，躬身就是一拜："大人，下官无能……"

声音带着明显的哽咽，沉重、哀伤得简直让人感同身受。

果真是……人才啊！

等殷琰默默地走过去，那边戴胜已经满怀感激地在说："多亏孟护卫勇猛，趁贼人不备，挟持了卫獠，我们几人才得以脱身。"

端木辰一手扶着戴胜，另一手就来抓殷琰："我就知道，孟护卫一定能救回戴主簿！本官果然没有看错人，哈哈！"

他大笑着拉起他们俩往里头走，直接进了书房，屏退了一众下人后，就在茶桌旁坐下。

现在三个人都不说话了。

端木辰似笑非笑地看过来，戴胜受之坦然，脸上的恭敬、温和同样完美。

刚送上来的热茶漫着水汽，迷迷蒙蒙地飘在他们中间，让双方的面容都显得有点儿模糊。

"戴主簿能回来，本官委实高兴。"终于，端木辰开口道，"下午听到商队遭劫之事后，

我实在为戴主簿担忧,就当着众人的面立了誓,若你真有个三长两短,我定会带着郡中官兵,将那些马贼尽数剿灭,一个不留!"

听着这满含杀气的威胁之语,戴胜的笑容微微冷了些,垂眼道:"大人对下官关怀备至,下官感激涕零。"

端木辰点点头,目光转向殷琰,感兴趣地问:"不知孟护卫是如何深入贼窝救出戴主簿的?我听说那些马贼出现时,孟护卫并不在场,难不成是躲在了暗处?"

戴胜也跟着看过来,眼底藏着点儿嘲弄,想看看她会怎么应对。

殷琰擎着茶杯,微微一笑:"大人有所不知,在下不仅当时在场,还跟戴主簿一同被掳去了贼窝。"

"哦?"端木辰有点儿惊讶,"被掳走的,不是只有戴主簿和那三个胡女吗?"

"不错,其中一个胡女就是我。"

端木辰不由得张大了嘴巴,不等他发问,殷琰就镇定地说:"为了完成大人交代的任务,在下不得已,乔装成了女人混进商队中,没想到却被马贼所掳。不过也幸亏如此,那卫獠意欲不轨时,毫无防备之下就被我制住了。我挟持了他,让他护送我们几人离开。"她低低一叹,"原本我还想借此机会探出进出贼窝的道路,可那些贼人实在狡猾,硬是蒙上了我们的眼睛,才肯让我们坐着驴车离开。"

"无妨无妨,能平安回来就是万幸了。"端木辰的心思还停在孟明扮女人的事上,"孟护卫真是不拘小节……"

"情急之下,也就顾不得其他了。"

"说得好!本官也这么想,事急从权,凡事都要变通。"端木辰神色一敛,表情变得凝重起来,"过去的事,我通通都不会追究。眼下却有件大事,需要你们相助。"

殷琰和戴胜交换了一个"果然如此"的眼神,同时问:"什么大事?"

"八月邺都动乱后,雍州遭羌人入侵。当时就有探子注意到,东侧的陇西鲜卑族乞伏部也有异动,兵马渐渐朝凉州靠近。但汉中王世子出雷霆之兵,将羌人赶出了雍州,乞伏部受到震慑,曾安静了一段日子。可是半个月前,他们又开始向西推进。"端木辰沉声道,"恐怕过不了多久,他们就会进攻凉州了。"

"大人说的是。乞伏部如今的头人述异颇有野心,其父赫铜当年就曾攻打凉州,后来被西海公打败,死在了凉州边界。述异曾发誓,此生必定要踏破凉州,实现亡父的夙愿。"殷琰沉思道,"大人将此事通知西海公了吗?"

西海公孟恒掌控凉州，不会对陇西鲜卑的异动毫无察觉。

端木辰深深地看了她一眼："这边的消息，我都让人给西海公送去了。但乞伏部离武威郡最近，而西海公还要防备漠北的匈奴人，一时间是顾不上我们的。这段时间，我一直在整饬郡中兵力，情况不容乐观哪！"

"那当然。"戴胜冷笑道，"戴太守还在时，平日里只忙着敛财享乐，哪里会关心军力武备的状况？两年前我刚来时，见兵器库中的刀剑都锈蚀已久，别说打仗杀敌了，连切菜、砍瓜都嫌不利索。"

"唉……不仅如此，兵卒们也极其缺乏训练。堂堂郡兵，竟对周遭的马贼无能为力，其能力之差可见一斑。我已命他们加紧训练，要尽快提升士气。不然以现在的状况来看，若鲜卑异族真打过来了，恐怕士兵们都会吓得直接弃械逃跑。"端木辰愈发叹息，"士兵可以练，但马匹兵器，一时却难以补足。"

说到这里，他抬眼盯住戴胜："这事儿，只能靠戴主簿你了！"

戴胜顿时一惊："什么？"

"我需要良马五百匹、兵器三千件，三日之内，必须到库。"

面对这样的狮子大开口，戴胜几乎气笑了："大人也太强人所难了吧？这么多的马匹、兵器，下官到哪里去找？"

"怎么会是强人所难呢？今天商队被抢的货物值多少钱，戴主簿最是清楚，就不用我说了吧？我要的东西并不过分，只要戴主簿用点儿心思，绝对不是问题。"

戴胜顿时就没话说了。

端木辰缓和了语气："况且，我也不是白要你的东西。今日商队的人回来找我哭诉，我就告诉他们，三年内他们的货物进出武威郡，赋税全免，以此抵偿他们的损失。另外，这些良马所在的军队，全部由你统领。如何？"

端木辰准备充分，这条件叫人很难不心动。

殷琰眯着眼睛观察他们两人的神情变化，心中暗暗赞赏。

怪不得端木辰明知戴胜是马贼，却还不动声色。戴胜坐拥马牙雪山草场，筹备良马自不在话下。现在端木辰只不过用了那些商人的三年赋税，就换来了胡商们的尊崇与信任，更换来了良马与兵刃。同时，由戴胜统领军队，那么戴胜所率领的那些马贼，就能脱去马贼身份，摇身一变成为军中士兵。这一招不仅兵不血刃地解决了为患郡中的马贼，更让原本羸弱的郡兵多了一批骁勇善战的能人。

高，实在是高！

戴胜不笨,自然也想到了这些。他不再推辞,举杯道:"那下官就恭敬不如从命了。"

"好!"

端木辰一拍桌子,伸手夺了戴胜的杯子。

"哎,这样的时候,还喝什么茶?"他起身开了门,朝外头喊,"送一壶酒来!"

戴胜一脸气苦:"大人莫忘了,下官可喝不得酒!"

端木辰笑眯眯地回到座上:"戴主簿,喝酒是正经事,可不许装模作样啊。今夜就咱们三个人在,你就是脸红成了猴屁股,也没人笑话你。"

殷琰一下没忍住,"扑哧"笑出声。

"戴主簿烧红脸的样子,看着比一般的小娘子美多了!"

听她这么说,端木辰顿时大笑:"是极是极!美得跟涂了胭脂的娘子似的!"

"你们……"

戴胜咬着牙,暗暗横了殷琰一眼:这女人,自己好心没说破她的女子之身,她倒好,还来笑话他!

他心里头虽然这么想,但看她笑得开怀,那点儿不满不由得淡了。

酒送进来了,端木辰亲自拎起酒壶,倒好三杯酒。

"人人都说我是好色贪杯的粗人,但我一向相信自己的直觉,尤其是在识人、用人方面。用人不疑,疑人不用。你们两人,各有各的来历,各有各的秘密。这算不得什么。只要你们能守住疆土、击退敌寇,就是有天大的事,我也都替你们兜着!"

"大人好气魄!"

这一夜是愉悦的一夜,酒还未下肚,殷琰就觉得浑身的血都热了。凉州,这是母后曾经奋战过的地方。

"孟明孑然一身,为所当为,生死不惧!"

"好一个'为所当为,生死不惧'!孟明,我给你五千郡兵,让你做个戍边都尉,如何?"

"孟明谢大人赏识!"

端木辰连忙端起杯子:"喝酒喝酒!得此良辰良夜良将,这等幸事,当浮一大白!"

杯盏相碰,三个人同时一饮而尽。彼此对望,都觉心中快意,不由得大笑起来。

夜已深沉,酒却还未尽兴。长长的烛花贴着蜡烛,把边上都烧熔了,烛泪似决堤的江水倾泻而下,在烛台上凝出大片的红烛块。

这西北之地战意方兴,中原之地却还在酷热中煎熬着。

第四十二章

魏兴郡，洵阳县。

县丞周义星挎着刀，站在临街的酒楼上向下看。

街上的人并不少，好些人都提着木桶，跑到城外的河边去提水。

炙热许久的天气稍微凉快了一点儿，却还是干燥无雨。洵阳依着旬水，相比其他郡县，这里的百姓日子要好过一些。但旱情持续这么久，旬水的水位日渐下降。若是再不落雨，恐怕旬水也支撑不了多久了。

不远处的巷口中忽然涌出一堆人，走在前头的几个少年人人头绑红巾、身穿黑衣，拿着锣鼓敲敲打打。跟在他们后面的，是一高一矮两个戴着小鬼面具的红衣少女，她们手握葵扇，脚步轻盈地舞动着向前，好像在驱赶什么东西。

随后走出来的，是一个白发苍苍的老妇人。她穿着黄红相间的祭服，脸上则戴着一副青铜的神人面具。

"那是什么？"

周义星回头一看，只见郡太守彭仲负手走了出来，身后跟着县令涂敬之和两个娇滴滴的女人。

郡太守彭仲这段日子可烦恼得很，却不是为了这祸延千里的旱情。他烦恼的，是如今纷乱的时局。

魏兴郡地处梁、荆、雍三州交界处，离邺都也不远。之前邺都被围，魏兴郡也受到青州兵的侵扰。在齐王世子的威胁下，彭仲到底没敢做那登高一呼挥兵勤王的忠臣，而是全神贯注地生了场"大病"。

好不容易等到青州兵败退，邺都传旨召各州郡刺史太守前去谒见太子妃，雍州那边的刘雄却忽然举旗自立，占了雍州。

这还得了？自从汉中王世子宇文渊赶走了羌人后，雍州实际上就归到他手中管辖了。宇文渊怎容得刘雄作乱？他立刻飞马带兵，直奔雍州，还顺带从魏兴郡路过了一下，跟彭仲好好畅谈了一番。

彭仲既不瞎也不傻，那位世子雄心勃勃并非池中物，他若是要把魏兴郡给吃了，又有谁拦得住他？

邺都吗？哼！

不得已，彭仲又生了场"大病"，病得气若游丝，连床都下不了，更别说去拜见太子妃了。

这一病好几个月，躲在太守府里不敢出门，彭仲可不得烦得脑袋上长虱子？这才

借着巡视旱情的名义，出门到各县走走。

涂敬之为了让这位顶头上司玩得舒心，特地包下城中最好的酒楼，又挑了两个姿色上佳的美人伴游。

方才几个人正在里头玩得不亦乐乎时，忽听得外头锣鼓喧嚣，彭仲好奇之下就想出来看个究竟。

听他相问，周义星连忙答道："回大人，是前不久随流民来到城中的傩队。天灾战乱之下，百姓流离失所，死于异乡者数不胜数。据说这傩队中的大巫远近闻名，城中的百姓常请她来驱凶化吉。"

"哦？那就是大巫？"彭仲定睛看了一会儿，笑道，"还真有几分气势，看着倒是有趣。"

许多人都从街巷中跑出来看傩舞，一时间街道上人挤人，热闹得很。因为人实在太多了，傩队前行的速度就慢了下来。一个孩子挤在人缝中，努力想从大人们的腰间探出脑袋来。许是他挤得过分了，有人用力推了他一把，他一下就栽出了人堆，朝经过的傩队撞过去。

正舞着葵扇的红衣少女被撞个正着，两人一起摔到地上，她脸上的面具顿时飞了出去。

傩队的人都停下来，队首的少年迅速跑过来，将她扶起。她却不顾自己一身的灰土，伸手去抱起那孩子，笑着安慰了他几句，才捡起面具重新戴上。

拥挤的街道忽然安静下来。

方才那短暂的几息间，明媚的秋阳落在这红衣少女身上，好似温柔绮丽的一幅画，忽然间就在眼前展开。一笑间眉眼弯弯，朱唇柔软，叫人一颗心都要化了。寻常百姓没见过绝世美女，但就这么一眼间，每个人心中都觉得，若真有倾国倾城的美人，就该是这般模样。

见她戴上面具，重新跟着傩队向前行去，所有人都惋惜地叹了一声，齐齐望着那娉婷的身姿轻盈舞动，渐渐没入人群中。

酒楼上的众人也都看呆了，好半天，彭仲才长出一口气："想不到，这傩队中竟有这样的美人！肌骨匀称，纤秾合度，雪肌玉肤，眉目含情……当真是美人在骨不在皮。本官过去所见的，都不过是些庸脂俗粉罢了。"

听他这么说，其中一个容色艳丽的美人就有些不服气，腰肢一扭："大人把那小丫头夸得这样好，可叫人吃味呢！难道奴家就比不上她？"

第四十二章

彭仲哂笑着摇摇头，还没开口，就听另一个美人嗤笑道："亏你好意思跟人家比。那姑娘一身的气度，是我们能比的吗？徒让大人笑话。"

"哎，墨云，你怎么说话的？我们怎么就不能比了？她不就是个江湖卖艺的吗？还能高贵到哪里去！"

"夏虫不足语冰。"墨云向彭仲一礼，"大人，外头风大，奴家先进去喝杯酒暖暖身。"说完就施施然走了。

气得那艳丽的美人直跺脚："哎呀，大人，你看她！又这副死人样！"

"好了好了，飞绣，你也进去吧。"

随口安抚了她两句，彭仲又转头望向远处的傩队："墨云倒是有眼力，那女子身上，确实有一种不同寻常的气质。"

"墨云原是官家的小姐，自然不一样些。"

涂敬之答了一句，却见彭仲一脸的心不在焉，眼睛恋恋不舍地盯着前头，自然心领神会。就笑道："既然那大巫如此厉害，不如请他们到县衙去祈福求雨，为万民降福。大人以为如何？"

"求雨？"彭仲侧头看了他一眼，微微眯起眼笑起来，"敬之啊，本官的下属，要是都像你这般贴心懂事，那日子就好过喽！"

"谢大人夸奖。"

涂敬之弯腰躬身，又小心地将他送进屋中，这才走出来，向周义星说："刚才都听到了吧？这件事，就交由你去办。"

周义星一愣，有些迟疑："大人，傩队的大巫名声如此响亮，这恐怕……不妥吧？"

"不妥？有什么不妥？"涂敬之冷笑，"若是办不好，怕是你的小命不保。你照做就是！"

另一头，刚结束傩舞的傩队众人回到宿处休息，他们都还不知道，一场祸事正要找上门来。

"琤琤姐，你没事吧？"

十一岁的明红抓着自己的那副小鬼面具，蹦蹦跳跳地跑到殷琤面前问。

正揉着脚踝的殷琤抬头笑道："当然没事。那孩子还不到你肩膀高，比你上回撞我轻多了。"

"哎呀，琤琤姐，人家不是故意的嘛！你不许再提！不许再提啦！"明红动作熟

练地蹭到她身上撒娇耍赖。

"行行行，我不提。"

殷玥把她抱在怀里，嘴角止不住地溢着笑。这娇小柔软的身躯，让她的心中满满都是暖意。

她从没跟人这样自在地亲近过。从小她就被教导宫廷礼仪，动静举止都要合乎规范。她已经记不起来母亲是否曾抱过自己，至于瑄弟弟，在他五岁后，她就只能牵着他的手。最后的那一次拥抱，是生离死别的痛和绝望。

她们俩正在这儿笑闹着，一个人忽然站到了面前。

抬眼看去，只见身形瘦高的少年微拧着眉："明红，坐到一边去。"

他是傩队中孩子们共同的兄长，自有叫人听从的威严。明红吐吐舌头，赶紧从殷玥怀中钻出来，躲到阿婆身边。

殷玥笑道："怎么了，阿祈？"相处这么久，殷玥已经知道，这个少年虽然总是阴沉着一张脸，却十分善良。当初正是因为他开口，她才能跟着傩队北上，一直活到今日。

阿祈没出声，只是径自蹲下来，伸手去捏她的脚踝。殷玥还没来得及躲，就被他捏得"哎哟"一声。

"果然又扭伤了。"阿祈的脸色很不好看，"我早说过了，因为过去受的伤，你的脚很容易再次扭伤。要是不好好养着，说不定什么时候就瘸了。你想做个瘸子吗？还是个女瘸子？"

殷玥连忙摇头："不想。"

"……哼！"阿祈从怀中拿出一个小瓷瓶，从中倒出了一点儿油状的液体，放在掌心中使劲儿揉搓一阵，"忍着。"

说着，他就把手掌按在她脚上，用力按揉起来。

这药液十分刺激，殷玥只觉得整个脚踝都烧起来了。那酸酸胀胀的感觉着实难熬，她咬牙忍了又忍，还是禁不住轻声哼起来。

"知道痛，下回就要更仔细些。"

嘴上这样说，阿祈手头的力道却稍稍轻了点儿。又按了好一会儿，直到那药液完全浸入皮肤中，他才松了手。

殷玥扭了扭脚踝，感觉先前的刺痛感已经不见了，惊喜道："真的不痛了！阿祈，你真是什么都会啊！太厉害了！"

阿祈不屑地哼了一声，在她身旁坐下："今日该教哪首诗了？"

傩队的孩子们都是阿婆收养的孤儿。虽然跟阿婆学着认了点儿字，但都粗浅得很。有的性子懒散的，除了自己的名字外，其他的字都写不大对。阿祈却是分外好学，殷琤刚来时，看他经常抓着一卷残破的书躲在一旁看，很是好奇。后来才知道，那是一本抄录了十多首诗的小册子，书页早就被翻烂了。从那之后，殷琤每日都会教他念一首诗。

听他这样问，殷琰就抬头望向天井上方的蓝天，想了想，问道："阿祈，你去过江南吗？"

"江南？"阿祈摇摇头，"没去过。"

"我也没去过。不过我见过江南春初的梅花，用厚冰冻着，快马加鞭，跑上两天两夜。送到跟前时，那梅花犹自清香扑鼻，透彻心扉。"

她满是怀念地说完，见他看着自己，就笑道："不是送给我的。我就是刚巧在那儿，看了一眼。那时候我就在想，能收到这样珍而重之的礼物，定是被人家放在心尖上的人。"

"你羡慕她？"

阿祈问得犀利，殷琤怔了怔，才轻声说："是，我从小就羡慕她。有那么多的人喜欢她、在意她，在我心里，她真是这世上最幸运又最幸福的人了。可是……"

"可是什么？"

"那样多的喜欢，要担起来，却也不容易。要顾着每一个人，那该多累呀！"

"不知道你在说什么。"阿祈撇撇嘴，"哪有无缘无故的幸运与幸福？这边得到了，那边就得偿还。既然享受了，就别去抱怨。人活着，总得尽好自己的责任。喏，好比现在，你的责任就是赶紧把今天的诗教了。这是我刚才给你揉脚的回报。"

殷琤心里头朦朦胧胧地有些领悟，一时间却弄不清楚，又被他催着，就转了心神："刚施恩就想着回报？好吧好吧，我就教你一首陆凯的赠别诗。

"折梅逢驿使，寄与陇头人。江南无所有，聊赠一枝春。

"当初陆凯率兵南征，在早春策马登上梅岭时，见寒梅怒放，清绝不俗，就想起在陇头的好友范晔。他以一枝梅花相赠，想把江南的春意送给友人……"

殷琤正专心讲解着这首诗，冷不防一阵急促的敲门声传来，正在天井下嬉闹的少年们都安静了下来。阿祈皱了皱眉，起身去开门。

外头是一众着皂色吏服的衙役，为首一人方面大耳、身形高大，他将阿祈轻轻一推，径自走了进来。扫视一周，目光在殷琤秀丽绝伦的面容上顿了顿，随即转向坐在檐下

的阿婆："奉郡守之命，请诸位到府衙中去，择良辰吉日，向天求雨！"

他态度强硬，完全不容人喘息拒绝："来人，帮大巫收拾好东西。一刻钟后赶去县衙。"

衙役冲进来，各押一个少年，带去整理东西了。傩队本就没多少行李，不多时，他们就准备妥当，虎视眈眈地盯着还坐着不动的阿婆。

"大巫若是行动不便，就连椅子也一并抬走。"

说着，周义星转头看向殷琤，口气稍稍缓和了点儿："姑娘，请吧。"

不知为何，殷琤心中忽然起了不祥的预感。

姮娥踏月

〈第四十三章〉

傩队被安排在了县衙后院。

说是男女不便，少年们都被送到西厢房，跟衙役们住在一块。殷琤、明红和阿婆三个人则待在东厢房。

暮色刚刚罩上天穹，那个冷硬的周县丞就送来一套绯红色的长裙。

殷琤惊在原地许久，直到周义星唤了一声："琤琤姑娘？"他手臂朝前伸着，已经托着那套裙子站了好一会儿，仍不见她伸手来接。

"……县丞大人，这是何意？"

她的面容雪白，因为惊吓恐惧，在微暗的天光下更显苍白、柔弱，叫人心生怜惜。

周义星暗暗叹了声，不觉放低了声音："白天太守大人见了姑娘的身姿，就一直念念不忘。能得大人青睐，这是好事。你且去装扮一番，随我去拜见大人吧。"

尽管已经猜到了个大概，但乍然听到这等无耻之言，殷琤还是禁不住倒吸了一口气。

"都说是父母官，以民为子。我一介民女，太守大人这般作为……"

她说不出更多的话了。这些话连她自己都不信。她长在天虚宫，如何不知权势有多恐怖凌人？生死都不过是上位者一念之间的事，又何况是她这"民女"的几分美色？就如眼前这个男人所说——"这是好事。"

被她眼中深切的悲恸惊愕，周义星一时也无言以对。

两个人沉默地站在廊下，渐渐浓郁的夜色宛如潮水一般，从脚下的影子中扩散开来，慢慢爬到他们身上，直至将他们的面容也都淹没在黑暗中。

有人点亮了灯，光芒照过来的时候，殷琤浑身一颤。

周义星顿时回过神："时间不多了，琤琤姑娘……"他觉得自己是在强人所难，后面的话几乎说不出口，"莫要做傻事，傩队可不止你一个人。"

殷琤霍然抬起头，这一眼的凛冽瞬间让他悚然。周义星想不到，这个柔弱绝美的少女，竟会有这样凌厉如刀的眼神。似有无形的压迫叫他心中发虚，仓皇地避开了她的目光。

"多谢大人提醒。"

殷琤嘴角勾起一丝笑,从他手中接过了长裙。

他无意中碰到她的手指,只觉得冷得像冰,慌得他连忙缩手,站开了些:"姑娘快去准备吧,我就在这儿等着。"

她不再看他,就挂着那丝柔柔的笑,转身推门回房。

阿婆和明红坐在桌边,一见她手中艳丽的衣裙,明红就扔了正把玩的小瓷杯,站起身冲到她面前,低低唤一声:"琤琤姐!"眼睛顿时红了,泪珠直在眼眶中打转。

女孩的泪似涟漪,几乎冲碎了殷琤强撑的笑容,她咬着嘴唇,摸摸明红小巧的肩膀,轻声说:"没事儿。"随即就绕开她,径自到屏风后更衣了。

绯红的长裙轻轻抖开,用银线勾勒而成的水莲在灯下光华灿灿,刺得她双目生疼。她穿上裙子,也不施妆,只把头发拢一拢,就走到外头去。

阿婆仍是坐着没动,只朝她招手:"孩子,到我这边来。"

殷琤走过去,半跪在她身前,脸颊贴着她极瘦又极硬的膝盖。

"阿婆……"

是傩队救了她。

在最初逃离邺都的路上,流民似蝼蚁成群结队。缺水少粮,人命卑微得不值一提。她亲眼见到了饿死的人,就趴在路边的枯草中,脸颊深陷,瘦得皮包骨头,一双手扭曲得像干枯、萎缩的树枝,奋力地抓着一蓬带泥的枯草。那大张的嘴巴里,已经塞满了杂草。

那时她才知道,这人世有多苦。

她也曾乞讨过。跟随着傩队的众人,到每一户经过的人家门前,乞求一点儿吃食。

夜里常常被无底的饥饿唤醒,黑暗中她睁着眼睛,能清楚地听到远远近近的人痛苦的呻吟声。傩队中的少年们努力按着肚子,不让那空虚的轰鸣声吵醒其他人。

这样的日子,直到他们进了城才稍稍好转点儿。比起流民,城中的百姓大多家有余粮,日子还不见得那么难熬。

靠着傩舞,他们渐渐能赚到一些粮食和银钱。当阿祈把得来的铜钱塞进她手中时,那种感觉真是难以言喻。父皇赏赐过她许多珠宝奇珍,却都不如那小小的几枚铜钱叫她开心。

傩队不止她一个人。

这里有阿婆、明红、阿祈、如亮、小乐……

"……我走了。"

她刚要站起身，阿婆突然按住她的肩，用苍老的手托起她的脸颊："玚玚，顾着你自己就好。"

"什么？"

殷玚一怔，就见阿婆低下头，压低了声音说："你自己逃。其他人，阿婆自有办法救。"

"可是……"

"不要想着用自己来换。"阿婆矍铄的眼睛紧紧盯着她，眼神中带着少有的严厉，"一个女孩，要立得住。听着，你若是不听话，老婆子就自己了断，省得你费心！"

"阿婆！"

殷玚惊骇不已，还想说话，外头周义星就在叫："该走了，玚玚姑娘。"

阿婆把她一推："去吧。记住我的话。"

殷玚惊疑地走出门，她心神不定，连周义星为她披上斗篷都没感觉。

游廊弯弯，他们穿过后园，来到一座独立的小楼前。楼中灯火通明，二楼的花厅中时不时传出男女的笑声。跟着周义星走上楼梯，就见两男两女围坐在酒桌旁，正行酒令，乐得不可开交。

趴在涂敬之肩上的飞绣第一个发现他们，她娇媚的笑半收不收，轻轻一推涂敬之："喏，大美人来了。"

其他三人闻声注目看过来，见殷玚冷冷立在栏杆处，雪肤朱唇，好似夜昙幽绽，不由得愣了下神。直到飞绣轻哼出声，涂敬之才反应过来，亲自起身过去迎接："玚玚姑娘来了，快坐！"

他本来是想扶她的手臂，但见她幽静的眼眸微抬，他竟不敢触碰，下意识地就退开了点儿。

殷玚解下斗篷，回身交给周义星："有劳了。"

然后她才回眸看向涂敬之，水眸流转，目光移向主位上捻着细髯微笑的彭仲。

这一路上，阿婆说的话一直在她脑中回响。她反复思量许久，还是不知道，到底该怎么做才是对的。

惶惶的一颗心，却在踏入这栋楼时忽然定了下来。

从小到大，她总是太过柔顺，好像谁都可以随意揉捏。在邺都郊外，她被两个侍卫冷嘲热讽，将那个可怜的孩子抛下；在山谷中，她毫无选择地接受了自己被抛弃的

第四十三章

命运，独自走向死路。

现在呢？

她是要做那为恩人、友人勇于牺牲的大义女子，还是做自私自利只为自己脱身的小人？

她心中已经有了答案。

一袭绯红长裙的少女眼睫轻颤，似蝶翼振动，剪水双眸落定在彭仲身上，突地嫣然一笑。

这一笑，宛如团簇着白雪的红梅，在簌簌轻颤中抖落了蓬松细雪，绽出一抹娇艳丽影来。

"民女拜见大人。"

她展开长袖，盈盈拜下。柔软的身姿好似在无形的风中微微摇曳，举手投足间优美如画。

彭仲全然忘了自己还捏着胡须，手臂一动，顿时被拽得生疼："哎哟！"他这时却顾不得自己的狼狈，眼睛紧紧盯着殷琤，忙不迭地说："好好好……琤琤姑娘，快到这边坐。"

殷琤没有动，只是看了看一旁的涂敬之和周义星。彭仲的目光跟了过来，涂敬之立时识趣地笑道："大人有三美相伴，下官就不打扰了。这就先告退。"

"去吧去吧。"彭仲挥挥手，"敬之，你的好本官都记在心里，回头再说。"

涂敬之笑了笑，转身下楼。

周义星迈下楼梯时，忍不住又回头看了眼。

只见着那红衣少女款款行到桌前，拎起一只酒杯，声音迷迷蒙蒙，半是天真半是娇俏地问："这喝的是什么呀？"

他心下有点儿释然，又带了点儿惋惜。权势当前，就是他这等八尺大汉也得低头，何况她一个弱女子？

周义星下了楼，按照涂敬之的吩咐，把周围的衙役随从都撤走了。

楼上的酒桌旁，飞绣嗤道："自然是酒喽，难不成我们陪大人坐着，光喝茶吗？"

殷琤已经举起了酒壶，打开壶盖，细挺的鼻子轻轻嗅着酒香："我知道是酒啊，就不知是什么酒。哎呀，这甜丝丝的香，闻着好似玉桂秋。"

飞绣一愣，这酒喝着特别香，她却没打听过是什么名字。

一直没出声的墨云神色讶异："……确实是玉桂秋。"

玉桂秋是洵阳的名酒，用新采的桂花和着天福山中的泉水，经过烦琐的工艺酿制而成，再窖藏十年后，一坛酒方才成功。这酒多是用来上贡邺都的，余下的送送上官们，就留不下几坛了，可算是难得的珍品。就是县令涂敬之自己，平时也舍不得开坛。这次为了巴结顶头上司，他真算是花了血本。

不只墨云惊讶，连彭仲也诧异："琤琤姑娘竟知道这种酒？"

"以前喝过几次。"

殷琤轻描淡写地说着，稍稍看了墨云一眼。然后随手倒了一杯酒，自顾自喝了。

她喝酒的姿势极美，长袖稍稍滑落，露出一小截玉似的手臂。被美酒的醇香熏染，那一双美眸就愈发迷蒙，好似笼着虚渺的水雾，更显楚楚可怜之态。

只听她吟唱地说："素娥奔月，玉桂秋落。饮了好酒如何能不兴舞？哪位姐姐能和首歌，让我为大人舞一曲，可好？"

"好极好极！"彭仲兴奋地击掌，"飞绣，你来唱！"

"哎呀大人，"飞绣扭到他身边，"您这不是臊奴家吗？谁不知道在洵阳，墨云的琴曲才是一绝啊！"

"哦？"

彭仲探眼看过来，墨云只好说："奴家的琴没带在身边，就为琤琤姑娘清唱一曲吧。不知姑娘要跳什么舞？"

殷琤认真看了看她，略作思量，微微一笑："就跳《踏月》吧。"

姮娥踏月，又怎会在这浑浊的人世间逗留？

墨云的面色再度微变，但她什么也没说，只是拔下发间玉簪，轻轻敲着酒杯。

玉声清脆，叮叮入耳，她就唱道："人影窗纱，是谁来折花？折则从他折去，知折去，向谁家？檐牙，枝最佳。折时高折些。说与折花人道：'须插向、鬓边斜。'"

在她起歌的同时，殷琤旋身而舞。

红裙翻飞，水莲光动。她用长袖遮住半边脸，只露出一双眼睛，袅娜纤腰堪堪弯下，颈项优美，似在躲避什么。舞步渐趋激烈，她急急旋转，间或仓皇奔逃，在花厅间舞出一片叫人目不暇接的倩影。

到她终于和缓下来，在清幽的歌声中踽踽独行，怅然行至窗边，推窗观月，长吟："十轮霜影转庭梧，此夕羁人独向隅。未必素娥无怅恨，玉蟾清冷桂花孤。"

一舞终了，花厅中酒气熏熏，气氛却不似片刻前的欢快，反倒显得凄怆悲凉。

墨云低垂了眼，连飞绣都抚着酒杯，久久不出声。

只有彭仲眼醉、心也醉，两眼发光地站起来，晃晃悠悠走向窗边："琤琤姑娘不仅人长得美，舞也跳得这样好，清绝出世，真好比踏月姮娥。"

他说着就去摸她的腰，殷琤却忽地回过身，肃然低喝："退下！"

这一声的威严叫他猛然一惊，不由得退开几步。但他随即醒悟过来，恼怒起来："你再说一遍？"

殷琤轻蔑地笑了笑，一个字都没说，手掌在窗台上用力一撑，整个人就翻了出去！

只听着下方传来坠物声，彭仲这才大叫出声："啊！"

他慌忙冲到窗前，夜色中什么都看不清。他大声呼唤周遭的侍从，没听到人应声，他就转身冲下楼去，不停叫："来人！来人！"

被这突变惊呆了的飞绣愣了愣，连忙跟上去："大人！慢点儿！奴家给您提灯笼！"

只剩墨云一动不动地坐在位子上。

她知道那女孩不同寻常，却没想到她竟这般刚烈。

好一会儿，墨云才站起身，脚步沉重地走到窗前。

那一跃是何等的决绝，又是何等的自在！

她心里头竟是羡慕的。

羡慕对方的勇气，更羡慕她的不受束缚。

有时候，能自由地选择死亡，又何尝不是一种幸福呢？

有那么一瞬间，她也想纵身跳下去。

却在此时，一双雪白的手从窗外的黑暗中探出，猛地攀在了窗台上。随后出现的，是那张比芙蓉更娇艳，又比白梅更矜贵的清丽面容。

夜色沉沉，东厢房中，明红正在灯下垂泪。阿婆微垂着眼帘，不知道在想些什么。

"砰！"

门板霍地被撞开，明红吓得躲到阿婆身后，惊惶地瞪着气势汹汹闯进来的倩役。他们一句话也不说，就把房间翻了个底朝天。

周义星紧跟着出现在门口，他神色凝重，看着手下搜寻着房中可能藏身的每一个地方。

"大人，都没找到！"

听到倩役这样回报，他的眉头愈发皱紧，朝阿婆抱了抱拳："大巫，得罪了。"说完，他一挥手，"把她们带走！"

眼见衙役们就要上前来，明红害怕极了，紧紧揪住阿婆的衣袖不放。

"老身自己会走。"阿婆把她往身边拢了拢，"莫吓着我的小孙女。"

对于这位小有名气的巫祝，衙役们多少还存着些敬畏之心，行动上并不敢太过分。此时听她这么说，又见周义星点头应了，他们就围在后头，簇拥着她们祖孙俩往外走去。

她们被带到了议事厅中。

郡守彭仲铁青着脸坐在主位上，右首的县令涂敬之脸色也很不好。

傩队的少年们被押跪在地上，阿祈梗着脖子不肯低头，正跟反扭着他双臂的吏卒较劲，一转头就见阿婆和明红走过来，顿时挣扎得更加厉害。

"阿婆！"

阿婆摆摆手，示意他莫急。只见她带着明红走上前，朝彭仲一礼："老身拜见大人。不知大人召我等前来，是为了何事？"

彭仲冷笑一声："不是说大巫法力高强吗？怎么连这点儿事也算不出来？"

"大人明鉴。老身只有在祭舞中才是大巫，平日里只不过是个年老体衰的老婆子罢了。"

彭仲愈发冷笑，见他面色阴沉，涂敬之连忙一拍桌子："不管你是大巫还是老婆子，本官问你，那个琤琤现在何处？"

阿婆一愣，转头看向一旁站着的周义星："琤琤不是跟着周县丞走了吗？到现在都还没回去呢。"

"哼！你莫要装傻！"涂敬之恶狠狠地盯着她，"那丫头胆大得很，竟敢偷走郡守大人的玉佩！本官已经命人搜捕她了，你们要是知情不报，或是窝藏女贼，可就与她同罪了！"

阿婆还没说话，阿祈就低吼："胡说！琤琤才不会偷东西！分明是你们诬赖她！"

"小子放肆！来呀，给我掌嘴十下！"

一个差役应声过去，抬手"噼里啪啦"打了阿祈十来巴掌，直把他打得双颊红肿、嘴角流血。明红低叫着捂住了眼睛，其他少年都敢怒不敢言。

阿婆的手指抖了抖，到底忍住了没出声。

等这短暂的刑罚结束，她才再次开口："大人，我们一直待在房中，确实不知道琤琤去哪儿了。假若她真偷了大人的东西，那她更不会回头找我们，恐怕早就逃出府衙了。"

这一点，涂敬之等人自然也想到了。只是他们把府衙翻了个遍都没找到人，彭仲一股恶气憋在心里没处撒，自然要找傩队的人麻烦。

140

"按你这么说，琤琤就自顾自逃了，不管你们的死活了？"彭仲讥讽道。

阿婆叹了口气："这也不无可能。毕竟，她加入傩队的时间不长，平日里跟大家也不亲近。"

"是吗？"

彭仲摸了摸胡须，一双奸狯的三角眼微微闪动："可依我看，琤琤不像是那么绝情的人。连街上的小孩儿她都要顾着，难道还会不顾你们吗？"

说着，他一瞥涂敬之："将他们都关到牢里去。贴出告示，要是琤琤三日内不投案自首，就将这些装神弄鬼骗钱的东西都杀了，以儆效尤！"

厅中众人都是一惊。周义星刚要说话，就被涂敬之用眼神警告住。

"大人！"

阿婆扬声道："就算琤琤偷了东西，也跟其他人无关啊！大人为此就要杀人，是何道理？再说了，傩队何曾装神弄鬼骗钱？这……这简直是强加的罪名！"

"呵呵，本官还需要给你们强加罪名？涂大人，你把他们请到府中，是干什么来的？"彭仲冷笑。

涂敬之恭敬道："下官是见旱灾伤民，听说这位大巫法力高强，这才想请她来祈雨。"

"哦，那就让他们祈雨。若是不成功，这伙人就是十足十的骗子，趁灾敛财，心肠狠毒，不杀不足以平民愤！"

"大人说得是。"

彭仲满意地笑笑，看向阿婆："如何，你敢升台祈雨吗？"

"老身还有别的选择吗？"阿婆眼神一肃，"既然要祈雨，就容不得轻忽。五日后乃壬水日，正是昆仑之水自天而降的时候，当在那一天祈雨，方能得上天眷顾。"

"说的跟真的一样。好，就定在五日后。我倒要看看，你们是不是真能求下雨来！来人，把他们带下去！"

这一夜，彭仲的好心情都被毁了个彻底。起初是被殷琤跳窗的举动惊吓到，后来发现楼下的草丛里根本没有人，只有一双绣鞋，就愤怒难平。又找了许久的人，到这时候，他着实是有些累了。

看他捏着眉心的疲惫样子，涂敬之小心地开口："大人回去歇息吧，余下的事，下官来安排就是。"

彭仲点点头，刚起身走到门口，忽听得外头有惊叫声传来。

周义星立刻出去大喝道："何事惊慌？"

不一会儿,就见一个差役匆匆跑过来,禀报道:"傩队的两个小子突然袭击我们,翻墙跑了!"

"混账!"

彭仲大骂:"都是些废物!还不快去把他们捉回来!"

另一头,武威郡。

武威郡的东边是浩瀚的腾格里沙漠。一到夜里,炎热的沙漠就迅速降温,冰冷的风从沙丘上吹过,夹带着的沙砾落在边界的城墙上,发出如细雨般的窸窣声。

殷琰站在窗前,望着外头幽静的夜空。

戴胜坐在灯下,拿着把小刀,饶有兴致地修理着他那副恶鬼面具。

这是他们带兵戍边的第三天。

距离此地五十里外的绿洲中,乞伏部的人马正不断会集,威胁着这道脆弱的边界。奇怪的是,他们却一直没有行动,只是每天派一小队人过来骚扰一番。

"他们到底在等什么?"

戴胜正吹着鬼面上的木屑,听到她这句低语,就漫不经心地搭话:"如果你是乞伏部的头人,这仗你会怎么打?"

"如果我是述异的话……"殷琰沉思稍许,慢慢说道,"乞伏部跟拓跋部水火不容,为了防备拓跋部,我不会把所有兵力都投在进攻武威郡上,必定要留一部分守卫王庭。武威郡的兵力不足,应该趁西海公无暇顾及这边的时候,速战速决,用最快的速度攻下武威。以此为据点,再北进张掖。"

"是啊,若是要打,就在一个'快'字。可我们到这儿好几天了,他们却没有实质性的进攻。"戴胜抬起头,"这只有两种可能,第一是他们现在没有把握攻破武威,因此要等更好的时机;第二……"

他稍稍迟疑,殷琰就明白了他未尽的意思:"你是说,绿洲上的那些兵马,只不过是个障眼法,他们真正的目标,并不是武威郡?"

戴胜点点头:"我们马贼也常用这种声东击西的方法,非常有奇效。不过绿洲那边的兵马已经有近万人,如果这么多人都只是障眼法的话,那他们的目标该有多大?"

殷琰快步走回到案前,摊开羊皮地图。

"乞伏部东临羌境,西接武威,北边是死敌拓跋部,南部则是雍州,可说是四面环敌。"正因如此,不甘被困的乞伏部才一直想要破开这"围城"。

142

"他们若不攻打武威，又能从哪边下手？"

不管是拓跋部、雍州宇文氏还是羌人，都不是好惹的。只有凉州这条狭长的河西走廊，位置奇佳又兵力不足。

"我也这么想，武威确实是他们唯一的出路。"戴胜起身走过来，"这样分析的话，障眼法的猜测就不大可能成立。难道他们拖着时间，是因为现在还不到开战的最佳时机？"

话题就又绕了回来。

殷琰没出声，只是用手指勾勒着地图上武威郡的边界线。好半晌，她忽然问："戴胜，要进攻武威，一共有几条路可走？"

戴胜一愣："不就只有东部边界这条路吗？"

"不，还有一条！"

殷琰的眼睛盯在地图上，手指在一条蜿蜒的细线上划过，落在上头的一个小圆点上，"靖远城！"

戴胜探头一看，惊讶道："这不可能吧？靖远城背靠黄河，要攻入靖远，就得先渡河啊！"

"怎么不可能？干旱这么久，黄河许多河段都干涸了。趁这时候渡河，不仅风险小，而且守城的人肯定毫无防备。"仗着有黄河天险的保护，靖远城的防卫一向不强。以殷琰所知，靖远城虽然名为城，但实际上人口不过三千户，驻军也才五百多人。

"你真的认为乞伏部会攻击靖远？"

"以目前形势分析来看，可能性很大。"殷琰点着地图，"若他们攻破了靖远城，在武威就是一马平川了。我们不得不防。"

戴胜深思稍许，点头道："我这便传信给太守，叫他派兵去靖远。"

"不，我担心时间会来不及。我们这儿离靖远大约两百里，现在快马加鞭过去，天不亮就能到那里。"她心中已有了决断，语速就快了起来，"我先带人赶过去，你这边同时发信回姑臧！"

这却叫戴胜犯了难。

"……你要带多少人？"

他们这里统共不过几千人，要守着漫长的边界线，本身就已经人手不够用了。若再要分兵出去，外头那些虎视眈眈的陇西鲜卑恐怕就会伺机而动。

殷琰心知他的顾虑，就说："把你手下的马贼借我用一用就行。"

　　戴胜的那些马贼有近两百人，虽然跟着他们来这儿戍边，但到底有点儿野性难驯，跟原来的守卫时不时就有点儿小摩擦。

　　"行，我叫池山跟着你。"

　　戴胜立刻去找池山安排人手，殷琰自去点了马匹、兵器。

　　夜色中一队人很快集结在城墙下，戴胜交代了池山一番，才看向已经上了马的殷琰："孟明，一路小心。"

　　"嗯，我赶过去看看，若是我猜错了，那自然最好。我会尽快赶回来。"殷琰笑了笑，"倒是你，外头的恶狗指不定什么时候就会扑上来，你怕不怕？"

　　"怕得很！不过放心，我自有打狗的妙法！"

　　戴胜轻笑着退到一边，殷琰朝他颔了颔首，马鞭落下，当先冲向前。池山等人紧跟在后。

　　幽暗的天色下，繁星的光辉微微闪烁，一直铺向远处的天际。目送着他们远去，直至众人的身影被夜色完全遮掩住了，戴胜才转回头，吩咐身后的部将："走，点上一队人，去给鲜卑人找点儿乐子。"

　　声东击西？

　　嗬，这种手段，他们马贼玩得可溜了！

白首青云

第四十四章

天还未亮,黎明前的夜色沉暗如墨,既深又冷。掩映在黄土坡下的城门很小,看着只容双马并行。门边上插着的火把已经烧得差不多了,火光在黑暗中微弱地闪动,似乎随时都会被冷风吹灭。

寂静中忽听得马蹄声连绵而至,不多时,就见一队人马自土坡相夹的小道中奔来。跑在最前头的是个五官深刻的俊俏年轻人,他远远地看到平静的城门时,冷峻的神色就稍稍柔和了点儿。

"看来没什么事嘛!"

池山策马奔到殷琰身边,装模作样地扭着脖子揉着腰:"哎,一路上被你紧催慢赶的,老子累得腰都快断了。孟都尉,这你可得好好慰劳慰劳大家!"

殷琰看了他一眼,微笑道:"原来戴主簿临行前,是交代的这些吗?"

"……哎哎,不是!"池山一个激灵,"老大叫我全都听你的,我都照做了啊,孟都尉,你可别……"

"叫我孟明吧。"

殷琰莞尔一笑:"我知道大家都辛苦了。待进了城,再安顿大家休息。"

说话间,他们已经到了城门前。殷琰悄悄松了口气,看来靖远还没遭到袭击。她放慢速度,由着马儿小跑着前进。

众人停在门前数丈处,池山吩咐手下去叫门。那人上前用拳头敲了敲门,又大声叫了几声,里头却没有动静,仍是安静得很。

殷琰的眉头皱了起来。池山也发觉不对劲儿,索性跳下马,自己上去砸门:"喂!快来开门!外头来的可是都尉大人!"

他的嗓门很大,在暗淡的天光中不停回荡。门内却一点儿声息都没有,恼得他忍不住骂:"里头的人都死了吗?再不开门,小心我们把这破门拆了!"

他说得无心,殷琰却是心头一凛。难道城里出事了?要不然,城门这怎么会连个人都没有?连城墙上望风的士兵也不见了。

第四十四章

她盯着紧闭的城门,心中的疑虑和不安愈来愈深。最坏的可能,就是靖远已经被乞伏部攻下了。但城墙上并没有看到鲜卑人的身影,应该还不至于……

正当池山擂起拳头"砰砰"地砸门时,忽听得里头有人叫道:"外面是谁?"

池山大喜,连忙应道:"是新上任的孟都尉来了!快开门。"

里面的人安静了一下,随后说:"等着!"

听到有人应声,殷琰悬着的一颗心终于落定了。

但这一等却足足有一炷香之久,池山那点儿可怜的耐性顷刻间就被磨光了,烦躁地在门前来回踱步,时不时叫两声。

里头的人却没再出声。

"嘿,那小子开个门是开到天上去了吗?这么久还没来!"

"池山,少安毋躁。"殷琰安抚道,"我才刚上任几天,这边的人怕是还没收到消息,免不了要去跟城中长官汇报请示。我们再等等就是。"

这时候,浓墨一般的天色渐渐变得清浅,黑暗退去,朦胧的光线映照出城门的轮廓来。

殷琰看清了,城墙上插着一杆旗,写着一个古朴的"靖"字。

墙头上不知何时站了几个人,朝他们看了一阵,高声叫道:"下面的人,报上名号来!"

"在下孟明,乃端木太守新封的戍边都尉,刚从边城赶过来!"

殷琰上前几步,"我是来见何都尉的!"

上面的人沉默了一下,其中一人挥挥手:"开门,让他们进来!"

城门打开,众人缓缓策马走进去。殷琰立刻注意到,开门的士兵呼吸急促,满脸都是汗。

先前站在城墙上的人快步走下来,领头的是一个头发花白的老将。虽然年老,但他眼神矍铄、面上有神,行走间步伐稳健、气息沉静,看起来镇定从容。

他一抬眼看到殷琰的相貌,面上微微一怔,似乎有一刹那的恍惚,但随即就回过神来。

"孟都尉?得罪了,请先将印信拿来验一验。"

殷琰点点头,带着众人翻身下马,将印信凭证交给他。他翻看一番后,才拱手致歉:"老夫僭越了,都尉莫怪。"

"无妨,您这样谨慎,我反而觉得放心。"殷琰探询地看向他,"您是何都尉吗?"

却见那些守城的士兵面露悲痛之色，老将摇摇头，沉声道："老夫是城中守将于登高。何都尉他……已经殉国了。"

这话一出，众人都是一惊。

"出了什么事？何都尉几时殉国的？"殷琰急问。

"就在两个时辰前。有人渡河而来，假称是邺都使者，何都尉出城迎接，发现不对时已经来不及。那些人趁机闯进城中，好在冲进来的人并不多，我们关闭了城门，围杀了十多人，擒住了两人。"于登高一边说着，一边带着众人往都尉府中走去，"孟都尉来得正好，城中现在没有长官，士兵们都很惶然。"

"何都尉去得可惜。"殷琰叹道，"我来这里就是奉太守之命，协助守城，兵将们尽可以放心。多亏了你们反应快，没有让对方夺了城，不然整个武威郡都将陷入危险中。"

于登高讶然："太守早就料到会有人袭击靖远？"

"原先只是担忧。"殷琰转而问道，"于老还没来得及审问那两个俘虏吧？我猜，他们十有八九都是鲜卑人。"

"鲜卑人？"于登高一愣，随即反应过来，"是陇西的乞伏部？"

"不错。他们表面上聚集在东部绿洲上，暗地里却派人来攻打靖远，妄图从后方直袭姑臧。"

"原来如此，真是好险！"

这时，一个士兵匆匆奔过来："于将军，南城那边回报，说河上有数艘大船正从对岸驶来！"

于登高神色一凛："看来那些鲜卑人偷袭不成，想要强攻了！"他对殷琰说，"孟都尉一路辛苦，先去府中休息，老夫要到南城去看看。"

"我跟你一起去！"殷琰回头吩咐道，"池山，你去安排兄弟们休整一下，恐怕很快就要投入战斗了。"

"好，我这就去。"池山倒是跃跃欲试得很。他原先就担心跑了这一路过来，结果什么事都没有，那才真是没劲儿。

殷琰跟于登高上了马，奔到南城。

天空已经大亮，艳丽的朝阳挟着金红色的光芒从远处的山峰后钻出来，蓬勃的光辉映着下方宽阔的河道，粼粼光芒闪得人眼花缭乱。

殷琰站在城墙上，轻叹："想不到这里的河道竟缩窄了一大半。"

第四十四章

靖远城所处的位置，原本河道约有两里宽，现在水面却降了数尺，两边变成了干涸的河谷。

"连年大旱，我是眼看着河水一寸寸往下降的。"于登高颌下的银须在阳光下熠熠生辉，"不过对黄河沿岸的人来说，这却是因祸得福了。以前每到雨季，大雨倾盆、河水暴涨，堤岸往往被冲垮，百姓身家性命都难保。"

"可眼下，河水这样浅，连不善驾船的鲜卑人都敢渡河攻城了。若是河水泛滥，反倒能免得这刀兵之祸。"殷琰慨然，"福兮祸所依，祸兮福所伏。古人诚不欺我。"

"哈哈，孟都尉年纪轻轻，却有这么多感慨。"

于登高侧过头，仔细地端详着这位少年将军，只见他的侧颜轮廓优美，飞扬的眉角透着一股少年人特有的朝气，一双深棕色的眼睛明亮耀眼，意气风发得像是望着天下河山。这样英气又带着清艳之气的相貌，总是让老将恍惚间看到了某位故人。

"真像啊⋯⋯"

听到老将的低语，殷琰有些疑惑地看向他："怎么了，于老？"

于登高瞬间回神，爽朗笑道："没什么，人老了，免不了恍神。不过，老夫活到这把年纪，祸福都不放在眼里了。人生事大多难料，兵来将挡水来土掩，尽力而为便是。"

"于老说得是，孟明受教了。"

被他的豁达感染，殷琰心中不由得腾起一重豪气来。

这位老将虽然仅是城中守将，看着却有一股久历沙场的沉着风范。在那位未曾谋面的何都尉中计被杀的情况下，他却能保持冷静，稳住其他士兵守好城池，单凭这一点，就可见他的不凡。

"孟都尉方才说，太守大人早料到鲜卑人会来偷袭，那后续太守大人是否还会派援军来？我看都尉只带了两百来人，加上城中守军五百人，也不过七百多。这点儿人手，怕是应付不了下面渡河而来的敌人。"

殷琰无奈地笑了笑："不瞒您说，就算有援兵，一时半会儿也来不了。东线鲜卑大军随时都会出动，郡中的兵力大多派到边界去了。"戴胜虽然给端木辰送了信，端木辰手中却无兵可派。要等，也只能等从西平郡借兵，那就更不知要等到何时了。

于登高对这境况并不意外，他盯着远处缓缓驶来的几艘大船："看来，也只能靠我们自己了。"说着，他转身吩咐身后的兵将，"辰时一刻就全城鸣钟，将所有百姓召集起来，把情况都告知大家。按青壮、老弱、妇孺分配，每家至少出一个男丁编入行伍中。"

那兵将领命而去，殷琰看了一会儿，不由得奇道："于老这番安排，似乎是早就打算好了的。"那人听到时都没有半点儿异色。

"孟都尉有所不知。这靖远城中的百姓，本就是十多年来征战的军户落成的，他们平时为民，战时为兵，早就习惯了行伍配置。就算是老弱妇孺，也各有所司。"

"原来是这样。怪不得我入城时，看百姓们并无太多慌乱之色。"

"所以说，要守这座城，靠的可不仅仅是我们这不足一千人的士兵，更是城中所有百姓。"

于登高望向远方，阳光下他银发飘飞，苍老的脸上皱纹迭起，似千丘万壑，仿佛一尊镇守城池、饱经沧桑的石像，他喃喃道："或许，还有天意。"

彼时，魏兴郡的洵阳县，正在暗暗掀起一场隐秘的狂潮。

而殷琤，在自己毫无预料之时，就成了这狂潮的旋涡中心。

夜雾如烟，她独自在林中穿行。

四周的枝叶狂乱地摇曳着，一声声凄厉的哭号紧随身后。她跌跌撞撞地向前狂奔，眼泪挂在腮边，被夜风吹得冰凉。

泪眼蒙眬间，她的视野中忽然出现了一个人。

那个十来岁的少年，带着亲切甜蜜的笑，向她伸出手："姐姐，姐姐。"

是瑄弟弟啊……

她惶恐的心安定下来，又哭又笑地扑过去抓他的手："瑄弟弟，别扔下我，带我一起走！"

就在他们手指相触的瞬间，殷瑄的身影突然变得模糊起来。她什么都没抓住，趔趄地扑倒在地。再抬头看去，就见着殷瑄背对着她，一步一步，越走越远。

她想叫住他，却不知为何，一个字都发不出来。

瑄弟弟不要她了，再也……再也见不到了……

从今以后，她就只是一个人了。

孤独地活着，孤独地死去，再没人会在意。

胸腔中的空虚和茫然让她喘不过气来，眼泪止不住地落下，周围的黑暗愈来愈重，愈来愈深……

殷琤忽地从梦中惊醒。她紧紧抱着自己，觉得浑身的抖动都停不下来。脸上湿漉漉地难受，她用袖子轻轻拭去泪痕，软弱地叹了口气。

明明都过去这么久了，她还是会时常梦到那被抛弃的一夜。

那样的惶恐，无处可依的胆战心惊，至今想来，仍是噩梦一般。

已近巳时，一缕缕明亮到刺眼的阳光从门缝间透进来，落在屏风上，把上头绣着的一枝寒梅照得花瓣丝缕毕现，真好似一朵日下绽放的红梅。

殷琤怔怔看着，不由得出了神。

却听"吱呀"一声，墨云推开门走进来，从袖中取出一个冒着热气的纸包。

"来吃点儿东西吧。"

听到她的声音，缩在屏风后的殷琤才探头出来，略有些紧张地说："刚才飞绣来找你，把我吓了一跳。"飞绣来时，她慌忙躲到屏风后头，不知不觉就睡着了。

"不用理她，她总爱到我这里来找点茬儿。"

墨云给自己倒了杯酒，坐在一旁看她打开纸包，动作秀气地拿起里头的肉包子，一片一片撕着往嘴里送。

"告示已经贴出去五天了。午时一到，傩队就要在旬水畔向天求雨。你打算怎么办？"只剩一个时辰的时间了，墨云都替她着急。

殷琤的动作顿了顿："不怎么办。就等着向天求雨呗。"

"祈雨？"墨云冷哼道，"你看到外头的天气没？到现在都是天高气燥的模样，怎么可能会下雨？"不知想到了什么，她嘴角勾起嘲讽的弧度，"陛下还在时，年年都求雨祷告，也没见上天降下恩慈来。什么向天求雨求福，都是骗人的东西。"

殷琤静静听着，忽然间胃口全无，怔怔地盯着手中的包子出神。

"是啊，都是骗人的东西……"

父皇的圜丘祭祀，没见老天有什么恩赐，反倒是招来了一场刺杀。那之后，祸事一桩接一桩，她在其中就似一片身不由己的落叶，每一回浪涛卷起，都不知道自己会被带到哪里去。

见她神色惨淡，墨云不由得软了语气："依我说，你还是逃吧。我找机会把你送出城去，现在还不晚！"

"不行，"殷琤想也不想就拒绝了，"若是我不出现，阿婆他们就凶多吉少了。"那告示说得明明白白，整个傩队的性命都系在她身上了。

墨云有点儿恼了："你去也只是自投罗网！既然不肯走，当时又为什么要假装跳楼逃跑？"

当她站在窗边时，才发现这个让她既羡慕又钦佩的少女就挂在窗台上，一双眼睛

中的光亮柔软动人,叫她不由自主就伸出双手,把她拉了上来。之后就跟着了魔似的,把她装扮成贴身婢女,带到自己房中,一直藏到现在。

这中间担了多少风险,她每每想来都觉得胆战心惊。但奇怪的是,她心里头却不见半点儿后悔。

殷铮放下手中的包子,抿了抿唇,才说:"我不想受那样的屈辱。墨云,我可以坦坦荡荡地死,却不能再遭受那样的事了。"

墨云的心登时一颤。她忍不住揪紧了衣袖,像是要借此止住那股涌上喉间的心酸——这样的话,她也曾对自己说过。

两个人安静了一会儿,殷铮轻轻呼出一口气,抬头笑道:"其实也不用太忧心,我也并不是一无所靠的。墨云,明日求雨时,你能把我带进去吗?"到万不得已时,她还可以说出自己的身份。哪怕到时候会被送往邺都,祸福难料,也比这时候好。

墨云端视她半晌,低声道:"如果……你有救命的筹码,那一定要在众目睽睽之下拿出来。若不然,只怕会被暗地里灭了口。"

"……我明白。"

殷铮知道,她的公主身份一旦曝光,彭仲很可能会为自保而杀她。到时候死无对证,她身上又没有凭证,而现在的邺都中恐怕也不会有谁在意她的死活。

她习惯性地摸了摸自己的头发,却是秀眉一皱:"哎,怎么脏成这样了?这可怎么见人哪?"其实一路上缺水这样严重,她也没什么机会清理自己。这几天在这闺房中躲着,什么都要小心,自然不敢放心清洗。

墨云笑了起来,说:"你在这儿等着,我去弄点儿水来,给你洗个头。"

看她转身出了门,殷铮的神情渐渐淡了。她轻轻叹了口气,垂目看着自己的手掌。半晌,她伸手到怀中,摸出一柄匕首来。

那个少年的叮嘱仿佛还在耳边,她却已经没有机会把匕首还给他了。心中陡然一阵伤感,但她随即又觉得释然:自己的金锁交给了那个善良的少年,总好过她死后金锁落入其他人手中。

正想着,墨云已经端了水进来。

殷铮手中的匕首来不及收回,慌乱之下就落到了桌上。

墨云看了一眼,什么都没说,只是把水盆放在桌上。

"来,我今日心情好,就服侍你洗头吧。"

殷铮一愣:"不需要这样,墨云,你救了我的命,怎么还能让你帮我洗……"

第四十四章

"行了！"墨云柳眉一拧，喝住她，"莫要耽搁，把头伸过来！"

殷琤被她突然的脾气吓了一跳，两个人互相看了看，忽然都笑起来。

"好好，都听你的，我把头伸过来，你要砍了都成。"

墨云一边解开她的发辫，一边嗤笑："我要你这脑袋有什么用？你还是自个儿留着吧！"说着，她将殷琤的头发放进盆中，用布巾带了水浸湿，动作轻柔地按揉着她的头皮。

"墨云……"殷琤的眼睛只能看到面前的脸盆和水，"我一直想问，你为什么愿意帮我？"

那夜她只是觉得这个美人似乎有点儿来历，不仅对玉桂秋那样的酒毫不陌生，而且举手投足间还有自己熟悉的礼仪风度，这才会向她求援。

好一会儿墨云都没出声，只是静静擦洗着她的头发。就在殷琤以为她不会回答时，她忽然低声说："或许是因为，我曾经也希望有人能帮帮我。"

殷琤若有所悟，静了一静，正要说话，却听门板"砰"的一声被撞开，紧随而来的是飞绣得意的声音：

"哈，墨云，这回可让我逮着了吧？你在屋里藏了什么野男人……"

刹那间时间都似静止了。

飞绣愣在门口，张大了嘴巴瞪着屋中的两人："你们……"

还是墨云最先反应过来。她立刻冲上前，一把将飞绣拽了进来，然后迅速关上了门。

殷琤惊得站直了身，头发上的水"滴滴答答"地往下落。

三个人面面相觑，片刻后，飞绣终于找回了自己的声音："墨云，你疯了？竟敢窝藏这丫头！要是被大人知道了，你怎么死的都不知道！"

墨云不答话，只是反手抓起殷琤放在桌上的匕首，用力拔出，寒光凛凛映着飞绣的脸。

飞绣骇得脸都白了："你你你……你要做什么？"

"飞绣，"墨云的声音压得很低，"你说得对，这事要是被其他人知道了，我就只有死。"

飞绣僵着脸，好半天才挤出一丝笑来："你怕我说出去啊？放心放心，我飞绣可不是那种人。"看墨云还盯着她不放，她不自在地转头看着殷琤，"琤琤姑娘，你洗头呢？我来帮你呀。"说着她就要到殷琤身边去。

墨云把匕首一横，挡在她跟前。她这时候已经定下神来，脸上的那点儿惊惧之色

早就散了,兀自撇撇嘴说:"够了啊你,我说了不会告密的,你还吓唬谁啊?"

一直没出声的殷琤笑了笑:"墨云,把刀收起来吧。我相信飞绣。"

"就是嘛!还是琤琤姑娘聪明。哎,大美人头发湿着也这么漂亮,真叫人嫉妒。"飞绣抬手来摸她的头发,"衣服都弄湿了,快弯下腰去。"

却见墨云放下刀,一伸手就把她推到一旁:"别碰她,你的手离她远点儿。"

飞绣这下可气不过了:"哎!你什么意思?你是官家小姐,我是婢女出身,我就要比你低贱一些吗?连碰碰她都不行?"

"在这里哪还有什么小姐、婢女的?"对于她的愤怒,墨云毫不在意,只是拿起布巾,继续为殷琤洗头,"我从没觉得自己比你高贵。"

"那你还……"

飞绣咬住嘴唇,眼睛闪了闪,正要说话,殷琤却抓住了她的手:"飞绣,劳烦你帮我拿件衣服来。"

"衣服?哦,衣服!"

愣了愣,飞绣才反应过来,转身进了里间,在衣柜中翻找着。

只听墨云在外头说:"柜子最下层有个小箱子,把里面的衣服拿出来就是。"

飞绣蹲下身去,果然见到一只小竹箱,打开一看,却是一件朱红的云锦长裙。裙身以蓝紫丝线绣成八宝莲花图,绣工细致,精妙绝伦。她还未见过这般精美的衣裙,忍不住啧啧赞叹着,用手去抚摸那些美丽的花纹。

等飞绣捧着衣服走出去,殷琤已经洗好了头,坐着让墨云帮她擦头发。飞绣把裙子展开,语气中带了点儿酸意:"墨云,你待琤琤姑娘可真好!这么好的裙子,都舍得给她穿。"

墨云没有理她,偏头打量了下长裙,问殷琤:"好看吗?"

"好看极了。"殷琤微笑答道。

绣八宝莲花的云锦衣裙,至少也得是六品以上的官员家眷才有资格穿。

墨云点点头:"这是我娘为我的及笄礼准备的衣服,可惜没用上。这衣服还算干净,你就穿着它去吧。"

"……好。"殷琤柔顺地应道,"衣服很好,我很喜欢。"

飞绣没看明白:"你们在说什么?琤琤姑娘这是要去哪儿?"

殷琤微笑不语,墨云淡淡说道:"她要去送死。"

攻城！攻城！

随着渡河而来的十数艘大船一一靠岸，持刀负弓的鲜卑士兵陆续登上了河滩，在河岸上迅速集结起来。

靖远城守军因兵力太少，不能派人阻击上岸的敌人，只能眼睁睁看鲜卑人穿过干涸的河谷，在城外列阵布兵，准备朝城门发动攻击。

池山自然大为不忿，他们当马贼时都是饿虎扑羊追击对手的，哪里受得了自己当羊，乖乖等着敌人上门呢？他就一遍两遍地到殷琰跟前闹，非要趁着鲜卑人还没站稳脚跟的时候，带人出城去偷袭。

"孟都尉！孟大人！孟兄弟！"

任凭他怎么在面前晃，殷琰依然不为所动，兀自跟于登高商量着守城的具体安排。

因长久干旱，城外护城河的水极浅，已经失去了防护作用。即便吊桥高悬，这条浅浅的壕沟也挡不住敌人。于登高命人紧急在城外设下蒺藜道、鹿角木和拒马枪，并挖了三道陷马坑，以此阻击敌人。

但这也只是聊作弥补的举措。靖远毕竟已经多年未遭战祸，更别说是被人渡河攻城了。城内不只人少，守城器械也不够，只有投石车两台、强弩六架，短弓三百张。唯一可称道的，就是城内的百姓，几乎家家户户都备有弓箭武器。

她跟于登高两个人商谈许久，都认为单靠死守是守不住城的。

毕竟，到现在为止，登岸的敌人就已经超过了三千人。乞伏部显然对于靖远是势在必得了，他们后头可能还会继续增兵，用极大的兵力优势，在最短的时间内攻下城池。这场袭击来得如此突然，守军根本没时间做更充足的准备。

"这场仗，不只是为了守住靖远，更是守住整个武威郡和凉州！东线屯聚的五万多陇西鲜卑人，就等着靖远城破，好两线夹攻姑臧城。只要我们这里守住了，拖上十天半个月，把这些人都拖死在这儿，东线那边肯定会熬不住。没有这支奇兵配合，鲜卑人不一定能攻破戴主簿的防线。"

第四十五章 风雨欲来

"十天半个月？"

池山怪叫起来："就凭我们这么点儿人？还不如祈祷黄河发大水，把敌人都淹死呢！"

"如果老天爷能发下这样的大慈悲，那老夫逢年过节可都得用三牲来祭奠喽！"于登高笑着拍拍他的肩，"年轻人，求天不如求己，去把你的人召集起来吧。"

"啊？做什么？"池山不解。

殷琰轻哼一声："不是你一直嚷着要去杀鲜卑人吗？"

"可我说的是偷袭，现在……"池山望向远处，敌军基本已经都登上了岸，乌压压的一大片，"现在过去，那根本就是送死啊！"

"你怕了？"

被她这么挑眉一问，血气男儿池山哪还能忍得了？当下一挺胸膛："老子长这么大，就不知道怕字怎么写！"

"很好。你去把兄弟们都叫上，准备准备，我们要出城杀敌了。"

虽然疑惑，但终于不用龟缩在城内干等着了，池山还是兴奋起来，斗志昂扬地跑下了城楼。

殷琰跟于登高相视着笑笑，一起迈步走出去。

已近午时，日头正炙。城墙上的兵卒都肃穆以待，死死盯着远处渐渐靠近的敌军。却有一个人拎着酒葫芦站在城墙前，手上慢悠悠地拔开木塞子，把葫芦凑到嘴边，漫不经心地轻轻嗅着酒香。他身边有个八九岁大的小男孩，正努力踮起脚尖，攀在垛口上往外看。

"谢先生来了！"于登高加快脚步迎上前。

那灰衣青年转过身来，他生得清俊修长，肤色带着久经日晒的浅蜜色，看起来并不像寻常书生那般文弱。一双眼睑深凹的眼睛似能看透世情人心，眉骨高而挺，显得轮廓深刻清俊。

第一眼看去，他的容貌并不算突出，气质虽有几分儒雅，也不过是普通文士儒生的模样。只那一双带笑的唇却有几分邪气，叫人不由得注目。微微一笑间，就叫人不禁心头一凛。

当他看到随于登高一同前来的少年将军时，剑眉登时一挑，两只眸子霎时都胶着在殷琰身上。

殷琰骤然感觉到这一道炙热的目光，微带讶异地看过去。两个人目光相触，一瞬间，

殷琰只觉得这灰衣青年眼中似乎蕴藏着无数东西，却在他嘴角缓缓扬起的客气淡笑中，都尽数被压到了深处。

莫名地，她对他生出一种古怪的熟悉感，却想不起在何时见过。

窝在青年身边的小男孩也转过头来，兴高采烈地朝着于登高挥手："外公！"

于登高也看到了他，两道寿眉却是一皱，"小池，你怎么也跟来了？"

那孩子迈步跑过来，把手中拎着的布袋举得高高的："娘亲叫我送过来给您！"

"哦？铁娘送什么好东西来了？"

于登高接过袋子，打开一看，登时吓了一跳："霹雳弹？"

殷琰也不由得扬起眉，这霹雳弹她是听过的。

据说一些方士在炼丹时，意外造出了能炸破丹炉的厉害丹药，因其声音响如雷霆，火光蹿动如龙，被称之为霹雳丹，后来就被叫成了霹雳弹。只是虽然有这么个东西，但它不仅在炼制过程中极易爆炸，就算炼成后稍有不慎，也会炸个天翻地覆。不少人都被炸伤、甚至丢了性命，渐渐地就少有人敢再炼这危险的玩意。

故而于登高看到这一兜霹雳弹时才会这样吃惊。只见老人家一直慈祥带笑的脸立刻沉了下来："铁娘也太不知轻重了！这么危险的东西，居然让一个八岁孩子拿着！"

嘴里这么说着，他不悦的眼神却直接落到了后头倚着墙喝酒的青年人身上。那青年刚喝了一口酒，就被他的利眼瞪着，差点儿没呛着，只好把嘴里的酒迅速咽下去，出声表明自己的无辜："我可不知道这里面是什么，铁娘都没告诉我。"

于登高哼了一声，小池抓住他的手就开始撒娇："没事的啦，我娘都用软泥裹好的，弹丸不会撞到。外公，这里头有好几个可都是我做的呢！"

他的小脸上带了点儿得意，就等着被夸奖了。

可他不说还好，这话一出，于登高本来和缓了一点儿的脸色，瞬间又黑了："铁娘真是太不像话了！自己整天捣鼓这些古怪名堂也就罢了，你这点年纪，她还敢让你动手玩？也不怕你炸伤了手！不行，回头我定要好好教训她！"

被外公吹胡子瞪眼地训着，小池的笑脸就垮了下来。眼珠子转了转，他忽然盯着一旁的殷琰大叫："啊呀，这位大哥哥好眼熟！"

于登高一愣，殷琰微笑道："哦，真的吗？"

"真的真的！我见过你！"

知道他是为了转移话题在胡说八道，她故意逗他："在哪里见过？我记性还算好，如果咱们以前见过面，我是不会忘记的。"

"在梦里见过啊！"小池仰起头，一脸的天真无邪，"大哥哥还要教我骑马练剑做大将军呢！"

殷琰忍俊不禁笑出声，向于登高说："于老，您这小外孙，可真是机灵聪慧！"

"哼，就是顽皮捣蛋！"

于登高捏了捏小池的脸颊嫩肉，笑道："不过，有他送来的这袋东西，对咱们的计划就更有利了。时间紧迫，孟都尉，老夫这便去安排。你这边就让谢先生帮忙，这城内外的地形，谢先生都是熟悉的，就让他跟着你做事去吧！"

"原来于老早就准备好了向导。"殷琰点点头，"于老放心，我一定会按计划行事。"

见他神色平静，目光之中透着坚毅，于登高白须动了动，面露赞赏之色。这个年轻的都尉完全没有少年人的冲动任性，言谈间对局势战况的分析都十分精辟独到，显得老练成熟，丝毫不像是毫无经验的。短短半日的相处，就让人对他倍觉信赖。

"孟都尉办事，老夫哪还有不放心的？"

于登高哈哈一笑，"眼下忙乱，待赶走了敌人，老夫须得敬都尉一大碗酒。"

"得胜酒自然分外好喝。我就等着于老的酒了。"

微笑着目送这一老一少离开后，殷琰才转头看向身旁的青年："还未正式跟先生认识。在下孟明，敢问先生名讳？"

那青年正把玩着酒葫芦，听殷琰相问，就抬起头来。

"孟明，真是好名姓。"

他嘴角挂着淡淡的笑，忽然展开双臂，长袖挥动，郑重其事地向着殷琰行了个大礼："飘光似萤、玉隐为玒。在下谢玒，今日能得见孟都尉，实乃毕生幸事。"

殷琰微带讶异地扬了扬眉，随即上前去托住他的双臂："谢先生太客气了！孟某还要多仰赖先生的帮助。"

这人看着并不是那等浮夸的人，却突然行这般大礼，言辞更是隆重得简直像是刻意巴结，但他神色不卑不亢又坦然淡定，着实让人捉摸不透。

"只要都尉需要，谢玒必定知无不言言无不尽，竭尽全力相助。"这么说着，他把酒葫芦往腰间一挂，微笑道，"都尉请随我来。"

殷琰跟着他走下城楼，池山已经带着人在墙脚下集合完毕。两百多人马在烈日下静默等待，不同于靖远守军的紧绷，这些原班马贼们紧张中都带着点儿兴奋。

"好一支战意勃发的骑兵队！"

谢玒赞了一声，低声道："都尉准备带着他们去偷袭敌军？"

"不错。于老说你十分了解城外的地形,能带我们抄小路扑向敌人侧翼。"

"我的确知道几条小路。"他的笑意微微变深,"不过,除了偷袭外,都尉还得分出一部分人,去做另外一件事。"

殷琰怔了怔:"什么事?"

"靖远依着黄河,那些鲜卑人要增兵只能乘船渡河。我方才在上头看到,那些大船已经收了锚,启程往对岸驶去了。一趟三千多人,依您看,靖远最多能对抗多少敌人?"

殷琰苦笑:"靖远只是个边远小城,全城百姓加起来,也不过一万两千多人。对方却是训练有素的鲜卑士兵,双方差距太大。即便依靠于老的计划,也只能消解打头阵的这一批人。后面再来敌人,就只能硬拼了。我想,我们最多也只能撑住万把人。"

真是成也黄河,败也黄河。正因为有黄河天险在,靖远在防护上就掉以轻心了。没人想到敌人会从河对岸攻打过来,所以城池建得并不算牢固。一旦对方上了岸,靖远就会直接暴露在敌军的铁蹄之下。

"但据我所知,对岸还有三万鲜卑人,正四处抢夺船只准备渡河。"

这情报叫人心惊,殷琰一下停住了脚步:"消息属实吗?你又是如何得知的?"

"就在半个时辰前,我收到了对岸友人的飞鸽传书。"谢玑从袖中摸出一卷小小的纸卷,递给她,"因为雍州刘雄作乱,汉中王世子宇文渊正带兵围剿刘雄,双方争战之下,雍州自顾不暇。鲜卑人就趁这个机会,从雍州西北角入境,夺取了河岸边的小城会宁,收集船只渡河。"

宇文渊……

听到这个熟悉的名字,殷琰不由得恍了下神。当初她也是趁着雍州动乱、宇文渊离开天水郡后,才踏上了北上凉州的路。

"都尉?孟都尉?"

见殷琰捏着那纸卷并不打开,谢玑连唤了两声,殷琰才"嗯"了一声,打开纸卷看了看。

信中写的果然如谢玑所说,有三万多鲜卑人驻扎在城中,更提到此次领军的乃是乞伏部的左大将锗跋。为了尽快率兵过河,且又不愿引起雍州兵马的注意,因此锗跋行事很是低调,并没有在城中大肆劫掠,只是封锁了整座城,不许人进出。

殷琰的心沉了下来。情况比预料的更糟糕,这样一来,只有——

"必须毁了那些船!"

她看向谢玑:"你说的另一件事,指的就是这个吧?"

"都尉英明。"

谢玑微微一笑:"下一趟船靠岸时,就是动手的最佳时机。"

"两趟六七千人,我们还吃得下。"殷琰轻叹,"只是要毁十数艘船,人手怕是不够,该去向于老借几颗霹雳弹来。"

"这倒用不着。"

谢玑又伸手到长袖中,摸了摸,拎出了一个跟先前小池拿的布袋一般无二的袋子来。

"这里有二十颗霹雳弹,足够给每艘船都开上一个大窟窿。"

殷琰哑然,顿了顿才去接那个布袋:"我记得你方才跟于老说,铁娘没告诉你小池的袋子里装了什么。"

"是呀。"

不知想到了什么,谢玑突然开心了起来,那双深邃的眼睛狐狸般地眯着,"铁娘也不知道,我把她的丹炉都掏空了。"

洵阳城三面环水,呈狭长山梁状。城西骆驼项与黄坡岭交接,受旬水侵蚀而成的大片河滩好似一只巨大的金葫芦,千万粒沙石在碧空烈日之下闪着细微的光。浅浅的水流在河道中流淌,飘散得银光粼粼,映着两岸矗立的苍黄山岭。

正是白天日头最烈的时候,往常这个时辰,是不会有人特地跑到河边来的。今日的河岸却热闹非凡,只见城门内外人头攒动,男女老少一拨拨相携着赶到城郊,朝水边的祭台围去。

自从五天前贴出傩队大巫要祈雨的布告后,洵阳的百姓半是期待、半是怀疑地等着今日向天求雨的祭典。他们聚在祭台四周,炎日烧得人头顶发烫、汗水直流,燥热的气息从杂草稀少的地面上不停蹿出,不仅嘴唇干得快要裂开,连喉咙中都焦渴得像要冒烟。

旬水就在旁边,却没有一个人下去打水喝。所有人都昂着头,眼睛紧紧盯着面前的祭台。

祭台上并没有什么特别的,四四方方的一个土台,四角都摆着火盆。但在祭台下方,却堆起了高高的柴火堆,中间立着一根粗大的木柱。另一边,则是摆上了长桌,遮阳的布盖早早竖了起来。

吏卒们手握短刀守在周围,不让百姓们靠得太近。离午时只剩一炷香的时间了,一辆马车缓缓驶进来。

周义星上前打帘，县令涂敬之率先跳出来，然后再请太守彭仲下车。他们簇拥着彭仲到长桌后坐下，早就准备好的解渴汁水立时送了上来。

彭仲端着茶碗啜了一口，舒服地往椅背上一靠，眼睛看向涂敬之。

涂敬之会意，朝周义星挥了挥手。

周义星应一声"是"，转头命手下将傩队众人带上来。

自从那日逃了两个小子后，彭仲大怒之下，直接将傩队的人都关进了地牢，生生饿了他们三天。还是周义星暗地里让狱卒给他们送了点儿吃食，才没饿出人命来。到今日要上祭台了，周义星特地让人准备了好酒好菜，让他们饱餐了一顿。就连阿婆说求雨前必须得沐浴净身，他也一口答应了。

傩队中的少年们不免惴惴，大家都知道，要是祈雨失败，他们的性命就都保不住了。周义星的这些"善举"，更像是给他们临死前的一点儿小恩惠。

他们在差役的押送下走进场中，到长桌前向彭仲和涂敬之跪拜行礼。

涂敬之站起身："大巫，人人都说你法力高强，本官今日就要亲眼见一见。若你真能求得上天降雨，这等功勋，太守大人必定会将你奉为上宾；但若求不得一滴雨，那就别怪本官治尔等一个装神弄鬼、欺蒙百姓的罪名！再将你们通通绑上柴堆，以火祭天！"

这话一出，众人哗然。

尽管先前已经隐约有了猜想，但真听到要将活人烧死，百姓们还是面色骇然。

傩队的少年们更是吓得白了脸，胆小的几个瘫坐在地上，一时都起不来。明红却没有哭，只是死死地揪着阿婆的衣袖。

"大人！"

阿婆高声叫道："老身自幼祈听天意，为身边人消灾解祸，天意难测，岂能尽如人意？何况向天求雨这等大事！老身只能尽人事、听天命。若大人要以此治罪于我，老身年老体衰，死便死了。可这些孩子，不过是我在灾荒中收留的可怜人，大人要将他们烧死，难道真不怕天谴人怒？"

她声音嘶哑，最后一声厉色尽显，沧桑的面容肃穆威严，叫人不敢直视。涂敬之下意识地后退一步，有些不安地看向彭仲。

彭仲的脸色沉了下来，颔下的长须不自禁颤动了几下，才说："若不是那女贼偷了本官的东西，你们也不用受这些罪。只要她现在投案自首，无论求雨结果如何，本官都饶你们不死！"

一边说着，他一边打量着周围的人，想看到那个被他气恨交加地念了五天的少女。但眼睛所见的都是些平凡无奇的脸，滴着汗、喘着气，麻木地望着他。

彭仲忽然恼怒起来，猛地一拍桌子："她要是不出现，你这老巫婆就给她抵罪！其他人死罪可免，活罪难逃！"

"……多谢大人。"

阿婆躬身拜了拜，仰头望了下天色，"午时已至，老身这就升台了。"

差役送上他们祈神用的祭服、面具、旗幡等物，明红刚要去接，就被阿婆推开了。

"向天求雨，须得灵气上佳的人才能跳出舞之神韵。你们资质平庸，就莫要添乱了。今日，你们都在台下看着。"

明红一听就急了："阿婆……"

"住嘴！"阿婆厉声喝住她，目光扫向其他少年，"谁都不许闹！好好待着！如亮，看住她！"

被阿婆严厉的眼神惊住，明红呆在原地。如亮赶紧上前来，拉住了明红。他们都知道阿婆这举动的含义，此时神色惶惶，只能在心里暗自呼唤着那逃脱掉的两个同伴：阿祈、小乐，快来救阿婆啊！

阿婆披上祭服，又将青铜神人面具戴上，然后抓起挂满了铃铛、铜环的木杖，一步步走向祭台。她银发披散，佝偻的背影似乎瞬间变得挺立起来，叫人心生敬畏。

整个河岸都安静了下来，人们没有出声，只看着她登上祭台，站在台顶中央，仰天垂手而立。

明红推开了如亮，从差役手中抢过一只牛皮鼓，用力一掌击在鼓上。

"——咚！"

沉闷声响震动四方，台上的阿婆应声而动。她跳着庄严的舞蹈，口中念念有词，木杖的铜环、银铃相互碰撞，清脆声响应和着鼓声，韵律奇特，似有摄人心魄的感觉。

"遂古之神，伏献此身。离离旱祸，何由与之？日月相形，水火相生。阴阳有序，何由乱之……"

越舞越是激烈，她的低声诵念渐渐成了嘶声呼喊。一遍又一遍，苍山碧水，高台孤影，连高挂天空的烈日仿佛也被这狂乱的舞惊住，收敛了光芒。

擎着旗幡的差役忽然抬头，赫然发现原本垂落下来的长幡不知何时竟飘舞了起来。

"……风！"

他低叫起来,其他人莫名看过来,却见五彩的长幡一条条飞舞在半空中,在众人头顶上不停飘动。就在前一刻,四周还是一丝风都没有,热得人心头发慌。

这个异象立刻引来更多人的注意,百姓们惊奇地望着这一幕,随后就发现,不只是风,还有云。

原本的万里碧空,竟生出了片片乌云,将太阳都遮挡住了。

天地间刺目的光亮暗了些,无数人在窃窃私语:

"这是大巫召来的云啊!"

"要有雨了,要有雨了!"

涂敬之已经坐不住了,惊惧地抬起头来,看看天空,又看看仍在舞动的阿婆。

"难道真有这等奇事,她竟有呼风唤雨的神通?"

"慌什么?"

彭仲怒哼一声,"给我坐下!不过是来了几片云,等真落了雨再说什么神通!"

见他神色阴鸷,涂敬之不敢违逆,赶紧又坐回位置上,心里的惶惶却怎么也止不住了。他可没忘记,当初正是他提议用向天求雨的名头,把傩队给请到了府衙中去。要是这大巫真是奇人,一怒之下论起罪来,那自己……

涂敬之这边满心的慌乱不安,站在一旁的周义星也出神地望着台上,不知在想些什么。

眼看求雨有了成效,傩队众人不由得安心了些。在如亮的带领下,少年们各自拿了锣鼓旗幡,围绕着祭台开始舞动,以此应和台上的阿婆。

围观的人群中,两个脸颊脏兮兮的少年小心地探着头,观察着祭台周围的吏卒分布。

他们正是五天前逃走的阿祈和小乐。

那夜从县衙中逃出来后,他们并没能走多远,就被挎刀疾行的周义星堵在了小巷里。奇怪的是,他并没有将他们擒住,反而给了他们两套吏卒的衣服,让他们换上后逃去城中的一户人家。

尽管半信半疑,但阿祈还是决定赌一把,就按照周义星所说的换上了衣服。有了这层伪装,他们一路平安地找到了地方。那家的主人是个叫童妄的屠户,是周义星的结拜兄弟。童妄让他们安心待着,等祭祀这天再行动将傩队的伙伴救出来。

阿祈压着焦急等了几天,终于到今日才能混在人群中接近祭台。他虽然不知道周义星在打什么主意,但从这几日在童妄家进进出出的人来看,也约莫能猜到,他们恐怕是要搞件大事。

从阿祈和小乐的站位来看，这个方向到祭台的路线上，只有一名差役。这是童妄分派给他们的目标。

现在，就等着周义星发出信号了。

正当阿祈全神贯注地盯着周义星时，在他身后几丈处，一个头戴纱帽的女子一边朝身边的人低声道歉，一边向前挤过来。这样热的天，她身上却披了件灰色的斗篷，将浑身上下都遮挡住，只剩脚踝处露出的一点儿朱红锦缎，上头的莲纹栩栩如生。

时间在等待中一点一滴地流逝。

阿祈觉得自己的脚都站得发麻了，还是不见周义星有什么动静。

台上的阿婆片刻也不曾停歇，一直在舞动着。

天空中仍是挂着那么几片乌云，风虽然一直在吹，周遭却憋闷得叫人喘不过气来。

"阿婆的动作变慢了许多……"

小乐低声说："她累坏了，撑不了多久。"

阿祈点点头。这样的祭舞本来就极为消耗体力，更别说阿婆还要举着那支巫杖跳舞。

周义星到底在等什么？为何还不发号施令？

正当阿祈皱眉思索时，忽然听到明红一声尖叫："阿婆！"

闻声望去，只见阿婆舞到一半，忽然脚下趔趄了下，整个人就冲出了祭台。

在场的百姓都惊叫起来："糟了，大巫摔下来了！"

小乐低吼着就要冲出去，却被阿祈紧紧拽住："别慌，有如亮他们在！"

正如他所说，如亮等人就围在祭台边上，一听到明红的叫声，他们立刻就冲上去，在阿婆落地之前接住了她。如亮摘下她的面具，见她满头满脸都是汗，脸色苍白至极，显然已经累虚脱了。

这边的混乱还没平息，那边长桌后枯坐许久的彭仲却面色一喜，叫道："跳了大半个时辰，连一滴雨都没见着。哼！来人，把这老婆娘绑到柴堆上去，泼油，点火！"

方才这段时间，他心中说不忐忑是假。直到看到阿婆从台上摔下来，他的心这才定了。哪有什么奇术？真要有，陛下也不会死得不明不白。

听到这命令，差役们面面相觑着，却都没有动作。

"你们都聋了吗？没听到本官的话？"

彭仲怒目瞪向身旁的涂敬之，冷笑道："好得很，涂大人驭下有方，这些人本官竟然叫不动。怎么着，涂大人，还得本官求着你不成？"

"下官不敢！"

涂敬之慌忙起身，转头看了眼被众人围着的阿婆，就有几分迟疑："大人，真要将她烧死吗？这是不是有点儿……太残忍了？"

"哦，原来涂大人还是个心慈手软的父母官。"彭仲捻着胡须讥讽道，"这老婆娘自己先前都说了，求雨不成，她心甘情愿去死。没把这些小子一起烧死，已经算本官网开一面了。话说到这份上，就看涂大人怎么做了。毕竟，这洵阳县可是你的地盘。"

"……下官自然唯大人马首是瞻。"

涂敬之不敢再拖延，只好吩咐差役们："还愣着做什么？按大人的吩咐做！"

两个差役就拎着油桶将油泼到柴火堆上，另有人举着火把站在旁边等着，其他人就要来抓阿婆。傩队众人立时怒目挡在阿婆身前，连边上的百姓都往前迈了几步，沉默地盯着吏卒们。

涂敬之顿时也火了："谁敢闹事？都给我抓起来！"

"遵命！"

周义星站直了身，抬眼扫视着人群，目光在阿祈身上稍稍一顿，然后微不可见地点了点头。他握住刀柄，阿祈等人也默默伸手到袖中。

周义星的眼中似迸出了火星，他猛地扬臂，刀锋铿然出鞘——

"等等！"

　　骤然响起的女声拦住了周义星即将脱口而出的命令，他的手臂僵在半空中。抬眼望去，只见着人群分开，披着灰色斗篷的女子快步走上前来。

　　"太守大人要找的人是我！"

　　在所有人的注目下，她解下头上的纱帽扔到一旁，露出了那张叫人惊叹的丽容来。那身麻布斗篷掩不住她的风姿，少女明丽绝美的容貌似乎将黯淡的天色都映亮了些。仿佛做出了某种决定，她浑身都透着一股决绝的从容。

　　好一会儿彭仲才反应过来："快……快将她拿下！"他的声音都因为兴奋而发颤。

　　"慢着！"

　　殷琤喝住上前来的吏卒，只见她几步走到阿婆身旁，向明红和少年们歉意地笑了笑："辛苦你们了。"就伸手拿走了那顶青铜面具，正要转身登上祭台时，原本虚弱的阿婆突然伸出手，一把攥住她。

　　"阿婆？"殷琤以为她要阻拦自己，就低声安抚道，"没关系的，此事本就因我而起，自然是我一力承担。"

　　"不……琤琤……"阿婆喘着气，吃力地说道，"你去祈雨，多拖一阵时间。快了……雨就快来了！方才在台上，我感觉到了，风里有水的湿气，西边有彩虹出现，今日定能下雨！"

　　殷琤下意识看了看天空，乌云被风力撕扯开来，胡乱在空中飘荡，空气沉闷得让人喘不过气来。

　　真的——会下雨吗？

　　她不确定。但她相信阿婆。这段时间的相处，让她知道这位老人是何等的睿智，天时地象、百物生息，阿婆都有自己的道理和经验。

　　"我知道了，阿婆。"

　　殷琤直起身，莹白的手指轻轻抚摸着青铜面具的纹路。

　　"太守大人先前说，只要祈雨成功，就放了我们。"她慢慢踱了几步，眼睛盯着彭仲，

第四十六章 倾天一舞

"这话可还算数？"

彭仲嘿嘿笑起来："算数，当然算数！琤琤姑娘也想跳个舞来求雨？倒也可以，你的舞姿那样美，说不定天神看得开心，就降下雨露来。不过，要是不成功的话，又如何？"

"大人不是也说过吗？不成功，就活活烧死。"

她已经走到了祭台一角，说到这话时，她微微一笑，抬脚将火盆踹了下去。下方正是刚浇了油的柴火堆，火盆落下的瞬间木柴轰然燃起，蹿起的火焰足有一丈高，几乎燎到了她面前。

"若不成功，不劳大人动手，我自己从这里跳下去！"

不等彭仲阻止，她就戴上了面具，将身上的斗篷扯下，反手扔到了火堆中。灰色麻衣立刻被火焰吞噬，化为飞灰。

烈焰冲天，热风鼓荡，朱红锦衣似要与火焰融为一体。那纤细身姿柔软而动，面上却是双角四目的面具。她长袖舞起，衣袂飞扬，裙上的八宝莲花似在火光中次第绽放。

不知何处来的一声琴音如裂帛，刺得众人心头发痛。殷琤闻琴舞动，她的舞跟阿婆的截然不同，没有那种诡异的庄严，而是举手投足间都带着柔美，却又透着尊贵高傲。不断上升的热气扭曲了她的身影，恍惚间似一位神女在火中祭舞，如惊鸿游龙，婉转翩跹。长而柔软的乌发轻扬，一双雪白的素手像灵巧的白鸽，随心所欲地翻转招摇，散发出摄人心魄的美。

天地间都无声无息。

明明周围挤满了人，却没有一点儿声音。只有琴音，只有风声。

这样的安静，真好。

殷琤不知不觉地闭上了眼。

上回跳这支《祈天舞》的时候，是她到邺都外的明堂祭舞。

那时华音韶韶，光是给她伴奏的乐人就有数十个。她跳着舞，心里却想着在宫中听到的流言，关于阿玉跟宇文渊的婚事。那个永贞公主啊，心里装的就只是这么点儿事，在意的就只有那么几个人，父皇、母亲、瑄弟弟、阿玉，还有宇文渊。

她的世界是从什么时候开始崩塌的呢？

是离开明堂回城时，遇到的被活活饿死的流民？

是被生生撞钟而死的太子少师梁宪？

还是那场圜丘刺杀、那夜血腥宫变？

愤恨和不甘渐渐在心头堆积，一点一滴，像那燃起冲天烈焰的滚油，在寂静中烫蚀了她那时刻束缚着内心的理智之绳。

祈天……祈天！

她曾一遍遍地祈求上天。

在生死挣扎、险遭羞辱时，在丢失亲人、饱尝被抛弃的痛苦时，在她卑微地只祈求活下去、被欺凌得无路可退时，上天可曾回应过她半分？

舞者的颈项如天鹅一般优美地向后仰去，目光穿过面具狭小的空洞，望向上方愈发沉暗的天空。

"上邪！"

少女泫然欲泣的嗓音撕开了沉寂，一腔悲愤如火焰灼灼燃烧：

"上邪！我曾不负天地，实天地负我！山有陵，江水不竭，天地有序，胡不雨？"

声穿长空，重重黑云凭空牛化，互相盘卷缠绕，渐渐地蔓延至整片天空。原先在云后透着光的太阳此时被藏得严严实实，一点儿光亮都漏不出来。

骤然暗下的天色让彭仲都有些惊慌，他不由得站起身，看着祭台上停下了舞蹈、望天长歌的少女，心中忽地腾起了一股莫名的惊惧之意。

四周昏暗，众人的面貌都看不真切。唯有高台上的她，在翻飞的火焰映照下，明媚似火，仿佛要烧穿这滞闷的、无望的天地。

"上邪！看日月朝暮悬，望鬼神无眼！春无雨，夏雷不响，秋霜未落，胡不雨？"

好似望帝啼鹃，字字带血。连天空都被刺痛，乍然一声霹雳裂缺而至！

雪亮电光似利刃锋锐，将长空一劈为二，光芒映亮了幽静的山峰河流，映亮了惊骇的万民吏卒。所有人都后退了几步，敬畏地仰望着那一步步走到祭台边缘的少女。那张神人面具高傲冷漠地注视着下方的所有生灵，似要叫众生俯首。

"上邪！世道清浊难辨，良善尽受欺！天不助我，凭何叫天！凭何叫天！凭何叫天！"

连问三遍，终问得一声迟来的雷响轰落人间！

"轰——隆——"

震耳欲聋的雷声中，万众色变，刹那间，天黑如夜，一点儿冰冷寒意落在脸颊上：

"啪嗒！"

周义星不敢置信地抬手抹了下脸，指尖触到湿润的水意，他瞪大了眼，又看到一滴雨水落下，砸在出鞘的刀身上，沁出模糊的纹路。

"下雨了……下雨了！"

这样的低喃一声接一声,迅速扩大成高亢兴奋的欢呼。

长达数年的少雨干旱,整整八个月滴水不落。没经历过这种炙热煎熬的人,根本想象不到这一刻的喜悦有多强烈。人们奔跑着,跳跃着,相互拥抱大笑,笑到一半,又抱头痛哭起来。

雨水一滴接一滴,从慢到快,由少而多,渐渐密集起来。雷声轰鸣,闪电腾跃,倾盆大雨从天际浇泼而下,柴火堆上空跃动的火焰被雨点砸得无处可躲,仓皇无依。

慢慢地,被雨水淋得浑身湿透的人们从狂烈的喜悦中安静下来,再一次望向祭台。

那少女依然挺立。她的朱红锦衣并未软贴在身上,而是紧实地垂着。她似乎也在回望着众人,雨声淋漓,她抬起手,轻轻摘下了面具。

现在的这张脸,依旧雪白、美丽,却似云端的女神,高不可攀。

她居高临下地扫视着所有人,目光每过一处,百姓们就不由自主地俯身跪拜下去。到周义星、涂敬之和彭仲三人时,他们却兀自站着不动。

殷琤凝目注视着他们,柔婉的声音穿透雨丝,直落到他们心头上:

"我乃天之女!尔等为何不跪?"

似与她相和,"咔嚓"的霹雳声响让整片天空都颤动起来。

百姓们伏地大呼:"天女万岁!天女万岁!天女万岁!"

涂敬之膝盖一软,"扑通"跪在泥水中。彭仲的身子抖了抖,慢慢地跟着跪了下去。

周义星握紧了手中的刀,凝望殷琤几息,忽地握刀插入地面,单膝跪地:"天女万岁、万万岁!"

不远处,墨云按着琴,遥望着那朱红色的身影。少顷,她软绵绵地趴伏在琴上,眼泪跟着雨水一同滚落。

值得了。

那样干净的一件衣服,穿在那人身上,才没有辱没彼此。

这世上,总是有人能从地狱中走出来,活得无所畏惧。

自助者,天助之。

黄河畔,靖远城外。

刀光划过,似闪电一般犀利。鲜卑士兵向前仆倒,还未触到船板,就被人揪住了发辫,轻轻放了下去。等到另一侧的士兵慢悠悠地晃过来,等他发现不对劲儿时,那刀光已经凶狠地扑来……

"从这艘船的情况看,每艘船上留的人并不多,只有十多人。只要安排得当,要神不知鬼不觉地干掉他们不算难事。"

殷琰用刀尖在船板上轻轻划着:"现在还剩十三艘船,你们四人一组,各自袭击一艘船。速度要快!"

为了毁掉这些船,她从马贼队伍中挑了四十八个好手过来。现在池山带着一百多骑兵,正把第一批上岸的鲜卑人往预备的陷阱引去。对方的人数足足是他们的二十几倍,这任务的难度和危险性可想而知。殷琰等人在岸边的山谷里等了好半天,才等到第二批鲜卑人靠岸。候着大部队走了一段路,他们才偷袭了一艘船。

对于池山那边的情况,殷琰十分担心,只想尽快把这些船只炸毁,好赶去援助池山。

"那还有一艘呢?"其中一个人问。

"交给我和谢先生就行。"

那人面带怀疑地看了一眼谢玘,那不便行动的长袍大袖,刚想说什么,就被殷琰淡淡的一句话堵住了:"难道我还不能让你们认识到,以貌取人是多么愚蠢的事吗?"

那人立刻涨红了脸,默默地退到一边。

没有异议,安排完毕,各组人开始行动。

剩下谢玘笑眯眯地看着殷琰:"我们两个人要解决一艘船十几个人?孟都尉怎么会觉得,我有这么厉害?"

殷琰只是低着头,兀自整理着自己的袖口衣摆,以免在行动中碍事。

"谢先生留在这里吧,等我发信号后,再在底舱引爆霹雳弹。"

"……欸?"

"这里至少得有一个人。至于剩下的那艘船,我自己解决。"

边说着,她边抹了下刀,微抿的嘴角带着残酷的意味。

眼看着她跳下船去,谢玘怔了怔,才自嘲地打开葫芦,喝了一口酒:"哎,该说她太自大呢,还是太瞧不起我?"

此时,靖远城外的战斗已经展开。

身后"咻咻"的箭矢飞掠声不绝于耳,池山抓了弓,扭身回射一箭。额头上被划开的伤口鲜血淋漓,血珠混着汗水滑进眼眶中,刺得他用力眨了下眼。

在他们后方,鲜卑左大将锘跋一马当先,亲自领着数十个亲兵追向前。其余三千士兵跟在后头,距离渐渐被拉开了。锘跋却丝毫不在意跟主力分开,兀自紧追不舍。蜷曲的虬髯遮住了他大半张脸,只剩一双粗野的眼睛闪着兴奋的光。

第四十六章

打从雍州被羌人攻破后，乞伏部就心思蠢动起来。但羌人很快就被宇文氏赶出了雍州，又被萧家军在国境内一通折腾，羌王龟缩在王庭中不敢再造次。乞伏部等了几个月，才等到雍州再次动乱。头人述异看得明白，这次机会要是没抓住，等宇文氏稳固了雍州，再想对凉州动兵就难如登天了。

锴跋挥了挥手，亲兵们再一次搭弓射箭，戏耍似的恐吓着前头奔逃的众人。

靖远的情况锴跋早就查清了。对于这个只有五百守军的小城，锴跋可是半点儿都没将它放在眼里。以他好战的性子，在对岸小心翼翼地行事，就已经让他觉得不畅快了。因此他一开始就想直接渡河强攻，手下的汉人当户却提议用计骗开靖远的城门。那当户带了几百人趁夜渡了河，躲在城外的山丘后。自己则领了十多人穿上汉人的衣装，扮成使者前去叫门。

汉人当户的计策原本已经成功了，眼见着城门打开了一半，却忽然被一个老将拦住。那老将竟十分骁勇，单骑冲到城门处，挥刀斩杀了开门的几个人，重新将半开的城门关上。等那些鲜卑士兵从山丘后冲到城墙下时，只见着厚重的大门紧闭。不多久，城墙上的箭矢就如雨般飞落。

眼见计谋失败，鲜卑士兵们只好又退回到安全地带，发信号给对岸的锴跋，要大军渡河攻城。

早就等得不耐烦的锴跋立时拔营动身，第一批上了船。连等后头的部队会合都不乐意，登岸后就直接拍马整军。等看到那些汉人竟敢出城来挑衅时，他乐得抽出弓箭，像狩猎似的呼喝上前。

跑了这一阵，虽然锴跋并没有追得很用心，但这些汉人的灵活应变能力还是让他有点儿惊讶。不知不觉就已经接近靖远城了，高大的城墙就在百丈开外，日光照着上头伫立的士兵，长戈反射出锐利的光芒。锴跋眯起眼睛看去，却见前面的汉人们逃跑的速度渐渐慢了下来。

"啧！"

池山扭头避开射向自己后脑勺的利箭，朝地上啐了一声，就用力扯住缰绳，把身下的马儿勒得转过身，面向追来的鲜卑人。

"适才没完没了地射箭，有意思吗？是好汉，就真刀真枪地跟爷爷战一场！"

他直接用胡语吼出来，锴跋的亲兵们登时大怒，抬箭就要射他。

"住手。"

锴跋哼了一声："论好汉？土古里，你去跟他打！"

一个亲兵应声而出，拔出弯刀，傲慢地指了指池山。

"就这么个杂碎？"池山冷笑，"小七，你上！"

"……脏活累活就知道叫我。"

小七嘟囔着上前，同样拔出弯刀，脚后跟在马肚子上一踢，就朝对方冲过去。那土古里见状也不甘示弱，大吼一声冲出。不过刹那间两骑就冲到近前，刀光闪闪，双方都铆足了劲儿挥刀劈砍，凶狠得像是要将对手劈成两半。

一交上手，双方的力量差别立刻显现出来。小七毕竟不如那土古里粗壮，两刀相抵时，被对方用力一顶，整个人就刹不住势头，一骨碌从马上滚了下去。

土古里得意地笑起来，身后观战的锘跋大叫一声"好"。声音未落，却见小七像只滑溜的泥鳅，紧贴着马腹一转，就从马肚子下翻出来，头下脚上地挣身飞向土古里。毫无防备的土古里被他踹中了胸口，闷声落马。小七骑在土古里的马背上，朝他比了个小拇指，随即吹一声口哨，唤着自己的马儿一同奔回池山身边。

池山大笑着冲锘跋喊："鲜卑的好马我们要了！人太杂碎，白送我们都不要！"

锘跋哪里受过这样的奚落？气得把马鞭一摔，拔刀就要自己上场。边上的亲兵正要拦他，就听对面池山又叫道："哎哟哎哟，别急呀，你手下那么多人，就没一个能行的？动不动就老大出马，也太掉份儿啦！来来来，再叫一个出来比画比画！"

这下不用锘跋说话，就有一人鞭马冲出来："汉人小子，有胆就过来打一场！"

"嘁，就凭你，还不配让我们老大出手！"

池山身后的瘦高青年刚要上前，就听池山低声吩咐道："小猴，多遛他一会儿，他们的人就要到了。"

小猴看了眼不远处小跑着奔过来的鲜卑士兵，嘿嘿一笑："没问题，看我把他遛到死！"

他真是说到做到，跟方才小七的正面迎战不同，眼看着对方气势汹汹地冲杀过来，他快马过去，相距只有一个马身时，就把马鞭当暗器朝对方的脸砸了过去。在那亲兵大怒嘶吼时，他转身就跑。不管鲜卑人怎么叫骂、鄙视，小猴还是镇定地带着那亲兵转圈。时不时还找机会偷袭一下，激得那人恨不得将他剐了。

正闹着时，池山忽然大吼一声："冲锋！"

霎时，他带着的百多骑人马齐声喊杀，利刃出鞘，策马冲向锘跋等人。他们气势冲天，杀声震得人心惊，鲜卑人一时间都被慑住。那些亲兵脸色大变，立刻醒悟到，对方的人数比自己多了一倍。真要厮杀起来，己方绝对处于劣势。好在主力军即将赶到，只要稍稍后退，跟部队会合就行。

锘跋虽然心有不甘，但到底知道眼下没必要直撄敌人的锋芒，就恼怒地拨转了马头，往回奔去。这回变成他们被池山等人撵着跑了，而己方的主力发现他们的危机后也加紧冲过来，众多的脚步声震得地面都似在颤抖。耳听着身后的马蹄声越来越紧促、越来越整齐，即便是恼怒心恨的锘跋，也觉得有点儿不对劲儿了。

这些汉人是疯了吗？居然这样不要命地追过来……

他忍不住回头看了一眼，却见池山忽然勒住马，跟手下一起逃命似的转身飞奔离开。

锘跋还来不及惊讶，就感觉到整个大地都剧烈震动起来。沉闷的轰鸣声从地下传来，下一秒，他们脚下的地面就猛地坍塌了下去！

原本坚硬的黄土地竟软烂如沙，气喘吁吁赶过来的鲜卑士兵都反应不及，一时间人仰马翻，惨叫声喧天不绝。

"干得好！"

差点儿跟鲜卑人一起掉进地坑的池山抹了下脸上的汗，兴奋地低吼一声。

小七一脸的惊魂未定："天哪，真的是把整片地都挖穿了？于老将军到底是怎么办到的？"

"不用全部都挖穿。这下头本来就是直通河边的水道，于老就是带人把干涸的水道挖得更大些。"

殷琰和于登高商讨这计划时，池山就在一旁听着。于登高命人将水道向上挖，跟地面之间只隔着一层薄薄的泥土。他叫人用木柱支撑住水道顶部，把绳索绑在木柱上。等到鲜卑大军走到这位置时，经受数千人踩踏的地面已经变得非常脆弱。士兵们再一同拽动绳索，将木柱一同拉倒，失去支撑的地面就会瞬间塌陷，把敌人活捉。

这时，他们身后的城门迅速被打开，一身戎装的白发老将当先冲出。跟在他身后的不仅有数百的士兵，更有从百姓中选出的一千多青壮男子。

"全军听令！杀！"

这句极具威慑力的命令一出，所有人都心神一凛。池山跟着收敛了神色，肃穆地握紧了手中的刀。

一场毫无悬念的战斗就此展开。

鲜卑人陷在地坑中，根本没有还手之力。厮杀声激荡了尘灰，连天空的烈日似乎也被遮蔽了，天色渐渐变得昏暗起来。

　　锴跋想不到这场战役会是以这样的方式开始,更想不到竟会以他们惨败而结束。直到丧命在池山手下,他也没想通,自己为何会止步在这座防守薄弱的小城前。

　　殷琰和谢玘赶到时,盔甲带血的于登高正领着人救助伤患。池山的右肩被划了一刀,他却高兴得很,一见他们就叫:"孟明,快来瞧瞧,那个什么大将成了我的手下败将!"

　　殷琰瞥了眼他的伤势,"先不说这个,快回城去!"她叫两个人架起池山,转头去跟于登高说,"于老,第二批鲜卑军就要到了,我们先退回去!"

　　这个陷阱只能用这一次。接下来,才是一场真正的硬仗。等鲜卑人看到前军被尽数歼灭,必然会不顾一切地疯狂攻城。殷琰他们虽然已经炸掉了那十多艘船,但对岸那边还在备船,敌人随时都可能会继续渡河增兵。正是因为形势如此严峻,于登高才不浪费时间接收俘虏,而是最大限度地减少敌人的数量。

　　于登高收兵回城。等他们再站上城楼,就见着远处的鲜卑军队正缓缓向这边移动。这情形早在预料之中,城中的军民都忙着为接下来要面对的守城之战做准备。

　　殷琰将对岸的情况和炸船的事告诉于登高,他也略有些吃惊,但很快就镇定下来。

　　"你们做得对。想不到锴跋竟带了这么多人,若让他们都过了河,要守住靖远就更难了。"他沉吟道,"我看,一方面向太守大人求援,一方面也要将消息传给汉中王世子,好让他能赶走盘踞在对岸的鲜卑人。这边的战况若是让那边的鲜卑人知道了,我担心……他们会进行疯狂的报复。"

　　这也正是殷琰担忧的事。

　　"汉中王世子那边,早就有人给他送了信去,相信不日就能带兵赶到。"谢玘出声道,"只是,若要阻止消息传到对岸,唯一的办法,就是像于老方才所做的那样,灭掉这边所有的敌人!"

　　殷琰和于登高同时转头盯着他,他丝毫不受影响,仍是一副泰然自若的样子:"只有这样,才能阻断消息流通,让对岸的鲜卑人不知道这边的情况,不敢贸然行动。"

　　"谢先生说得没错,这样才能拖住时间,等来援军。"说着,于登高的白眉蹙起,"只是……"

　　"只是这样一来,我们就不能据守城池了。而要主动出击,趁敌军还没反应过来,杀他们一个措手不及!"殷琰接过他的话头,"于老,方才一战的伤亡如何?"

　　"我们的士兵倒还好些,死伤不过百来人。新招募的年轻人死伤却有三成多,眼看是不能再战了。"

　　于登高的脸上显出痛惜之色。他驻守在靖远城几十年，城中的年轻人都是他看着长大的。这一战就死伤这么多，他不仅心痛，更有许多愧疚。毕竟他们都是些没上过战场的新手，情况紧急，他都没能多嘱咐他们一些。再加上那些陷入绝境中的鲜卑士兵临死前的反扑着实凶悍，伤亡在所难免。

　　现在，要他带着这样一支部队，去围剿气势汹汹的敌军，于登高少有地露出了为难之色。正所谓巧妇难为无米之炊，手中无兵，要克敌制胜根本不可能。况且现在时间又紧迫，就算想再设下陷阱埋伏也来不及。

　　殷琰正凝神思索着，却见谢玘望了望天空，忽然问："于老，这护城河可是跟地下的水道相通？"

　　"自然相通。当初建城时，为了预防河水倒灌，这才修了那些水道。不仅是护城河，城中的水渠、池塘都与之相连。"于登高若有所悟，"你是说……"

　　"开闸放水。那地坑处的水道都已裸露出来，只要那些鲜卑人看到同族死伤，必会停留查看。到时大水骤然冲出，就能将他们都冲散。我们再趁乱率兵出击，定能收得奇效！"

　　于登高听了半晌，就断然拒绝："不行！护城河中蓄积的水要供全城百姓日常饮用，一旦放出，百姓将无水可饮。到时都不用敌人杀进来，只消几天时间，所有人都会活活渴死！"他一双矍铄慧眼盯着谢玘，语气严厉，"谢先生为了取胜，就要拿全城百姓的性命来赌吗？"

　　谢玘却微微一笑："于老莫要着急。谢某以为，只要能将敌人打败，用水并不是问题，城外的河水足够全城生计用度。"

　　"哼，谢先生是第一天来靖远吗？大旱连年，河水的水位下降极快，以致水道全部干涸。你难道不知道这护城河蓄积的水是从哪儿来的吗？那都是老夫带人一日日从黄河中运过来的！"许是对他轻松的神态不甚满意，于登高的脸色愈发差了，"再说，若是对岸敌军过来，到时就算想再去取水也没机会。"

　　"置之死地而后生，眼前的敌人不除，就算留着全城的水，也不过是给敌人留的。"谢玘笑意不变，眼神却变得锐利起来，"除此之外，谢某想不出更好的办法。"

　　于登高哑然，颔下的白胡子颤了颤，愤然扭头看向殷琰："孟都尉怎么说？"

　　在他们俩争论的过程中，殷琰一直没有出声。到这时被问到，她也没有立刻回答，而是又斟酌了片刻，才说："我认为，谢先生的方法值得一试。"

她一开口,就已经是深思熟虑后的论断。没等于登高变了脸色,她就说:"局势瞬息万变,坐困愁城毫无用处,眼下最要紧的,是如何破敌制胜。我已经留了几个人在河边,随时查探汇报河上的动静,一旦对岸的鲜卑人有异动,我们就能立刻知晓。我的想法是,我们先集中兵力将这批敌人消灭,然后全军驻守在河边,一方面是为了保住水源,另一方面,也能阻止其他鲜卑人登岸。这样一来,于老担忧的用水问题,也就不复存在了。"

于登高愣了愣,渐渐冷静下来:"……孟都尉这么说,倒是可行。"其实这方法他并不是想不到,只是他对靖远的感情远超他们二人,一时情急下就顾不得其他了。

见他软了语气,殷琰和谢玘都暗暗松了一口气。三个人又商讨了一些具体的行事布置,于登高就匆匆去安排人手了。殷琰虽然挂了一个都尉的名头,但在这城中,凡事还得靠于登高来办。

看着老将快步离去,殷琰朝谢玘笑道:"谢先生真是愈来愈叫人惊奇了。先是有于老,现在又有谢先生,这座小小的靖远城,还真是卧虎藏龙哪!"

仅就这几个时辰的观察,于登高的作战技巧堪称娴熟、巧妙,简直像是身经百战的大将。而谢玘这个籍籍无名的书生,面对鲜血泼溅的战场不但不见丝毫畏惧,所献的计策反而都十分毒辣犀利。

面对她探究的目光,谢玘只是微笑道:"您不必惊奇,我们都不过是天际的浮云,慕着星辰的光芒而来罢了。"

"什么?"

谢玘没有回答,转了个话题:"其实,于老根本不必担忧城中无水。"

"哦,为何?"知道他不想回答,殷琰就从善如流地顺着他问。

"因为,天意在我们这边。"

谢玘指了指远处的天际,"苍天降福。"

殷琰望向他所指的方向,只见微暗的天色中,一重重沉黑如墨的云雾从远处翻卷着涌来。它们压得极低,那沉重的感觉,似将远山都压得矮了许多。比那乌云来得更快的,是渐至嚣狂的风声。卷席了沙土杂草,呼啸着扑面而来,叫人眼睛都难睁开。

立在城楼上,在风中俯瞰远近山脉土石,直有一种天地旷大、人力难抗的奇妙感觉。触目所及的鲜卑军队逐渐靠近,而他们驻守孤城,却还想着全歼敌人。

殷琰不由得眯起眼睛,心中渐渐升起一丝兴奋来:

山雨欲来风满楼!

"铛——铛——铛——"

沉浑的佛钟声传出老远,暮色便在这声声悠叹中悄然掩映。

一直到最后一丝余晖在远处的山峦后消失,站在外廊的萧凛才转身进屋,将案旁的油灯点亮。

"二哥,时辰到了,歇一歇吧。"

书案后的萧湛没有应声,仍是揽着袖子,一笔一画地在浅黄色的金粟纸上写着:

"伏愿龙天八部,长为护助,国土安宁,百姓不罹战祸。次愿吾友炎之,承此善愿,鬼神护佑,无惊无怖,平安康健。以此虔心祝祷,但得重逢,苦痛厄运,皆降我身。"

最后一笔落下,朱砂在笔尖流淌,宛如心头血一般深沉、艳丽。

萧凛看得心头一颤。

自从半个月前,萧湛踏入浮屠寺,发愿要抄写《金刚经》百遍来为天下祈福后,就再没离开过这座经楼。每抄写一遍,他都要将这段祝祷写在经书末尾。

萧凛每每看到,总是倍觉不安。他虽然年纪尚小,对男女之事还不甚了解,但"情深不寿、慧极必伤"这样的话他还是听过的。

二哥身有旧疾,又是心思沉静内敛的人,这么多年来,他虽然时常会到寺中小住,但从不曾发愿抄经。如今却为了公主殿下,而将微薄的希望寄托在这样虚无缥缈的祝祷上,日夜不停,伤神费心,连萧凛要帮忙抄经都不让,这般的坚持,叫人既是心惊,又觉心酸。

写下落款"弟子无牵祈愿"几字后,萧湛终于放下笔。

因为疲惫,他似乎连再动一下都不能了,只是往后一倒,靠在了椅背上。右手就搁在书案上,宽大的袍袖从小臂处滑落。灯光下这清瘦的手掌,嶙峋白皙,似雪夜冰枝,只消轻轻一碰,就会折断般。

萧凛看了片刻,还是忍不住伸出手,把他的袖口往下拉了拉,遮覆住他早已冰冷的手臂。热水是早就备好的,用手巾将他的脸颊、双手都擦拭干净后,萧凛才送上暖胃的汤："二哥，喝点儿汤吧。"

萧湛摇摇头，眼睛慢慢睁开。只是这短暂的休憩，尚不能让他恢复精神，但他眼中多少有了些光亮，比方才那副心血耗尽、油尽灯枯的模样好上许多。

"先前萧越过来找你，是有什么事吗？"

他抄写经书时，身边除了萧凛，就再没别的人。若没什么大事，萧越是不会特意跑到这里来，把萧凛叫出去的。

"大哥送来几个消息，一是雍州那边的动乱已经平息，刘雄战败，带着一小部分残兵逃出了包围。二是闯入雍州西北角的鲜卑部，被宇文渊一场奇袭打得溃散而逃，他们的左大将锗跋被靖远城守将斩杀。另外，在武威郡东线驻扎的鲜卑主力军，粮草被武威郡的主簿戴胜一把火烧了，几次攻打边线又都被挡下，现在军心浮动，看起来退兵是迟早的事。"

萧湛轻轻"嗯"了一声，低声道："果然是这样。刘雄有勇无谋，虽然一时抢到了几个城池，真正行军作战却不如伯微。如今雍州尽在宇文氏掌控之下，想必他们很快就会上表邺都，请求朝中下诏，将雍州正式交给宇文氏管辖。而朝中的局势堪堪稳定下来，不少臣属都是新人，梁温不会在这时候让宇文氏不快，最多只是拖延下诏的时间而已。"

"二哥，"萧凛唤他一声，大着胆子说，"我看那个汉中王世子，不像是愿意居于人下的样子。他们宇文氏已经占了秦州、梁州和雍州三地，只消积聚了兵马南下，就能直接包围邺都。我觉得，宇文氏肯定会反。"

几个月前在鸿胪馆中的短暂会面，就让他清楚地记住了宇文渊的眼神，强势、充满压迫感，连其中的野心都隐藏得毫不用心——那个男人，根本不在乎别人看出他的野心。

见萧湛没有拦他，而是面带沉思地看着他，萧凛顿时觉得底气更足了些："二哥，我看兵法上说，人应该居安思危，时时观察周围的局势变化，才能在关键时刻及时化解危难，而不会仓皇无措、一败涂地。若是宇文氏要反，我们冀州就会成为他们的首要敌人。"

萧家军虽然明面上只管着冀州，但周边的州郡，如司州、幽州、并州，其实都在萧家军的护卫之下。宇文氏想要夺得邺都，就得先打败萧家军，才能没有后顾之忧地南下。

"既然有对敌的可能，那我们就要早作防范。就像宇文渊做的那样，我们应该正

式接管临近的州郡，日后需要的时候，也可以上表让朝廷下诏。这样我们就能跟宇文氏分庭抗礼，日后……"

"阿凛！"

萧湛忽然出声喝住他，神色中透着严厉："你到底想说什么？"

正说得开心的萧凛吓了一跳："怎……怎么了？"

萧湛盯住他，目光锐利、冰冷："宇文氏占了雍州是想日后谋反，你想跟他们分庭抗礼，难道也想着称王称帝？"

"啊？"

萧凛呆了呆，连忙摆手："不是不是，我没有这么想！我就是想说咱们不能比宇文氏弱啊，不然以后谁制得住他们？二哥，咱们萧家几代忠良，我哪里会……哎呀！"

他越想解释越说不清，急得语无伦次，简直要顿足了。

萧湛端视着他，见他急成这样，神情才缓了缓，说："你没这样想就好。"微微闭了闭眼，"你记住，我跟伯微不一样，他要的那些东西，我看不上。不管是你还是萧越，若是有半点儿别的心思，就都给我藏好了。除非我死了，不然……"

"二哥！"萧凛大叫，"你这说的是什么话？谁想那些了？萧家都是忠良之人，叛逆的事绝不会做！"

被敬爱的二哥这样说，他愤懑又委屈，"说什么死不死的，我……"左右想想也无法，只得恨声道，"我去告诉魏嬷嬷！"

萧湛沉寂的脸上泛出一丝笑意，软了声音道歉："是二哥不好。一点儿小事，就莫要让魏嬷嬷知道了。"

搬出魏嬷嬷来，总是有点儿用的。萧凛哼了哼，说："我先记着，等攒够了，就一股脑儿都说给她老人家听。"

"是是，二哥的把柄都捏在你手里呢。"

萧凛的脾气来得快，去得也快。见萧湛一副听话的样子，他就又开心起来："二哥，上回你不是让我注意宇文渊的动静吗？我就把他这几个月来的行踪都翻了一遍，你猜怎么着？"

"怎么，有发现？"

"也不算发现，就是有件事情挺有意思。前两个月，宇文渊来回往返梁州和秦州数次，每回去秦州，都在天水郡的别院停留好几天。这次带兵去雍州前，他还在天水进行了十来天的搜捕。城中传言，说他上回在雍州打败羌人时，带回了一个羌女，就藏在天水别院中。后来那羌女跑了，他才大肆搜捕，几乎把城内外都翻了个底儿掉。人家都说，他是被那羌女迷了魂。"

说到这儿，萧凛摇摇头，"我可想不出宇文渊为个女人失魂落魄的模样。之前那个侍女阿苏娜，他也不是很在意的样子。"那个男人会动真情吗？萧凛很怀疑，"所以我想，这个羌女的身份可能有些特殊，不然他不会这么看重她。"

"不错。伯微心思深沉，从不为女人美色所惑。除了……"

萧湛的声音突然断了，萧凛疑惑地看过去，却见他神情恍惚，目光落在烛火上，怔怔出神。

"二哥……二哥？"

萧凛唤了两声，仍不见他回神，只好轻轻推了推他的手臂。

萧湛的身体猛地一震。

"阿凛，"他慢慢转过脸来，一双清冷的眼亮得出奇，仿佛被烛光煨出了温度，"这么多年，能让伯微如此在意的女子，就只有她一个。"

"谁？"萧凛一时没有想明白，正疑惑时，就见着他眼中那罕见的热烈光芒，忽然顿悟，"你是说，公主殿下？"

"对！你从邺都回来时，不是说民间传言，一些美貌宫女落入胡人手中，被带到关外了吗？她会不会就在那些宫女里头？"

他一下站起身，声音急促，神情满是抓住最后一丝希望的兴奋。

萧凛不由自主就应道："……有可能。"

但萧湛已经转身踱起步来。他话里虽然问着，却并不是真的想要从兄弟那里得到肯定的回答，而是自言自语地喃喃道："伯微从羌人那里救出了她吗？可她为何要逃？为何……为何不来找我？"

"或许，公主遇到了不能解决的难题；又或者，她发现了宇文渊的野心。"一边胡乱猜测着，萧凛一边劝道，"二哥，你先静静心，这事咱们可以再查查。"

萧湛没作声，兀自走到书架旁，拿起一本经书翻看起来。

见他似乎平静下来，萧凛暗暗松了一口气。二哥一向沉静自持，少有喜怒形于色的时候，方才的样子却是几近失控，他在一旁看着，只觉得大大不妥。

那时他赶回来向萧湛报信时，心中已经做了最坏的打算。虽然所有人都说公主是失踪了，但在那混乱动荡的时候，失踪基本上就相当于死亡。就是怕萧湛会为此伤心

过度,他才特意压下这些消息,等到了冀州,才亲自跟萧湛说这事。

但萧湛的反应却出乎他的意料。

他平静得超乎寻常。坐在书案后,跟平日一般无二地处理好手头的几件事后,到要起身时,长袖却带翻了案上的灯盏。

"砰"的一声响动,把边上发呆的萧凛吓了一跳。回神看去,只见灯油淌了一地,迅速烧了起来。萧湛站在那儿,火苗爬上他的衣摆,他竟站着不动,魔怔了似的盯着那不断上蹿的火焰。

萧凛惊叫着过去把他拉开,扑灭了他身上愈燃愈烈的火焰,满肚子埋怨的话,在看到他寂静的双眼后,就都堵在了喉咙中。

……那样的一双眼啊,萧索得都沁出了绝望。

之后他就病了。

好多年都没犯过病,忽然间就倒下了。阎府的人慌得没了主意,魏嬷嬷哭了半天,才听丁太医说了一句"急怒攻心"。

闻讯赶来的萧越直接摔了马鞭,得知原委后差点儿没抽萧凛。忍了又忍,还是脱口骂道:"混账!"也不知骂的是谁。

病了好几天,渐渐地也就恢复了。但只有萧凛知道,夜里他二哥总是会被噩梦惊醒,端着一盏茶,能靠着桌案一直坐到天亮。

终于有一日,萧凛跟他说:"二哥,实在睡不着,就去浮屠寺听听钟声吧。"他是知道的,为了不让大家担心,萧湛已经许久不曾踏足浮屠寺了。

彼时萧湛正站在窗前看初升的朝阳,听他这样说,久久才应了一声"好"。

这才有了这半个月的抄经祈福。

萧凛模糊地感觉到,那位公主殿下在二哥心中的分量,远远超出了他们的想象。重要到他平日里几乎绝口不提,只把她藏在心里,小心翼翼地封锁着心门,不让别人看出半点儿端倪。

现在,他却抱了这样的希望,这样微渺的、几乎不真实的希望……

萧凛这时真是恨自己多嘴提起这事。他心里虽然百般不赞同,但嘴上却不敢驳萧湛的意思,只好苦着脸转移话题。

"对了二哥,还有一件事……"要说的这事根本也不算什么好事,萧凛忍不住瘪了瘪嘴。

"说吧。"

萧湛轻轻翻动着书页，目光从那暗黄的纸页上掠过："于诸惑业及魔境，世间道中得解脱，犹如莲华不著水，亦如日月不住空。"

"那位……大师、想见你。"

翻书的声音戛然而止。

萧凛看了眼他的背影，只觉得有一种莫名的冷意正从他身上悄悄逸出。知道这事已经算是他的禁忌了，萧凛不敢耽搁，飞快地把话说完："是从西域来的游僧带回的消息，说大师病了，病中十分想念你。回来路途遥远，怕病体承受不住奔波，想叫你到敦煌跟他会合，见上一面……"

"啪！"

经书被用力合上。

萧凛顿时噤声。

其实这件事，才是萧越先前找过来的主要原因。只是他不敢一开口就提这样的禁忌，只能拣了其他不那么重要的事先说。谁想到他随口说的话，也会触动二哥呢？

萧凛暗暗叫苦，今日真是诸事不顺，不宜开口。

虽然萧越一再强调，要他劝动萧湛去见那位大师，可他这时候自己心里都忐忑得不行，哪还敢再劝？只好安静地站着，一声也不敢吭。

好一会儿，萧湛才将手中的书重新放回到架子上。

"去告诉萧越，让他准备好兵马，再修书一封给羌王，说我们要借道羌境。"他一字一字说得很慢，"你方才有一点说对了，情势在变，先下手为强。西部鲜卑乞伏部这次既然敢攻打武威，就要做好失败的准备。北方的异族太多，一个两个的都想趁大弘动乱时浑水摸鱼。"

他走回到书案后，将写好的佛经一张张放好，"大弘的疆土，岂是他们想践踏就践踏的？凉州偏远，西海公独自支撑实属不易，我们帮他把武威郡的威胁除掉，就当是入敦煌的见面礼。"

萧凛半张着嘴巴，听到最后一句，才终于听明白了，高兴地跳起来："二哥，你答应啦？"

萧湛点点头。

他轻轻摩挲着纸页，心头有无声的叹息：莲华不著水，日月不住空。心无挂碍，了无牵挂。

却如何能做到？

不论是下落不明的她，还是远在西域的那人，至亲、至爱，都早已刻在心底，他从来都不能抗拒。

这一场雨下了足足三天。

平静许久的黄河又被注入了生机，在河道中奔流咆哮，卷起点点黄褐色的水珠。不同于此时的绵绵雨丝，三天前的那场雷雨直叫天地变色，风雨连绵城欲摧，更何况是在河中漂动的半大渔船。

对岸的鲜卑人等了许久也不见主帅锘跋发信号，就逼着数百个渔夫划着渔船送他们过河。

合该是天要灭他们，船还未行到半途，天际乌云一重重压近，转眼间就狂风大作，掀得浪头四起。

不多久，暴雨如泼，砸在船板上咚咚作响。这些个渔船在风浪间挣扎飘摇，河中水涡急旋，渔船就一只接一只地翻了。那些鲜卑士兵马上奔驰厉害，到水里就都使不上力，慌里慌张地摆动了两下，就被浊浪给卷走了。

其他的渔夫见状，索性操控着船只往水涡里闯，拼着同归于尽的心，也要把船弄翻了。

第一滴雨刚落下时，城楼上的殷琰就立刻命人将锘跋的脑袋高高挑起，并击鼓大呼："锘跋首级在此！鲜卑前军已灭、后军淹死！天佑靖远！天佑靖远！"

而城外，刚发现前军尸首遍地的鲜卑军正茫然悲愤时，听到这话，顿时色变。他们自恃前有主将、后有援军，因此一路行来都嚣张得意，好似春行打猎般开心。没想到走到这儿却只见着前军一败涂地、主将枭首，又听闻后军被淹，军心马上就乱了。

就在这时，于登高命人开闸放水。蓄积在城中的水流奔涌而出，穿行于一条条水渠、沟道，在护城河中汇集后，宛如出洞的恶龙，从水道中呼啸而出。

还没回过神来的鲜卑人被残损的水道中冲出的水流撞得人仰马翻，四下里都是一片哀号。见时机已到，殷琰和于登高才带兵奔出城。

落水狗自然好打，他们士气正盛，之前已经打败了一批鲜卑人，战意勃发，此时士气更炽，下手没有半分犹豫。

厮杀中，倾盆大雨在轰隆雷响中洒落。战场成了泥潭，所有人都在泥水中打滚。

雷声、雨声、嘶吼声，无数声音交织在一起，在透骨冰凉的雨水中，在酣畅血战的疯狂中，电光映着刀光雪亮，每个人的目光都像磨亮的利刃，恶狠狠地钉在敌人身上。

殷琰用力推开晕死过去的对手。

这是个骁勇的将军，相貌跟锘跋有点儿相像。他的眼睛睁得很大，不敢相信自己会败给眼前这个瘦削的小子。他倒在泥地中，双眼死死地瞪着她，像是看到了什么恐怖的东西般，临死的那一刻，他挣扎着想要扑过来，却到底没能爬起身，只是睁着一双惊骇的眼，不能瞑目。

殷琰吁了口气，环顾四周，战斗大体已近尾声，只有几处零碎的厮杀。离她不远处的一名靖远兵被敌人骑在身上死死掐住脖子，只能用力踢蹬着水花。她快步冲过去，结果了那个鲜卑士兵。

"没事吧？"

她伸手去拉那个靖远兵。

这个士兵惊魂未定，刚拉住她的手，却忽然跟见鬼了似的，猛地甩开她，连滚带爬地退出好几步。

殷琰不明所以："怎么了？"

那士兵也不说话，只是垂着脑袋用力摇头。

两个人正僵持着，身后就传来了池山的大嗓门："孟老大，这仗打得太带劲了！哈哈！"池山得意忘形，早就不记得自己现在是正规的郡中部将，还当是在沙漠中当马贼呢。马贼中以强者为尊，从"孟明""孟兄弟""孟都尉"就直接变成了"孟老大"。

殷琰转身笑道："没让你白来吧？"

"没白来，没……"

池山傻在了当场。他一只手向前伸着，本来想拍殷琰的肩膀来个哥俩好，这时一只手定在半空中，在泼落的雨珠中棱角突兀，好似冻住的枝杈。

这场面太不对劲儿了，殷琰皱起眉头，目光顺着他的视线下移，落在自己胸前——

为了战斗轻便，她并没有穿胸甲，那一身布衣早已湿透，紧紧贴在身体上。即便用束带使劲儿勒紧了，但此时在雨水浸泡下，束带也变得绵软，将她胸前微微隆起的曲线暴露无遗。

这样尴尬的场面，她一时都不知该如何反应，只是呆呆地抬起眼望向池山。

一触到她的目光，池山就跟被雷劈了一般，整个人都跳起来，立刻转过身抱住了脑袋。

几丈外，许多想来跟主将庆祝胜利的年轻士兵们都成了雨中的雕像，所有人面面相觑，只有寂静、寂静、寂静……

打破这僵局的是匆匆而来的于登高。老将踩过一个个水坑，一边走，一边将身上

的披风解下来。他快步走到殷琰面前,矍铄的双眼盯住她,像在望着某个熟悉的人。

他把披风裹在她身上,随后单膝跪地,高呼:"禀都尉大人,此役大获全胜!全赖上天保佑,还有大人的英明指挥!"

老将嘶哑的声音震得殷琰心头一凛。

于老这是在给她立住军心。此时但凡她展露出半点儿软弱,就会彻底失去这些士兵在浴血奋战中对她产生的信任和尊崇。

殷琰定了定神。她挺直了背,挺起了胸膛。只要那颗心坚定无畏,那她的性别就不是脆弱的象征。

没有丝毫回避,她的目光一寸寸扫视着眼前的兵将,看他们眼神闪烁地躲避开来,她毫不气馁,依旧一一看过去。

"池山!转过身来!"

一声大喝,惊得池山慌忙回身,却不敢正视殷琰,眼睛晃来晃去不知道该放哪儿好。

"看着我!"

被她声音中的严厉吓住,池山猛地抬起头,望着这张熟悉又陌生的脸。

雨水正不停从她脸颊上淌落,让她的五官都变得有些模糊,叫人看不真切。但那双眼睛却十分锐利,"咔嚓"亮起的电光都不能遮盖住她亮到透心的目光,这样的目光让他战栗,更让他畏惧。一瞬间,他忘了之前看到的那一幕,忘了这个少年将军其实是个女人。

"这场仗,结果如何?"

这问题显而易见,池山下意识答道:"大……大获全胜。"

"好。我问你,七百对三万六千,你赌哪边赢?"

"当然是三万六千……"话说到一半,他才意识到,她说的是他们两百马贼和五百守城军,跟三万六千的鲜卑大军对比。

"哪边赢?"

殷琰再次逼问。

池山张口结舌,好半天终于大吼:"我们赢!"

"我们为何能赢?"

她一句快过一句,池山觉得脑袋都被雨水泡涨了,根本转不过弯来。好在殷琰这回没有再逼着他回答,而是望向四周的士兵,大声问:"我们为何能赢?"

士兵们一个接一个地看过来,脑子里都在想:是啊,我们为什么能赢?区区七百人,凭什么打败三万多的敌人？凭什么守住城？

殷琰没有给他们思考的时间，继续问道："是谁设下陷阱，带领大家诛杀第一批敌人？"

士兵们看了看跪在她身前的于登高，又看了看她，迟疑着嗫嚅道："于老将军。"还有少数几人低声叫："孟都尉！"

"是谁带着你们偷袭敌人、炸毁敌船，断了敌军后路？"

这一回，没有什么迟疑，许多人都在喊"孟都尉"。

"又是谁，在方才一战中拼死杀敌，斩敌军大将于刀下？"

一直安静着的于登高突然大吼："是孟都尉！"他扭头瞪向池山，池山愣了愣，脑子难得转过弯来，用尽全身力气大声吼道："当然是孟都尉！"说着"咚"的一声，跪进了泥水中。

全军都是一震，随即跟着吼出声："孟都尉！孟都尉！孟都尉！"

在吼声中，士兵们一个接一个跪下，他们眼中看到的，只有刚打赢了胜仗、保住了城池的少年将军，她瘦削挺拔，眉眼凌厉，周身都利落锋锐如钢刀。

这是一把能斩杀敌人的杀戮之刃，更是一把能护卫亲友的守护之刀。

到这时，殷琰才吐出胸中的郁气，伸手扶起身前的于登高。

"让我来告诉大家，我们为何能赢！

"因为我们乃正义之师，有全城民心依靠！因为我们众志成城，血战不惜性命！因为，天意站在我们这一边，这场大雨就是明证！

"这场胜利，属于你们每一个人！都起来！胜利者不需要跪拜，现在班师回城，城中有温暖的火炉，有香甜的食物，更有欢庆的父老乡亲！

"我的士兵们，都站起来！"

原形毕露

《第四十八章》

　　西部鲜卑两度受挫，突袭靖远城不仅没有成功，反而被赶来的宇文渊打得狼狈溃逃。在损失主将和大半兵力的情况下，余下的万余人慌乱逃离雍州，遁入沙漠。另一边的主力军在遭受戴胜的连番偷袭后，等来的不是锗跋的奇兵，而是端木辰从西平郡借来的援军。

　　边界的守军顿时气势大振，在端木辰和戴胜的指挥下，终于打了一场漂亮的反攻战。

　　眼见着苦心的布排变成了这番模样，乞伏部头人述异虽是气恨交加，却到底挨不过大势。

　　在端木辰发出追击的命令后，望着如潮水般涌上前的大弘士兵，述异止住了想去迎战的左右兵将，酷厉的双眼狠狠盯向远处的山丘。

　　凭着绝佳的眼力，他能清楚地看到那青衣主簿面上淡淡的笑意，还有一旁握着马鞭指点笑谈的粗野男人。

　　戴胜、端木辰……

　　述异眯起眼睛。

　　这场仗败得莫名。

　　述异为这次进攻准备了很久，对于武威郡的情况，他自认十分清楚。武威郡的兵力薄弱，又新换了太守，本该是最适合攻打的时候，却不知为何，竟落了这么个结果。那个看起来文弱的主簿戴胜让人意外，不仅在防守上十分坚韧，几次的偷袭侵扰更是手法灵活，诡异多变，即便是草原沙漠中养出来的鲜卑人，也觉得防不胜防。

　　就连新太守端木辰，也不像是传闻中贪杯好色的样子。这个男人，光是远远看着，就让述异心生防备——好似看着一只笑面虎。

　　不对劲儿……怎么看都不对劲儿！

　　难道有什么地方疏漏了？

　　述异勒住马颈，强行让坐骑扭身。

　　"撤退！"

时机已失,眼下的形势对己方不利,再强撑下去,不过是徒然增大伤亡罢了。

武威、凉州。下一次,他的战马一定会跨过边界,叫那些汉人在他们鲜卑的铁蹄下哭泣求饶!

失望和愤怒让他的眼神愈发阴沉,他用力挥动鞭子,抽在坐骑身上。

另一头,端木辰还在和戴胜总结战况。

"可惜,若是再多上几万的兵力,就能直接包抄合围,把述异小子坑死在这沙漠上。"端木辰舔了舔干燥的嘴唇,满脸的惋惜之色。

戴胜瞥了他一眼,哼道:"太守大人还真是心大。清醒点儿,就咱们的士兵这点儿战力,能把述异吓走,已经很不容易了。还想包抄合围?"

端木辰嘿嘿笑笑,见他满脸的倦色,原本白皙的面容都变得暗淡无光,心知他是累到极点了,歉意道:"这趟真是辛苦你了。你先去休息,剩下的收尾事宜我来安排。"

"都熬这么多天了,也不差这点儿时间。"戴胜用力揉揉脸,振奋一下精神,"靖远那边怎样?孟明一直没传消息过来。"

这些天,他独自守在这里,日夜都要防备算计,没一刻能放心休息。更叫他担心的,是毫无消息的靖远。虽然从某些角度来看,没有消息就是好消息。但孟明和池山连给他送信都顾不上,足可见那边形势之紧张。

先前端木辰带兵赶到这儿后,只说了一句"靖远平安",他们就各自忙着调兵遣将进行反攻作战,也来不及细说。这时候战斗一结束,他赶忙询问。

"放心,靖远好得很。孟明不仅守住了城,还杀了敌方的主将。这位孟兄弟啊,嘿嘿!"

不知想到了什么,端木辰的脸色忽然变得古怪起来。

戴胜皱了皱眉,但他实在太累,没心思再多问。确定孟明等人无恙后,他终于压不住倦意,打了个大大的呵欠,拨转马头就往营地跑。

"欸?戴胜,你干吗去?"

戴胜头也不回,铿锵有力地回答:"洗澡!睡觉!"

那场惊心动魄的大雨足足下了三天,干枯的河床重又被水淹没,挟着泥沙的黄色水流翻滚咆哮,水声隆隆,把岸上的小城靖远衬得愈发单薄。

靠着那次雨中立下的威势,即便殷琰的女儿身份在军中人人皆知,但士兵们都没有再露出异色。城中的百姓在街上见到带兵巡逻的殷琰时,都是面带崇敬地称她"孟都尉"。甚至还有胆大的女孩,把自己编的草环往她怀里丢。

"这是什么?"

坐在街边的茶寮中,在第三回接住抛来的草环后,她忍不住悄声问身旁的谢玑。

谢玑笑眯眯地敲着酒葫芦,说:"古有结草衔环来报恩,这些草环,大概是以身相许的意思吧。"

"……噗!"

正竖着耳朵听的池山顿时呛住,一口茶喷出老远。顾不得其他,他一抹嘴巴就嚷出来:"以身相许?可孟都尉是个女……"

话刚出口,他就察觉到了危险,一看殷琰在看他,连忙缩紧了脖子不敢再出声。

殷琰叹了口气:"谢先生……"

"哈,说笑而已。"谢玑哈哈一笑,把葫芦中的酒倒在茶碗中,壶嘴朝前头指了指,"这事儿,还得问于老,他最清楚。"

抬头看去,就见于登高正快步走来。到了近前,他脸上的喜色都压不住,抱拳一礼:"孟都尉,好消息!东线的仗打赢了,鲜卑人都被赶跑啦!"

"真的?"

殷琰顿时喜上眉梢,起身拉住老将的手:"于老快坐下,快说说,是刚传来的消息吗?"

"不错,老夫一收到捷报就赶来找都尉。"于登高兴冲冲地说着,见谢玑正拎起茶壶给他倒茶,连忙伸手拦住,"谢先生不是带着酒吗?这等时候,正该借酒助兴啊!"

谢玑眉头一挑:"说得是。"就把众人碗里的残茶都泼了,一一倒满酒,"来,干一碗!"

"干!"

酒水下肚,于登高抚着颔下白须,笑道:"此次战事真可说是有惊无险。幸亏孟都尉当时赶到靖远来,不然咱们这边,可不一定守得住。"

"回想起来,这次守城之战还真是处处惊险。若不是于老警惕,恐怕那夜就会让鲜卑人得逞,攻入城中。更别说后头的那场大雨……或许,就像于老先前说的那样,冥冥之中自有天意,助我们守住靖远。"

听到殷琰的慨叹,谢玑微微一笑,于登高颔首赞同,池山撇撇嘴道:"什么天意呀,依我说,就是咱们厉害!不然,换些人来,不定成什么样呢!"

"池山,你说这种自夸的话,就小点儿声。"殷琰玩笑道,眼睛瞥到手边的草环,就问于登高,"于老,刚刚有几个姑娘朝我扔这草环,不知是何用意?"

"咦?"

于登高拿过草环，神情又是惊异又是怀念，"好多年了，难得靖远的百姓还记得。"见殷琰和池山都露出好奇之色，就解释道，"我上回说过，靖远的百姓原本都是军户。过去征战频繁时，男子死伤极多，在兵力缺乏的情况下，就招募城中的女子为兵。她们编草为环，用来束发，自称'芥子军'。"

这事殷琰是第一次听说，惊讶道："竟然是这样！那这些草环是……难道说，她们要参军？"

"正是如此。靖远的女子本就尚武大气，听说孟都尉的身份后，免不了就动了这心思。"

殷琰哑然，池山在一旁惊叹："我还以为孟老大这样的女人是独一份呢，没想到靖远的女人这么不一般！"

于登高看向殷琰，眼角的皱纹动了动，忽然站起身："老夫想去散散酒气，可否请都尉陪我走一程？"

他显然是有话要单独跟她说。殷琰点头道："于老，请。"

于登高就带着她沿着城墙根走，避开人群，渐渐地走到蓄水的沟渠旁。几日的大雨带来丰沛的活水，经过水渠的沉淀，现在这些水退去了泥沙，变得清澈灵动。

"……世间事真是奇妙难测。"

许久，于登高才长叹一声，看向殷琰："都尉可知道，那'芥子军'是谁创建的吗？"

见她摇头，老将的目光微微闪动，"是一位女将军。巧的是，她也姓孟。"

殷琰心头一动，她隐约猜到了什么，眼睛不由得微微睁大。

"那是老夫平生最敬佩的奇女子，她武艺出众、兵法娴熟，领兵作战从未有过败绩，多少男儿豪杰在她跟前都自惭形秽。"于登高的胡须轻轻颤动，声音略显激动，"人人都知道她征战西北，名声赫赫。却少有人记得，她最开始就是在靖远城中，带着几百个女兵跟匈奴人作战。"他顿了顿，"都尉知道她是谁吗？"

殷琰无言地望着他，老将的眼神深邃矍铄，透着心知肚明的了然。

"我第一眼见到都尉时，只觉得莫名地熟悉。直到那场雨中的战斗，我才明白过来。这样好的名姓，这样好的人才。将军泉下有知，也能含笑放心了。"这位长者声音嘶哑，目光慈爱又欣慰，"能走到现在，你定是吃了许多苦。"

在这样的目光注视下，她僵硬的身体中似乎被注入了暖意。像是在寒夜中独自跋涉许久的人，习惯了孤独，面对这亲切的、难得的关怀，她一时间竟然手足无措。眼眶有点儿发烫，半天才勉强挤出一句："也算不得苦，总归活下来了。"

于登高叹了口气，安慰地拍拍她的肩膀："活着就好。有命在，万般难处也能熬过去。你到了凉州，就是到了家。只要你想，这西北之地，就都是你的后盾。西海公那边……"

"我原先也是想着去找外公和舅舅。"殷琰吸了口气，笑道，"不过经过这次守城之战，现在我倒不急着找他们了。我并不需要人保护，我需要的，是属于我自己的力量。"

这个想法在心底藏了许久，到说出口的这一刻，许多原本不甚清晰的事情都在瞬间变得明了。到这时，她才真正明白自己这一路走来的缘由。

她不愿留在伯微身边，成为助他达成野心的解语花；她也不愿回到邺都，做那看似高高在上，却违心无奈没有半分自由的公主。宁愿像野兽般在山林中躲藏，孤狼似的在陌生的地方掩藏着身份，这所有的一切，都是因为她渴望着真真切切、实实在在的力量！

软弱无能是这世上最大的恶。

眼睁睁看着阿兄身首异处时，狠心抛下玉英独自逃离时，那样锥心的痛，终于让她明白：委曲求全不过是弱者拙劣的伎俩，在足以撕碎一切的力量和杀戮面前，脆弱得不堪一击。

不想让悲剧重演的话，她就不能再心存侥幸，也不能软弱地依靠任何人。

于登高静静地看着她，忽然单膝落地，沉声道："靖远就属于您！于登高愿誓死效忠！"

"于老快请起！"

她连忙扶起他，轻吁一口气笑道："有您在，我就觉得安心。日后还有许多事要倚赖您，还请于老不吝指教。我还是孟明，您的小辈。"

于登高捻须一笑："那老夫就免不了要倚老卖老喽！"

两个人相视着哈哈大笑。

正在这时，边上却传来一个惊讶的女声："义父？"

闻声望去，只见一个穿着素蓝布裙的妇人在上游处，正蹲在水边洗菜。她拎着满满一篮洗好的野菜，起身走过来。

"好端端的见义父突然跪下了，吓我一跳。这位就是孟都尉吧？今早小池还闹着要去找他的孟哥哥玩。"

她语速有点儿快，浑身都透着爽利的劲儿。

殷琰一见就有些喜欢，这靖远女子的豪爽、大气跟中原女子真是大大不同："原来你就是铁娘。此次作战，多亏了你的霹雳弹。于老，铁娘这样的大功臣，你怎么也

不请她到都尉府中庆功呢？"

于登高嘿嘿笑了笑，没有说话。

铁娘却忽然有点儿发怔，愣愣地盯着殷琰看。

"怎么了？"殷琰莫名。

"啊，没……没什么，只是觉得孟都尉有点儿眼熟，好似在哪儿见过。"

殷琰不由得笑起来，朝于登高眨眨眼："还真是有趣，那次小池见到我，也说在梦里梦见过我呢！"

"说不准真见过呢。"于登高意味深长地看着铁娘，"你说是不是，铁娘？"

铁娘正凝目端视着殷琰的侧脸，似乎要从她的轮廓中找到某个熟悉的影子。听到这话顿时有点儿慌张，把菜篮一拐："啊呀，家里的锅还在烧着水，我先回去了！"

说完就一刻也不耽搁，飞快地沿着水渠朝上游处走去。

殷琰扬起眉头，狐疑地问："铁娘她……认识我吗？或者说，认识那位孟将军？"这反应也太奇怪了点儿，几乎有点儿像是落荒而逃了。

"怎么可能？孟将军离开西北时，铁娘不过七八岁大。"

于登高淡淡回道："放心，您的身份，只有我知道。"见她仍是疑惑，他含糊地说了一句，"铁娘大概是想起了别的什么人，您不必在意。"

殷琰点点头，也就把这事抛开了，心思转到正事上来："既然鲜卑人都被打跑了，太守大人应该会召我们回姑臧复命。在走之前，咱们得加紧训练新招募的士兵……"

半个月后，姑臧南门。

端木辰高头大马在前，一众士兵两侧排开，齐齐望向不远处策马而来的队伍。

一旁的戴胜瞥了他一眼，终于忍不住说："大人，把嘴巴收一收，你笑得太难看了！"

"欸？"端木辰摸摸脸颊，"我有在笑吗？"

见他完全没有意识到的无辜样，戴胜只觉得一阵恶寒："别怪我没提醒你，待会儿见到孟明，你还是这副嘴脸的话，小心她拔剑砍你。"

端木辰收敛了下表情："孟明年纪轻轻，就有这样大的能耐，前途不可限量啊……"

戴胜懒得理他。

这时孟明等人已经前来，马蹄声渐趋平缓。戴胜就催马迎上前，见孟明跟一位白发苍苍的老将并骑而来，身后跟着池山和一个青年书生。虽然早知道他们没事，但到现在亲眼见到了，他才真正放下心来。

"孟明，你怎么黑成这样了？"

他一开口，殷琰就笑出声来："大概是在泥地里滚的。比起来，我确实不如戴主簿你白净。"

戴胜哼了哼："倒不如说，你就是个不讲究的人。"他嫌弃地看着她沾满尘土的衣摆，"太守大人要给你们接风洗尘，先入城吧。"

众人一同行到城门前，下马拜见端木辰。

端木辰上前几步，先朝于登高拱手笑道："这便是于老将军吧？久仰大名，可惜一直无缘得见。今日见了，果真是位矍铄威武的老英雄！"

于登高还在谦虚应答，就被他把住手臂往城门中带。

"走走走，全城的人都等着你们来，好一同喝这庆功酒。今日不醉不归！"

边说着，他边看了眼殷琰："孟明，你带大家去整理一下，待会儿到府中来，给本官好好讲讲靖远城的事。"

眼看着他走了，戴胜讶异道："他今日怎的如此奇怪？"按端木辰的性子，见到孟明，少不得要热情夸赞一番。可他现在居然对孟明不闻不问，怎不叫人疑惑？

殷琰摇摇头，若有所思："或许，是他听到了消息。"

"消息？什么消息？"戴胜一愣，"我怎么不知道？"

殷琰唇角微动："你不是早知道了？"说完就转身招呼谢玑，"谢先生，这里离驿站近，我们先进去歇一歇。"

只留着戴胜在原地苦思，池山趁机凑到他身边，悄声说："老大，孟明有一个惊天大秘密！她是个女人！"

戴胜面无表情地瞪着他，池山还以为他不相信，再次强调："真的，靖远所有人都知道了！"

静了一会儿，就见戴胜的嘴角抽了抽，随即一声不吭地往前冲："孟明，你给我站住！到底怎么回事？"这女人没脑子的吗？居然就这么把身份暴露了……

一路追到驿站，诸葛秀和小唐早就在门口等着了，一见他们就惊喜地叫道："哎呀，孟兄弟，你总算平安回来啦！"

"叫诸葛兄担心了。"

殷琰笑着将谢玑介绍给众人，正说笑时，戴胜就追上来，阴沉着脸把她拽走："你过来！"

他拉着她上了楼，随便进了间空房，劈头问："你怎么搞的？怎么会弄得尽人

第四十八章 原形毕露

皆知？"以她的小心程度来说，不应该出现这样大的纰漏。

殷琰就把事情经过说了一遍。

当时于登高刻意为她立威，以此消减她女子之身带来的冲击。之后的半个多月，更是在各种场合让她跟兵将们交手比拼、射箭赛马，连操练之事都安排她亲自训练，以期让她在最短的时间内得到士兵们的亲近与尊崇。尤其是在靖远城中，这样的做法更是效果显著。

于登高说到做到，他要让靖远属于她，更要让靖远兵成为她的第一把利刃。

殷琰一面感激老将的用心良苦，一面也在思索，现在暴露身份或许也是件好事。

"天下没有不透风的墙。这件事迟早都会被人发现，就这么揭开了，也免了日后烦恼。"她镇静地笑道，"我倒是没想到，你会这么在意。"

被她轻松的神态噎住，戴胜气得在房中踱起步来："你说得容易！孟明，你还记得你为何答应帮助端木辰吗？"

不等她回答，他就沉声道："别说什么为了百姓的堂皇话，你就是不甘默默无闻，想建功立业一展所长！你孟明少年有为、武艺高强，先前剿匪有功，如今又是守城退敌的功臣。军中崇尚强者能人，你这就算得了军心。任谁看，都觉得你前途无量，今后必是威震一方的名将。可现在，所有人都知道你是个女人，将士们会怎么看？端木辰又会怎么看？"

"强者能人，还分男女吗？"

殷琰忽然觉得眼前这态势有些可笑的熟悉。

那时在诏狱监中，梁温惋惜她不是男儿身；如今，戴胜也因为她的身份暴露而惊慌失措。

这世间的事，会因为她变成男人，就都变得通畅顺遂、万事如意吗？

真是荒谬！

她心中有某种尖锐执拗的东西正破土而出，让她的神情凛冽，目光如刀。她露出一丝笑，嘲讽又冷淡："什么时候起，叫人闻风丧胆的马贼首领卫獠，也会在意别人怎么看了？"

戴胜一愣，见她笑容中的挑衅意味愈发浓郁："我还记得卫獠的手段。一遍又一遍抢夺商队财物，将戴烽生生气死还不解恨，又安排人去闹丧礼，叫他死都不安宁。做这些时，你想过别人会怎么看吗？"

她慢慢走到他面前，声音低沉却坚定："我便是如此。任何人，都不能再成为我

的束缚与桎梏。谁若看不惯我,要不就躲远点儿,要不就等着被我踩在脚底下!"

"你……"

戴胜惊得说不出话来,眼前的少年将军跟初见时大为不同了。那时她谨慎小心,像独行的野狼,对谁都显得防备;此时她的眼神却睥睨不羁,仿佛一头久睡的猛虎,那在初醒后乍然锐利的双眸,叫他心头突地生出一丝战栗的兴奋来。

"这还是跟卫獠学的。"殷琰扬起快意的笑,"有些事,既然不能回避,那就索性不要回避,直接面对,反而能谋得更多利益。不论端木辰怎么看,战场的刀剑可不会分辨男女,我会让他有不得不用我的理由。"

就如同当初她劝他回姑臧时坚信能保住他一般,同样的自信和肯定让人不得不信服。戴胜心里已经认同她的话了,但嘴上还是忍不住问:"虽然那时雨中事发突然,但并不是没有机会掩饰。男儿身份总归要便利许多,你何必就这么承认了?"

殷琰摇摇头:"那你呢?当主簿戴胜同样便利许多,你为何还要做回卫獠?"

见戴胜怔住,她出声替他回答:"因为做自己,总是更舒服些。虚假的东西,即便装得再像,也不会长久。"

"……我是个女子。"她发出长长的叹息,这并不是对命运屈服的喟叹,而是茫然逡巡许久,终于站在对的位置上的那种坦然,"我终究,是个女子。"

无法逃避,无法否认。

她的母亲曾以女子之身创造传奇,最后却死在空洞黑暗的昭阳殿中。她知道自己永远不会步上母亲悲惨的前尘。但她又会走向何方?会走出一条什么样的道路?她不知道,却并不害怕。

一步一步,就算身前是无人走过的险途,她也无所畏惧。

戴胜凝视她许久,忽然伸出手去抓她的脖子。殷琰眉一挑,扬臂挥拳击出,正中他掌心。他被震得后退两步,手指却紧紧抓住她的拳头,将她顺势拉近了些。

"孟明,这个名字是假的吧?你到底是谁?"

方才的一瞬间,他都被她的气度所折服。这样的女子,绝不是寻常门户能教出来的。

"秘密,总是藏着更吸引人。"殷琰扭动手腕挣开了他,"有朝一日我会告诉你。在那之前,我就只是孟明。"

戴胜哼了声:"连真名都不能说?一点儿诚意都没有。"

"这个嘛……"殷琰想了想,微笑道,"我字炎之。以前,只有几个最亲近的师长友人这般唤我。"

"炎之？"戴胜琢磨着念了两声，不甚满意地说，"也罢，聊胜于无，暂且这么叫着吧。"

他这副嫌弃的模样叫殷琰忍俊不禁："委屈主簿大人了。"

"哼。"戴胜语气一转，"对了，端木辰那边，你预备怎么应对？他若真追究起来，完全可以治你一个欺骗朝廷命官的罪。"

"他不会。"殷琰说得笃定，"想建功立业的人可不止我一个。比如你，比如端木辰。他可不是那种守住了城，就沾沾自喜、心满意足的肤浅之辈。乞伏部盘踞在东线，终究是武威郡的威胁。端木辰难道不想彻底拔除这根毒刺吗？他眼下能用的人不多，你说，他能舍得不用我吗？况且，你也站在我这边。"

"端木辰是聪明人，不会做出蠢事来。"这么说着，她转身向外走去，"这事你不用操心，我自己会处理。"

戴胜跟在她后头正要说话，一迈出门，却见廊下立着个纤细高挑的胡女。

那胡女攀着栏杆，望着下方忙碌喧闹的士兵们。听到门板响动的声音，她转头看来，青玉似的眼珠子在见到戴胜时立刻亮了起来："卫哥哥！"

听到这怪异的称呼，戴胜的脸色顿时有了微妙的变化："姑娘认错人了。"

他话还在嘴边，那胡女就"咚咚咚"地跑过来，把殷琰撞到一边，伸手揪住他的袖子，脸上尽是单纯的信赖："巴达玛不会认错的！你就是卫哥哥！"

"姑娘……"

"我不是什么姑娘，我是巴达玛，你的小莲花啊！"

少女面上带着笑，目光痴痴地望着他，深青的眼眸似水波荡漾。跟殷琰过去见到的那些爽朗热情的胡女不同，她显得娇怯柔弱，真似一朵初绽的莲花，在水波间盈盈轻荡。

只听她语声轻柔又苦恼："卫哥哥，你不记得我了吗？听说你在武威出没，我费了好多心思，才从族里跑出来找你。阿日善姐姐肯定很生气，我……我……"私自从族中逃离出来寻他，这事她谁都没说，连那两个侍女都不知道，只当她是不满意姐姐安排的亲事才跑的。

越说心里越是慌张，那笑容就颤颤巍巍的，像是随时都要破碎了似的。

戴胜刚想否认，抬眼见殷琰扶住栏杆，似笑非笑地看着他，正觉得不妙，就听殷琰说："巴达玛是为了寻卫獠才离家的？你……知道卫獠是什么人吗？"

"我知道呀，卫哥哥是最厉害的马贼，谁都抓不住他！"巴达玛骄傲地挺起胸脯，"姐姐说他这几年都在武威周围，我就想到这儿来，跟着商队走，说不定就能碰到他……"说到这儿，她颇有些哀怨地瞥了瞥殷琰，兀自咬着唇，"要不是上回你捉了我，我早就跟卫哥哥重逢了。"她那次被绑在房间里一整天，等侍女们回来才重获自由。当得知她们已经见过了卫獠，她气得掉了大半夜的眼泪。

"啊？"没想到焦点会转到自己身上，殷琰愣了一下，有点儿尴尬地笑了声，"那是意外。呃，我说卫獠，人家为你受这么多苦，你就别遮遮掩掩的了。"

"孟明，你——"戴胜睁大眼瞪着她。

"你看我也没用啊，事实如此。再说了，你不是还答应人家姐姐要带她回家吗？"

不等他发火，她就一撑栏杆，直接从二楼跳了下去。戴胜抓之不及，慢慢把伸在半空的手收回来，揉了揉眉心，看向巴达玛："在这里，就别这么叫我了，除非你想看我被关进大牢里去。"

"我……我知道了。"巴达玛黯然低下头，忽然反应过来，猛地抬头，惊喜道，"卫哥哥，你承认了？啊不，不是卫哥哥，是戴主簿。"

"嗯，乖。"戴胜赞许地点点头，目光落向她紧抓不放的手指，"好了，我又不会跑。松开吧，这样抓着不像样。"

巴达玛满心欢喜，自然他说什么都好。就听话地放开他，绞着手指看着他，喜得不知说什么好。

戴胜最怕看到的就是这副光景，只好掩饰地咳了咳："阿日善很担心你，还特地传信来，叫我送你回去。"要是早知道这小丫头离家出走是为了找他，他根本就不会接这个烫手山芋！阿日善那女人，不会是故意阴他的吧？

"她才不是担心我呢！她是怕我不回去，坏了她跟牧巴荣的好事！"巴达玛愤愤地一甩袖子，"她居然要我嫁给牧巴荣那个傻儿子！"

"牧巴荣？青山部的首领？"戴胜挑挑眉，若有所思，"我记得一年前，她还跟克烈部的玛尔巴莫打得火热，这么快就又换人了？"

"哼，玛尔巴莫都死了七八个月了，是被乃蛮部杀的。姐姐说要给他报仇，刚接收了克烈部的人，转头就去找了牧巴荣。"巴达玛咬牙恨声道，"她贪生怕死见异思迁，就要我跟她一样吗？我死都不要！"

她话中的不屑毫不掩饰，听得戴胜皱起了眉："谁准你这样说她？"

"我……"巴达玛的眼中立时泛出了泪光，但她用力咬住嘴唇，慢慢垂下眼，受惊似的往他身边靠了靠，"是我错了，你别生我的气。"

戴胜不着痕迹地躲开了点儿。才说了这么几句话，他已经觉得难挨得很，只好说："我没生气。太守大人还等着我去议事，你身份特殊，还是回房中待着吧。等过几日空了些，我再带你回家。"

"我不要回家！"巴达玛秀眉一拧，像是立刻就要哭出来的样子，"我不要嫁给那个傻子！卫哥哥，你帮帮我好不好？帮我劝劝姐姐，让她放了我，行吗？不然我会死的！"

"巴达玛，你冷静点儿！"

连叫了几声，都没能安抚住她，戴胜觉得头痛万分，不得已之下，只好轻轻拍了拍她的肩膀："好好好，我答应你，你可千万别哭啊。"

不想他的手刚触到她肩头的布料，她就娇吟一声，软绵绵地倚向他怀中："我就知道，卫哥哥待我最好了。"

戴胜的身体僵了僵，才扶住她肩膀，将她轻轻推离开来。

"方才说了，莫要这么叫我。你的事我会好好考虑，我还有事要办，先走了。"

说着，他逃也似的快步穿过走廊，往楼下去了。

真是个麻烦！

要不是怕引起别人的注意，天知道他多想像孟明一样，直接逃跑。

啊，说起孟明那没义气的家伙，他就恨得牙痒痒！

甭管多能干、多巾帼不让须眉，女人就是女人，小心眼、爱报复。他不过是先前质问了她几句，她就这样害他！

　　这头戴胜满心的火气没处撒，那边殷琰跳下楼，径自去找了谢玘和诸葛秀。

　　他们正天南地北地闲聊着，见她来了，诸葛秀好奇地问："你怎么下来了？戴主簿呢？"

　　"他有点儿事，暂时脱不开身，让我们先去太守府。"

　　听她这么说，二人就起身随她出了驿站，不急不缓地往太守府行去。

　　一边走着，谢玘一边问："戴主簿知道了？"

　　"他是早就知道的，就是有点儿替我担心。"

　　"你们在打什么哑谜？"诸葛秀在一旁探头。

　　殷琰笑了笑，刚要解释，却忽然听到前头传来一阵对骂声。抬眼看去，只见一堆人聚在城墙的阴影下，中间的几个人互相推搡、叫骂。

　　殷琰认出其中几个穿着暗黄色兵服的人像是靖远城的士兵，而围在他们身边的却都是些红衣士兵。

　　"咦，那不是程通的人吗？"诸葛秀瞄了两眼，就摸着自己的小胡子哼道，"自从打跑了述异大胜归来后，这帮人就天天鼻子顶着天，走到哪儿都趾高气扬。孟兄弟，你这回也是得胜归来，那个程通在戴主簿面前不敢造次，对你恐怕就没那么客气了。"

　　程通，就是此次守卫武威边界的部将。殷琰跟戴胜刚到边界时，他对戴胜倒还有几分恭敬，但一见着她，就一副瞧不上眼的不屑样子，说不上几句话就开始挑剔她年轻浅薄没见识。

　　"嗬，我已经领教过了。"殷琰带着笑向前走去，"就去看看他们吵些什么。我这人，说起来还真有点儿护短。"

　　诸葛秀呆了呆，谢玘就笑吟吟地伸手一引："热闹总是要看的。诸葛兄，请吧。"

　　他们走上前时，正听到领头的红衣士兵昂着下巴，不屑地瞟着面前的靖远兵，冷笑道："是啊，你们能耐得很！你们靖远城几百上千个大老爷们，居然听一个女人的使唤打仗守城，还沾沾自喜。心安理得仰仗女人的鼻息存活，这点儿能耐我们可比不上，大家说是不是啊？"

其他红衣士兵顿时哄然大笑起来，都指着靖远兵肆意嘲弄着，言辞中下流粗鄙得不堪入耳。

"啧，这些人真是，话说得真难听！说什么女人啊……"

在诸葛秀咕哝的当口，那些靖远兵就勃然大怒，一个个涨红了脸青筋直跳。

"不许侮辱孟都尉！"

"哟，就这么帮着那女人？她到底哪里强了？难不成……"红衣兵挤挤眼，露出古怪的笑容。

靖远兵气得浑身发抖，可恨没有话能够反击。站在最前头的那人紧闭着嘴巴，猛地一伸手在对方肩膀上用力一推，那红衣兵没料到他会突然动手，顿时被推得四仰八叉摔倒在地。

"好哇，你们敢打人？"

边上的红衣兵大吼一声，立刻一窝蜂冲上前，两帮人就混战起来，打成一团。

诸葛秀瞪着眼："呀呀呀，怎么就打起来了？还有他们说什么孟都尉，那不就是孟兄弟你……"他张着嘴巴，话戛然而止，只剩一对惊骇的眼珠子暴凸，像看到怪物似的瞪着身旁站得笔挺的少年将军。

他这位孟兄弟啊，居然还带着那平静的笑，镇定地看着眼前的乱象。直到两个撕扯扭打在一块的士兵滚到了他们跟前，才见孟明抬脚踩住那红衣兵的肩膀，喝道："都给我住手！"

激烈的打斗场面顿时一滞。那些龇牙咧嘴、挥拳踢腿的士兵都停了下来，像一尊尊僵硬的雕像。好一会儿，他们才慢慢转头看来。

殷琰一一扫视过他们，才低头看向自己脚下的红衣兵。

"我看，你的能耐也不小嘛。给女人下跪这种事，倒是做得很熟练嘛！"

她容色冰冷，嘴角的那一丝笑更显得讥诮、冷峻。只这么一眼，那红衣兵就觉得自己好似掉进了冰窟中，寒意透骨。

"孟……孟都尉，饶命……"

求饶的话不由得脱口而出。殷琰却不再看他，脚尖在他肩头轻轻一踢，就迈步走向几步远外那个方才口出秽言的领头红衣兵。

他半跪在地上，这时面上已显出了惊惧，但还努力梗着脖子不肯低头。

"起来。"她站在他面前，一字一顿清晰无比，"起来，我让你看看，我的功

夫厉害在哪儿。"

被她充满压迫力的目光所攫,这士兵迟疑地站起身:"孟都尉,小人……"

"拔刀。"

"小人方才……"

"拔刀。"

"冒犯都尉,是小人的不是……"

"拔刀!"殷琰蓦然大喝,"男子汉大丈夫,自己说的话做的事都担当不了吗?是男人,就拔出你的刀!"

所有人都被她的气势震住,呆立着不敢出声。那红衣兵平日里就是个好勇斗狠的人,他自知今日这事难以善了,又在众目睽睽之下被逼成这样,胸中就涌起一股凶狠之气。

只听"铿"的一声,他当真拔刀出鞘,连一句多余的话都没有,就嘶吼着扑向殷琰。

"孟兄弟,小心!"

诸葛秀吓了一大跳,忍不住惊叫出声。殷琰却不闪不避,直直地站在原地。眼看着那雪亮的钢刀就要劈到她身上,她突然迈了个大步上前,身体稍稍侧开,让钢刀从她面前削过。随后一个擒拿手拧住对方的手臂,稍稍用力,那红衣兵就痛得身体一顿。她趁机夺过他的刀,右肘击打在他肩窝处。

在他不由自主往后退去时,她握住刀柄,像投掷长枪般,用力将短刀掷出。

在场众人只当她要辣手杀了这个人,登时惊呼起来。

"啊!"

连那红衣兵都以为自己要死了,慌乱地连连后退。只觉得寒风临身,短刀从他脸颊旁一划而过,紧接着身后就传来一声急促的"笃"声。

过了许久,他才意识到自己没死。眼见着大家都睁大眼睛瞪着他后方,他不由得也跟着转过头去。

在他身后十多步外,竖着一根小臂粗的旗杆。而他的那把短刀,不偏不倚,直接穿透了这木旗杆,稳稳钉在上头。

周围静得吓人。他只觉得两腿都禁不住在发颤,胆战心惊地转回来,望向面前的这位"女将军"。

只见她身姿挺立,身上既看不出半点儿女儿家的柔弱之气,也不像男人那般魁梧粗壮。她更像是一把剑,动和静都毫无征兆,没人知道她会在什么时候突然出手,置敌于死地。

"若是在战场上,你方才就已经死了。"她淡淡瞥了他一眼,然后环视左右,朗声道,"真英雄不问出处!真英雄,也不说废话!像你们这样,只会在人背后叽叽歪歪、说长道短,别说是英雄了,连男人都算不上!只配跟长舌妇凑成堆儿,当个长舌夫罢了!"

"我孟明今天把话撂在这儿了!从今往后,谁对我有意见,有胆的就当着我面说,没胆的都滚到一边去!"她伸手一指那旗杆上的短刀,"这刀就是见证!自今日起,每日卯时前,我都会在演武场等着!谁能赢我,我就当着全军的面,朝他三跪九叩,拜他为将!"

这番话好似金铁掷落在地,其声铿锵惊心,那些红衣兵面面相觑,都露了怯意,一个个都往外围退去。

看他们都偷溜离开,殷琰哼了一声,就过去扶起最先动手的那个靖远兵。两人打个照面,她不由得一愣:"是你?"这个略显瘦削的士兵她还有印象。那回在雨中激战,她正是为了出手救他,才被他第一个发现身份。

那士兵尴尬地挠了挠耳朵,就矮身拜下:"都尉又救了小人一回。小人邹熙,多谢都尉救命之恩。"

"有什么可谢的?刚刚这事,我该谢谢你。"殷琰叹道,"因为我,倒连累你们受人耻笑。"

"都尉千万莫说这种话!"邹熙神情激动,"那些人不知道您的本事,我们可都清楚!要不是有您在,小人早就没命了!下回要是再让我撞上他们胡说八道,我照样要动手揍他们!"

殷琰不由得笑起来:"那就辛苦你了。"

邹熙腼腆地笑了笑:"都尉,我能不能去演武场,跟您一起晨练啊?"刚刚没能亲手揍趴那些红衣兵,他可不甘心得很。哼,以后他就跟在孟都尉身边,看谁敢来挑衅,通通都打回去。

殷琰一愣,就笑道:"当然可以。反正之前在靖远时咱们也都练过,其他兄弟们若是想来的,都尽管来。"

"多谢都尉!"

见邹熙开心地转身去跟其他人说话去了,殷琰这才有空回转过来,看向呆愣愣盯着自己的诸葛秀。

"诸葛兄?"

"孟孟孟兄弟……"诸葛秀话都说不利落了,绿豆小眼简直像要射出眼眶来。他压低嗓音,小心翼翼地问,"你……真的……是个……女人?"

"如假包换。"

这四个字听入耳中,诸葛秀的脸色变了又变,突然"啊"地大叫一声,跌跌撞撞地跑了。

殷琰被晾在当场,好一会儿才缓过神来,朝兀自悠然喝酒的谢玘苦笑:"真有这么难以置信?竟把诸葛兄吓成这副模样……"

谢玘哈哈一笑:"少见自然多怪。以后见得多了,就没什么可惊奇的了。"

他这话似乎别有所指。殷琰若有所思:"谢先生的意思是,效仿靖远的芥子军?"

"不失为一个办法,不是吗?"

殷琰点点头,没再说话。两个人朝前走了一阵,她忽然说:"说起来,对于我的女子身份,谢先生似乎一点儿都不惊讶。"

"那是因为,谢某看的是内在的气数,而非表象。"

谢玘侧头打量着她干净利落的脸颊轮廓,一瞬间目光变得悠远恍惚,仿佛看到了过往的时光。

四年前的邺都夜市中,那个绿衣少年无意间回眸,让他震骇又惊喜,为自己终于在茫茫人海中寻到了"帝星"而欣喜不已。

可当他在梁府中见到那个英气清艳的元亨公主时,一颗心又坠入冰窟,只觉得上天跟自己开了个天大的玩笑。

一个女子,怎么可能是有帝皇气运的"帝星"?

谢玘在仓皇失望中跌跌撞撞地逃离了梁府。那之后,他茫然地流落在各地州郡,像迷失的旅人般寻不到方向。后来,他一路越走越向北,到了边陲之地的凉州靖远城。

结识了豁达的于登高和爽利的铁娘后,谢玘终于慢慢定下心来。

天意难测,却自有其因由。

他不再纠结于"帝星"的气运,而是静静地等待着。直到那一日,那女扮男装的少年将军登上城楼,站在他的面前。

谢玘忍不住摇摇头:"人的气数变幻莫测、千奇百怪,有时候看着,真是十分有趣。"

"哦?不知先生在我身上看到的,又是什么样的气数?"

殷琰被他说得提起了兴致。

第四十九章 生死相伴

气数、命运，这些玄而又玄的东西，真的存在吗？她所经历的那些事情，又岂是这种虚幻的东西能够说清的？

"谢某不知。"谢玘避开了她的目光，抬眸望向被余晖染红的金红天际，"我看到的，只是某些可能，某些关于未来的可能。至于未来最终会如何走，都尉不是早就想好，要亲自决定吗？"

"……是啊。"

殷琰也跟着望去。即便看不到，她也知道自己此刻的表情：那是握住了什么东西、心中有所笃定的表情。她曾失去一切，甚至几乎失去自己。而现在，她正一点一滴地将它们找回。

不管是谁，从她手中夺走的东西，她必将一一讨回！

日头未落，庆功宴就摆开了。

太守府外的流水席沿街排了一路。百姓们从家中提了美酒，载歌载舞地在道上热闹开来。

对于这位新太守，大家都是刮目相看。

短短一个月时间，他不仅解决了困扰姑臧数年的马贼之乱，更打败了妄图进犯的鲜卑人。有这样喜人的功绩，他贪杯的缺点都变得可爱起来。都知道端木辰好美酒，百姓们就把自酿的酒水一坛坛堆在府门两侧，催促着府中人快把酒坛子搬进去，好让太守大人享用。

街道简直成了欢声笑语的海洋。殷琰和谢玘就在这重重欢乐的波浪中进了太守府，守在门口的小厮抬眼看到是她，脸上先是一喜，接着就露出微妙又尴尬的表情，扬声朝里头叫：

"孟……孟都尉来啦！"许是有些慌张，他脚下不由得趔趄了下。眼看要摔倒了，殷琰上前一步，稍稍托住他的手臂助他稳住身形，随后朝他点了下头，就带着谢玘往里走。

那小厮站在原地，看着他们的身影在一进进朱门中愈走愈远，忍不住揉了下眼睛："胡说的吧？孟都尉哪里像女人了？"

殷琰二人进了内院，就有人迎上来，领他们到书房去。刚站到门口，房门就从里打开了，门后站着的竟是戴胜。

他虎着一张脸问："怎么现在才到？"

"路上遇事耽搁了会儿。"殷琰抬眼朝他一笑,"你来得倒挺快,都谈妥了?"她说的是那位巴达玛小公主。

戴胜登时噎了下,轻哼道:"……回去再跟你算账,先进来!"

殷琰笑着引谢玘一同进屋。

端木辰就坐在茶桌后,正低头轻嗅茶香。这时抬头看来,视线落在她身上,眼睛就微微闪了闪。他并不说话,只拿下巴示意她过去坐下。

殷琰也不客气,径自落座煮茶。她的手艺还不曾丢掉,手腕翻转间似行云流水,不一会儿,袅袅茶香就随着腾起的水雾飘散开来。

"想不到你还煮得一手好茶。"端木辰盯着白瓷碗中悠悠晃动的茶水,然后抬起头,目光陡然变得锐利,"孟明,你藏得可真深,本官被你骗得好苦哇!"

"这话是怎么说的?"殷琰放下手中的木勺,坦然地跟他对视,"大人既不曾问过,我也不曾刻意隐瞒过。哪里算是存心欺骗呢?"

端木辰哼笑道:"哦,这么说倒是本官的不是了?你现在倒说得好听。若不是事情败露,本官还要傻乎乎地给你封赏呢!如今上上下下都知道,我端木辰给自己招了个女人带兵!"

"大人这是后悔了?"殷琰用指节敲了敲桌子,"上回,也是坐在这儿,那时大人的胸襟气魄都叫人敬佩。您那会儿说,只要我们能退敌守城,不论什么来历、什么秘密,您都要替我们兜着呢。可现在,一个女人的身份,大人就招架不住了?"

"跟这些没关系!你就算是个逃犯,只要有才能,本官照样能重用你。可你偏偏是个女人……女人!"

端木辰到底有点儿泄气,烦躁地揉了揉蜷曲的络腮胡:"你一个女人,不乖乖待在家里,跑出来做什么?现在官也封了、仗也打了,好好一个英勇的少年将军,竟变成了个女人!这叫本官怎么跟部将士兵交代?"

"大人不是知道的吗?孟明父母双亡,早已无家可归。世道渐乱,我一个女人,穿上男装不过是为了自保。国家兴亡、匹夫有责,我虽是女子,但手底下尚算有几分本事,也就略尽绵力。我原以为大人跟那些俗人不同……"顿了顿,她露出一丝苦笑,"罢了,既然大人这般为难气恼,这都尉的印信,就还给您吧。"

说着,她从怀中取出装着印信的锦囊,"咚"的一声扔在桌上,接着就作势要站起身,"大人若要治罪,孟明无话可辩,就一并都认了。"

"你!"

端木辰被噎得直瞪眼，戴胜见状，一边伸手按住殷琰的肩，一边开口搭腔："孟明，你这是做什么？这回击退鲜卑人守住靖远，你可是最大的功臣，大人哪会为了些微小事就治你的罪呀？别闹了，快坐下。"

殷琰没作声，眼睛看向端木辰。

端木辰开始还歪着头装没看见，僵持了片刻，就受不住了，一拍桌子："行了行了，少在我面前装模作样，坐下说话！"

殷琰微微一笑，这才坐回去。

"你说吧，现在这境况，要怎么解决？"

"孟明不知，还请大人明示。"

"明示什么？！"

看她一副死猪不怕开水烫的坦荡模样，端木辰就气不打一处来。

这女人是吃准了他会给她收拾烂摊子吗？

气恼地一口喝干了碗中的茶水，他指着那锦囊说："先把这东西收起来，别碍我的眼。你给我说，到底有什么法子？"

"法子嘛……"

殷琰将锦囊拎在手中，一时间却有点儿迟疑。这时，旁边一直没说话的谢玘出声道："依谢某看，倒不如效仿当年的'芥子军'！"

"芥子军？"端木辰和戴胜都是一愣，戴胜面露疑惑之色，端木辰却回过味来，"你是说，二十多年前那支女人军队？"

"正是。既然有此先例，孟都尉如今又名声在外，不妨索性建一支芥子军。这样一来，她就能继续带兵作战。待日后大家在潜移默化中习惯她的身份后，再让她接手其他军队，就会顺畅许多。"

"呃——"

端木辰还在思索，殷琰忽然出声反对："不行！"

这下连谢玘都露出惊讶之色："为什么？"他以为他们俩早有共识，这方法是目前最讨巧的了。

"带兵打仗又不是绣花吃茶，还要男人聚一堆、女人聚一堆吗？也不用弄什么花招遮掩了，这件事，大人您不必表态，就随它发展吧。"

话说出口，脑中那模糊的思绪就愈发清晰起来。在看到靖远兵为了维护她而跟别人动手后，她就一直在思考此事。

"武威随时都可能出兵,我们没那么多时间让他们慢慢习惯。凉州男儿骨子里都热血好战,直面他们的怀疑反而更简单有效。"

"说得好!"戴胜第一个赞同,"炎之,我就喜欢你这副天不怕、地不怕的劲儿。别人且不说,单池山和那些兄弟,对你可敬佩得很,都说你比男人更男人!"马贼最尊崇强者。戴胜自小游窜在西北草原、沙漠,更见过不少部落女酋,像青氏族的阿日善,无论智谋、心智、战力,都胜过许多男儿。故而当初他发现殷琰是女儿身时,并没有太过惊讶。

"孟明,你的意思是,就顺其自然?"端木辰犹豫道,"你可知道,有些将士对你很是不满哪!"

"那又如何?只要大人您还让我当着这都尉,他们有再多不满,也只能私底下来找我麻烦。"

"哼,你说得轻巧,他们不仅找你麻烦,还会来烦我。"

"大人英明神武,这点儿小事定然难不倒您。"

话说到这,这事情就算定下来了。殷琰十分敷衍地哄了他一句,就正色道:"我这边却有一件大事。"

"你还能有什么大事?说说看。"端木辰不以为然。

"大人觉得武威郡够大吗?"

端木辰怔住:"怎么说?"

"东边那片鲜卑人的地方,抢过来养马可好?"

"哪有那么容易?乞伏部这次虽然败了,但还不到伤筋动骨的程度。想把他们当落水狗打,可得小心被他们反咬一口。"端木辰叹道,"说到底,还是武威的兵力太弱,对上乞伏部并无优势。"他从西平郡借兵不过是紧急之举,西平郡自身要稳着西边氐羌,也没有多少余力。

"要是有帮手呢?"

戴胜接话问:"什么帮手?西海公吗?"

殷琰看向谢玘,两个人相视一笑。

谢玘正色道:"我听说西海公最近正领兵跟北边的匈奴作战,是顾不上我们这边了。孟都尉说的帮手,是指从高阙向南游荡的拓跋鲜卑。"

"拓跋鲜卑?"

端木辰和戴胜齐齐一惊,戴胜立刻起身到书案上取来地图,在茶桌上摊开。

第四十九章 生死相伴

鲜卑人族群复杂，按地域不同，通常分为东、北、西三部。拓跋鲜卑是北部鲜卑人中的一支，多年来渐渐壮大，将其他族群融合，已经成了驰骋北方的大族，可以跟强悍的匈奴人一争长短。在他们南下的路上，东南向有羌国，西南向就是乞伏部。这两方谁都不是好惹的，因此这些年来，拓跋部一直小心地守着边界，偶尔向南游弋一小段，借此试探乞伏部，或者偷偷进入羌境狩猎。

"半年前确实有一支拓跋部的人过了高阙南下，但他们只在草原边缘行走，小心地避开了乞伏部。述异对这批人也睁一只眼、闭一只眼，没有追击他们。"

端木辰那会儿还待在西平郡，对这些消息就不如戴胜清楚。他探头过来，看戴胜的手指点在阴山上，然后顺着山脉地势向西南游走。

"据我所知，这支拓跋鲜卑规模很小，只有几百人。这么点儿人，都不够乞伏部塞牙缝。"

"是呀，述异也是这么想的。"殷琰露出意味深长的笑，"所以今日一早，他就派人前去洗劫这支拓跋部的营地。他大概不知道，这支队伍，是由拓跋部七王子亲自率领的。"

听到这儿，端木辰和戴胜的眼睛同时亮了起来。

戴胜急忙追问："这是哪来的消息？你们怎么会知道得这么清楚？"

"这多亏了你呀！"

"我？"

"是啊，多亏了你，把你手底下的兄弟派给我。"殷琰笑道，"靖远之战结束后，我就让小猴带了几个人潜入乞伏部的地盘探听消息，没想到却撞到他们出去执行任务的军队。"述异或许想在兵败后重振一下士气，顺便解决掉这支流窜在境内的小部队，却没想到，这很可能会招来一场大麻烦。

"要是七王子和族人都死在乞伏部手上，这样的血仇，拓跋部绝对忍不了。用不了多久，他们就会出兵报复。只要利用得当，这就是个彻底灭掉乞伏部的绝佳机会！之后武威东线，就再不用担心会受到鲜卑人的侵扰！"

端木辰龇着牙吸气，显然十分心动。

戴胜到底在武威郡当了几年主簿，想得更周全些："我们一定要尽快做好准备！要是让拓跋部灭了乞伏部，他们定然会直接南下，接管乞伏部的地盘。到时候武威郡东线虽然少了述异的威胁，却要面对更强大的拓跋部，无异于狼走虎踞，只怕更加危险！更何况，羌族也许会趁乱出兵，抢占地盘。这边界线，向来就是不进则退，进攻才是

最好的防守！"

经他这么一说，端木辰也意识到，无论如何，这一战武威都必定要参与其中。

"确实是大事啊……孟明，你做得好！"

殷琰毫不推辞地受了这句夸奖："正因如此，孟明斗胆请求大人，将全郡的兵力都交给我来操练！我会在最短的时间内，将他们训练成一支善战之兵！"

"全郡的兵力？"

这可真是狮子大开口，端木辰都有点儿坐不住了，"此事不能莽撞，容我再想想。"他是粗中有细的人，现在军中都知道孟明是个女人，贸然将郡兵交给她，一不小心，恐怕就会引起兵将的不满。他在武威的根基本就不深，对军中的掌控力更是薄弱，不敢不谨慎。

正说着，就听外头的小厮请示道："大人，到开宴的时辰了。"

端木辰顺势站起身："走！先去喝庆功酒，其他的事明日再说。"

戴胜跟在他身后向外走去，一边走，一边回身朝殷琰伸手比了五个数。

"五成的兵力？"谢玘低笑，"倒也不错了。"

"何止不错，简直是要喜出望外。"

殷琰跟着笑起来。要掌握全郡的兵力根本不可能，她那么说，不过是为了之后好跟端木辰讨价还价。

外头已经全黑了，夜色清寒如许，殷琰站在风中，深吸了一口气，只觉胸中分外沁凉舒爽。

谢玘立在她身后，忽然问："都尉为何不愿成立'芥子军？'你明知道，有芥子军的由头在，反对你的人就会少上许多。"

她没有立刻回答他，只是默默地向前走去。

今晚的宴席设在后院。

幕天席地，夜星正是闪亮。

院中早聚集了许多人，或是郡中的官员将士，或是姑臧的豪族名流，或是往来经商的商贾。他们都显得欢快振奋，互相闲聊攀谈着。听到小厮通报"太守大人到"，众人就整衣理冠，齐齐向着大步而来的端木辰行礼：

"拜见太守大人！"

殷琰刻意落后了几步，躲在木柱的阴影中。

"谢先生，你看到了吗？"

"……什么？"

"那是男人的世界。尔虞我诈、争权夺利、腥风血雨，要在里头争得一席之地，就要用他们的手段方式融入其中。而不是带着一群女人，跟男人们泾渭分明地隔开。"她轻声说，"我不想以后人们提起孟明，只知道她是个带着娘子军打仗的女人。说到底，这战场争斗，还是男人在主导。"

她一直都在提醒自己，要小心脚下不知不觉出现的陷阱。

那些看似轻松的、简单的捷径，很可能后头就藏着危险致命的深渊。母亲曾是战场上熠熠生辉的明星，直到入了宫当了皇后，也就成了一个普通女人。兵权被褫夺，手下将士分散各地，父兄远在万里之遥，至死都未能再相见。

最后，世人记住的，只是一个被废的孟皇后。

谢玘静静听着，听到她似乎笑了一下，然后转过脸来，在暗影中注视着他："谢先生对我的期望，也不只如此。不是吗？"

一瞬间，谢玘竟有些紧张。

他几乎能清晰地听到心脏"怦怦"跳动的声音，微微发烫的血液在身体四处流淌，莫名的热意让他的掌心都沁出了汗。

黑暗遮住了她的身影，略显低哑的声音沉沉响在耳边，越发显得雌雄莫辨。

这人中龙凤，是龙？还是凤？

她寻到未来的方向了吗？

是在何时？他竟然不曾发现。

谢玘有点儿懊恼，又有点儿兴奋。头一回，他平静的心湖起了波动。这些天，他日日跟随在她身侧，却还是没能看透她。或者说，他自以为自己看透了。

真是新奇的失败！

"……是。谢玘期望的是，得遇明主而佐之。"

他稍微后退一步，像初见时那样，展开宽大的袍袖，恭敬地、期待地倾身拜下："谢玘愿跟随您左右，鞠躬尽瘁，死而后已！"

"莫说这样的话。"

殷琰走近他。她托住他的双臂，手掌有力而沉稳，将他轻轻扶起。她走出了黑暗，微薄的光笼罩在她面上，隐约勾勒出那双郑重其事的眼眸："在我身边，不需要鞠躬尽瘁、死而后已。我要的，是能够生同生、死同死，生死与共、祸福同享的陪伴。"

她不能再看到重要的人为自己牺牲了。她这双手,首先要能保护身边的人。

谢玘只觉得胸口一热,不由得屏住了呼吸。

他知道,从这一刻起,他就不再是原来在一旁观望的局外人了。

此时此刻,他以身入局。从今往后,他的命运就跟眼前的这位女子紧紧绑在了一起:生同生,死同死。

———本季完———